MYSTERY LEAGUE

仮名手本殺人事件

稲羽白菟
Hakuto Inaba

原書房

仮名手本殺人事件

いつも厳密なテンポで三味線を弾いている反動か、非番の月、冨澤弦二郎《とみさわげんじろう》の時間感覚はついついルーズなものになってしまう。今日も待ち合わせ時間ギリギリに滑り込んだタクシーを飛び降り、弦二郎は目の前にそびえる巨大な劇場と向き合った。

劇場——といっても、自分が勤める文楽のホームグラウンド、大阪文楽劇場ではない。方形のビルが犇《ひし》めく銀座にあって、瓦屋根と曲線的な桃山破風《ももやまはふ》が特徴的な擬古典建築。歌舞伎座——それが今日、弦二郎が「客」として訪れた芝居の舞台だ。

暮れも迫る十一月二十二日、昼の部の開場を待つ人々の喧噪《けんそう》で溢れる劇場前広場。約束の待ち合わせ場所〈歌舞伎座閉場まで『あと117日』〉とカウントダウンする玄関脇の電光看板を目指し、弦二郎は人々の間を縫うようにして足早に進んだ。

「すんません、お待たせしました！」

駆け寄った弦二郎に、モダンな縞の着物姿の三郷《みさと》ユミはにこやかに微笑んだ。

「いいえ、全然。私も今着いたところなんです。今日はどうぞよろしくお願いします——」

ぺこりと一礼、ユミは一層はにかんだ笑顔を見せた。

「こんな特別な公演に、私みたいな初心者がご一緒させてもらっちゃって……なんだか恐縮です」

特別な公演——今回の顔見世には二つの冠が付いている。
一つは改築のため来春取り壊される劇場の閉幕行事〈さよなら歌舞伎興行〉
もう一つは上方歌舞伎の名門・芳岡《よしおか》家の早世した御曹司、七世天之助《あめのすけ》の〈二十三回忌追善興行〉
芳岡家の総領、人間国宝芳岡仁右衛門《じんえもん》は芸の礎《いしずえ》として文楽を重んじ、自らはもちろん、先代の天之助、当代の天之助を文楽の勉強に通わせた。その縁あって、文楽三味線の弦二郎は先代天之助の祥月命日の今日、この劇場に招かれたのである。
最初、回って来た二枚の招待券のうち一枚、弦二郎は幼なじみの劇評家・海神惣右介《わだつみそうすけ》に誘いの声を掛けた。しかし、惣右介は折悪しく今日まで海外取材で日本におらず、「もし他に誘う人がいないのなら」と彼が紹介してくれたのが仕事仲間の編集者、三郷ユミだった。
幼なじみが読んだ通り、弦二郎には他に特に誘いたい相手もいなかったのだ。

「……いや、こちらこそお付き合い頂いて恐縮です。初めての歌舞伎、是非楽しんで下さい」

「はい、ありがとうございます——」朗らかに応え、ユミは玄関上の大破風を見上げた。

「この劇場最後の顔見世が人生初の歌舞伎見物になるなんて、きっと、忘れられない大切な思い出になると思います」

「ああ——」

弦二郎も劇場の上、広々とした青空を眺める。

改築後、この劇場の上層には高層のビルが建つという。

何かと験《げん》を担ぎたがる業界内では「天から芝居の神様が降りてこなくなる」「墓石を置くようで縁起が悪い。何か凶事が起こるのでは……」などと悪い噂も囁かれている。

日々の修練によって成り立つ「芸」というものが、そんな「縁起」に左右される脆弱なものでないことを弦二郎は百も承知しているが、この業界の人々は、いまだ古い価値観や因習にとらわれがちだということもまた一つの事実ではある。


そんな噂が現実となるような凶事が、何も起こらなければいいのだが——。

歌舞伎座の上に広がる青空を仰ぎ、弦二郎はぼんやりと思った。

目次

主な登場人物

【事件当日の客席】

東二階　五番桟敷一番　三郷ユミ（編集者）
　　　　　　　　二番　冨澤弦二郎（文楽三味線方）

西一階　三番桟敷（占有）高森靖（頬に痣のある男）
西一階　四番桟敷一番　藤岡環（故七世天之助夫人／日舞家元）
　　　　　　　　二番　秋月悠里（環の娘　八世天之助の妹／新派女優）
西一階　五番桟敷一番　佐野川啓一（芳岡家親戚の若手俳優）
　　　　　　　　二番　楠城玲子（佐野川啓一の妻／アナウンサー）
西一階　六番桟敷一番　都丸美紀（都丸卓の妻／モデル）
　　　　　　　　二番　都丸卓（芳岡仁右衛門後援会長／企業家）
西一階　七番桟敷一番　芳岡恵梨果（芳岡鴈堂の一人娘／小学生ピアニスト）
　　　　　　　　二番　芳岡菊乃（芳岡仁右衛門夫人）
西二階　五番桟敷一番　饗庭妙子（一般の客）
　　　　　　　　二番　饗庭彩羽（妙子の娘／大学生）

【事件当日の舞台】

大星由良之助　芳岡仁右衛門
足利左兵衛督直義　芳岡天之助（仁右衛門の孫／本名・芳岡和也）
大星力弥（二役）
石堂右馬之丞　芳岡鴈堂（仁右衛門の末弟）
桃井若狭之助　芳岡逢之助（鴈堂の芸養子）
塩冶判官　中村勘三郎
高師直　尾上菊五郎

海神惣右介（劇評家・ライター）

伊丹孝一（惣右介の居候先、伊丹呉服店の店主）
伊丹京子（惣右介の伯母）
土御門健史（事件担当の刑事）

資料① 《芳岡家芸能系図》

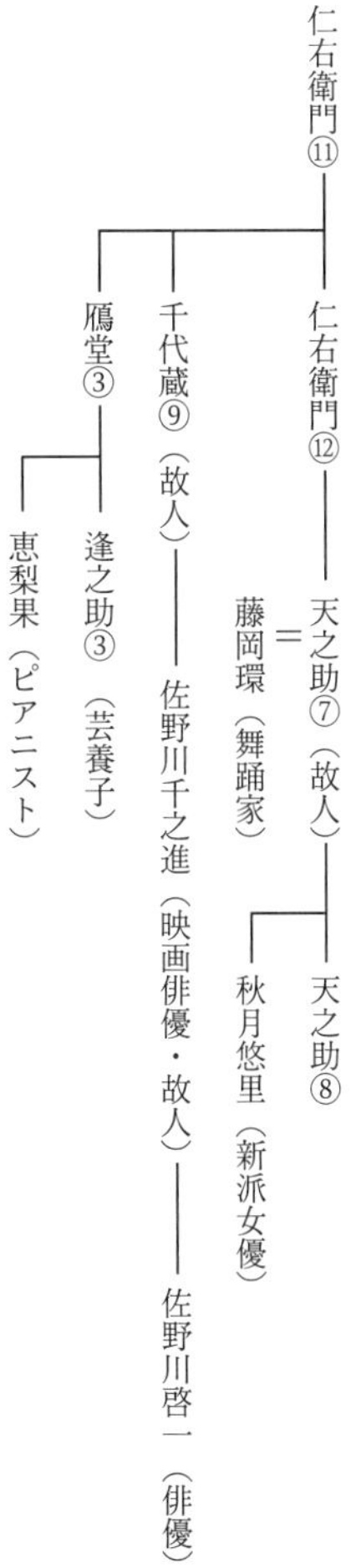

※○は代目

資料② 歌舞伎座座席表（古い筋書より）

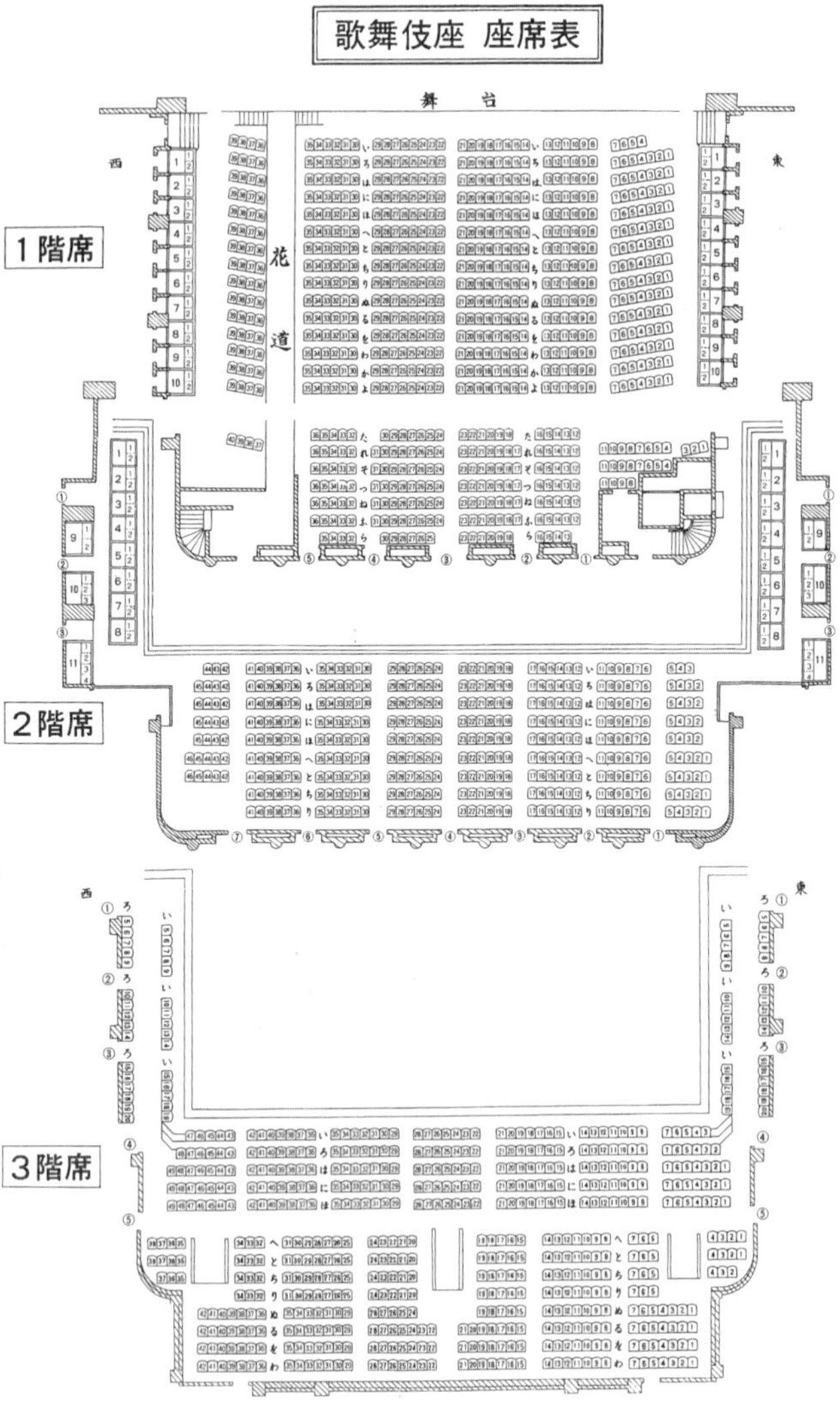

大序

追善興行『仮名手本忠臣蔵』

一

正面玄関を入ってすぐ、歌舞伎座大間《おおま》と呼ばれる吹き抜けのロビー。コートを脱いでスーツ姿になり、弦二郎はきょろきょろと辺りの人混みを見回した。

正面には客席へのドアが並び、ロビーを行き交う大勢の客たちに係員が座席案内の声を掛けている。

大間右手の壁際には筋書売り場のカウンター。左手の壁際には各役者の受付テーブルが並んでいる。そのテーブル列の右端、先代天之助の大きな遺影が人だかりの向こうに見える。

「まずは天之助さんの祭壇と、芳岡のお家《いえ》さんにご挨拶しましょうか」

「芳岡のお家さんって、天之助君のお母さんのことですか？」

嬉しそうにユミは弦二郎を見上げた。

ユミが言う『天之助』は遺影の先代のことではなく、「歌舞伎界のプリンス」として現在人気

沸騰中の当代『天之助』のことだろう。その母親は日本舞踊家として著名な藤岡流家元・藤岡《ふじおか》環《たまき》だ。

「……もちろんそのお家さんもやけど、仁右衛門さんのお家さん、天之助君の妹の悠里《ゆうり》さん……芳岡の女性陣が、今日はきっとあそこに揃ってはると思います。まずは祭壇の前まで行ってみましょう」

華やかな梨園の女性たちを遠巻きに愛でる人々の隙間を縫って、弦二郎とユミは先代天之助の祭壇へと近づいた。祭壇前には芳岡家の女性たちが一列に並び、贔屓《ひいき》客たちからの挨拶を受けている。

濃紫《こむらさき》の無地紋付を着た上品な老婦人、仁右衛門夫人の芳岡菊乃《きくの》。

黒紋付姿で社交的な微笑を浮かべる故・先代天之助夫人、藤岡環。

藤色の色無地で生来の華やかさを隠す当代天之助の妹、新派女優の秋月《あきづき》悠里。

そして、菊乃夫人の横で行儀よく立っている黒いワンピースの少女。天才小学生ピアニストとして最近メディアでも取り上げられている芳岡恵梨果《えりか》は仁右衛門の末弟、鴈堂《がんどう》の一人娘だ。

客の応対を続ける女性たちの内、最初に弦二郎の姿に気付いたのは環だった。

「あら――」環は隣の菊乃夫人に合図を送った。

「お義母《かあ》さん、文楽の冨澤弦二郎さんがお見えですよ」

丁度挨拶を終えた客に深く頭を下げ、菊乃夫人は近づく弦二郎に向き直った。

「マァ、ようお越し下さいました」

夫人の呼吸に合わせ、きもの姿の婦人たちとドレスの少女はゆっくりと、美しく頭を下げる。あまりにも優美なその様子に恐縮し、弦二郎は足早に進んで深々と辞儀を返した。

「本日はお招き頂きまして、ほんまにありがとうございます。追善の晴れ舞台、大入満員、誠におめでとうございます」

最初に姿勢を戻し、環がリズム良い口調で応える。

「こちらこそ、文楽の公演中にもかかわらずわざわざおいで頂いて、本当にありがとうございます。……噂では、何やらお怪我をなさったとか。お加減はいかがですか？」

「いや——」弦二郎は照れ笑いを浮かべて頭を掻いた。「粗忽な怪我でお恥ずかしい限りです……。足の骨折はもう治りはしたんですが、正座がまだ、ちょっとだけきついもんですから、今年いっぱい休演ということになってしまいまして。……まぁ、そんな怪我のおかげで、今日は僕みたいな若手が師匠方の名代を務めさせて頂く栄にあずかりました」

環の隣で菊乃夫人が穏やかな微笑を浮かべる。

「いつもの文楽の床《ゆか》の上やのうて、今日は客席でゆっくり骨休めしてもらえたら私らも本望。……ねぇ、環さん」

「ええ、ほんと。どうぞ、今日はごゆっくりなさって下さいね——」

環は弦二郎の隣のユミに微笑を向けた。「こちらのお嬢さんは？　もしかして、弦二郎さんの

いいお方かしら？」

「いやいや」

ユミが嫌がりはしないかと心配し、弦二郎は大袈裟なほどに掌を振った。

「……こちらは五蘊《ごうん》書房の編集者、三郷ユミさん。残念ながら僕にいいお方はおらへんもんですから、幼なじみが紹介してくれた三郷さんに、今日はご同行頂いた次第でして」

ぼそぼそと言う弦二郎の隣、ユミは帯に忍ばせていた名刺入れを取り出し、悠里、環、菊乃、三人の成人女性に手際よく名前を売る。

「五蘊書房ノクターン編集部の三郷ユミと申します。人形と文楽について取材をさせて頂いたご縁で、今日は貴重な機会にご一緒させて頂けることになりました。そのうち是非、芳岡家の皆さんの取材もさせて頂ければ幸いです。特に天之助さんの取材は……是非」

「へぇー」

名刺の裏表を眺め、悠里は新派の娘役らしいクリアな声を大間に響かせた。

「兄は歌舞伎界のプリンスだとか美青年だとか、今、世間で随分もてはやされていますものね。……三郷さんも、普段から兄をご贔屓にして下さってらっしゃるんですか？」

「えっ？　ええ、まぁ……」

ユミは頬を赤らめ顔を伏せた。

分かりやすいその様子に目を細め、環は美しい笑顔をそのまま弦二郎に向けた。

「……そういえば、ちょっとお恥ずかしいことだから先に言い訳をさせて下さいね。普段、私た

ち身内の者は一階の後方で舞台を拝見しているんですけれど、義父《ちち》が一人息子の祥月命日だけは、是非客席を華やかに飾りたいと申しましてね、今日は私たちの席を下手の桟敷に並べてしまったんです。本来一歩下がってお客様をおもてなしするべき人間がしゃしゃり出てるみたいで、私はどうも落ち着かないんですけれど、早くに息子を亡くした父親の愛情ゆえ……と、どうか大目に見てあげて下さい」

「へぇー」珍しい話に弦二郎はつい声を上げてしまう。

芸妓舞子が客席側面、桟敷席にずらりと並ぶ「花街総見《かがいそうけん》」という華やかな例はあるものの、梨園の身内が桟敷に並ぶという話はあまり聞いたことがない。しかし、各界で活躍している芳岡家の人々が顔を並べれば、本日の「第二の舞台」といって過言ではない華が客席に添えられるのは間違いのないことだろう。

「いやいや、大目に見るも何も、追善の舞台に一層花が添えられて、とても素敵な趣向やないですか。先代の天之助さんも、きっと天国でお喜びになるんやないかと思います。けど……」

弦二郎は菊乃夫人に笑顔を向けた。

「仁右衛門さんって、意外と派手なご趣向をお好みなんですね」

「へ――?」と一瞬間を置いて、菊乃夫人は上品に笑った。

「あの人は世間様には真面目なばっかりの堅物と思われてるみたいですけど、案外、根は派手なところもあるんですよ」

くるりと体を翻し、菊乃夫人は背後の祭壇に体を向ける。

天之助の遺影を見つめ、夫人はしみじみと言った。

「二十二年も昔に死んでしもた我が子……その思い出を皆さんの記憶にはっきり留《とど》めてもらうため、今日は最近絶えてる珍しい演出なんかも復活させて、一世一代のつもりで『仮名手本』を勤めさしてもらう——仁右衛門はそう申してます。せやさかい、普段の芝居と違うところがあったとしても、今日ばっかりはそういうものとして楽しんでくれはったら、息子も主人も、私らも本望……」

菊乃夫人に倣って芳岡家の女たちも皆振り返った。

弦二郎とユミも遺影を見上げ、改めて先代天之助の笑顔と向き合った。

見慣れなければ判別が難しいほど当代に似た玉子形の端正な顔。自らの若死にを既に予感していたのか、そこにはなんとなく淋しげな微笑みが浮かんでいる。


後ろに続く客に挨拶の順番を譲り、弦二郎とユミは自分たちの座席へと向かった。

今日の二人の席は東二階五番桟敷。舞台に向かって開けたコの字形の二階席、コの字の一画目横線のほぼ中央——舞台を右斜め下に、花道と一階客席を正面に見下ろす見晴らしの良い席だ。

後列、一段高くなった九番十番桟敷の間の扉から入った弦二郎とユミは数段ばかりの階段を下り、座椅子が二つ置かれた畳の上に履物を脱いで上がった。そして座椅子に腰を下ろし、目の前の朱塗りのテーブルの下、掘りごたつの空間に足を滑り込ませた。テーブルは横一列に並んだ桟敷共通の一枚板で、テーブルまでの高さの低い仕切りが桟敷同士の境界を区切っている。

座ったユミはわずかに身を乗り出し、右斜め下、三色の定式幕《じょうしきまく》が引かれた舞台に顔を向けた。

「へー。桟敷席って本当に舞台と垂直の角度なんですね。首、疲れないんですかね？」

「僕も桟敷は初めてやから詳しくはわかれへんけど、座椅子をこう……ちょっとだけ斜めに向けたら大丈夫なんやないかな？」

弦二郎が座椅子の角度をいじり始めたその時、幕の裏から「東西《とーざい》、東西《とーざい》」とキレの良い声が響いた。そして次の瞬間、舞台中央の幕裾がフワリと持ち上がり、緋色の台に座った裃《かみしも》姿、一人遣いの口上人形が剽《ひょう》げた姿を現した。

「エヘン、エヘン――」コミカルな咳払いの声が背後から当てられ、この芝居独特の配役読み上げが始まる。

「……このところご覧に入れまする狂言《きょうげん》名題《なだい》、仮名手本忠臣蔵《かなでほんちゅうしんぐら》。仮名手本忠臣蔵《かーなでほんちゅうしんぐら》」

幕の前で人形芝居が始まっているのに、客席はまだ半分程度しか埋まらず、客たちものんびりと通路を歩いたりおしゃべりしたりしている。そんな一階客席を見下ろし、ユミは首を傾げて言った。

「もうお芝居が始まってるのに、どうしてみんな、あんなに呑気なんです？」

声をひそめて言うユミに、これは自分の専門分野――とばかり弦二郎は堂々と答える。

「この芝居には色々と特別なしきたりがあるんですよ。この口上人形もそのうちの一つで、役名、役者を人形が読み上げる開幕前の趣向なんです。……こんなことをするのはこの芝居だけで、なじみのお客さんたちは、これがまだ長い長い芝居の前置きに過ぎないということを知って

はるんです」

「へぇー」

ユミは人形に目を向けた。

弦二郎の解説通り、口上人形は「塩冶判官《えんやはんがん》、早野勘平《はやのかんぺい》、二役、中村勘三郎——。高師直《こうのもろなお》、尾上菊五郎——」と本日の配役を次々と読み上げている。役者の人気のバロメーターのように、読み上げられてゆく名前のあと、大小様々な大きさで客席に拍手が沸き起こる。

「……でも、なんで人形なんですか？」

「『仮名手本忠臣蔵』は元々文楽の芝居です。文楽の人形芝居の雰囲気たっぷりに、最初の『大序』の幕は特に儀式的に始まるんです。浪士の数と同じ四十七回の柝《き》を打つ間、とてもゆっくりと幕が開いて、場面は鶴ケ丘八幡宮の社殿前。石段の上下にずらりと並んだ登場人物たちは目を閉じて俯《うつむ》き続けて、それぞれ浄瑠璃で名前を語られた瞬間、人形が魂を宿したかのように顔を上げて眼を見開く——そうやってこの芝居は始まるんです」

「へー。そうなんですか」

感心するユミの注意を引くように、口上人形は「エヘン、エッヘン」と大きな咳払いを挟んだ。

「——足利直義《あしかがただよし》、大星力弥《おおぼしりきや》、二役。芳岡天之助」

天之助の名前にハッとして、ユミは客席に沸き起こった大きな拍手に参加する。

幼少時代から知っている愚直な青年の名前に、弦二郎も親愛の拍手を送る。

ここまで進めば口上はもうすぐ終わる。幕が開く前に——と、弦二郎は鞄の中からオペラグラ

スのケースを取り出した。レンズが大きく奥行きの狭い独特な形のオペラグラスをケースから出し、弦二郎はユミに声を掛けた。

「これ、惣右介君が貸してくれたオペラグラス。テーブルに置いとくんで自由に使って下さい」

「オペラグラス？　こんなに近い席なのに？」

「ああ――」弦二郎は苦笑した。「僕も彼に同じことを言うたんですけどね、これは低倍率で視野の広い『ガリレオ・グラス』という特殊なタイプのオペラグラスなんやそうで、あればあったで楽しめるはず――と言ってなかば強引に貸してくれたんですよ。……芝居の感想をみやげ話に、返しに行く約束付きでね」

差し出されたオペラグラスを受け取り、ユミは口上人形に向けたレンズを覗く。

「あ、ほんと。視界は狭まらずいい感じにクローズアップされますね。……でも海神さん、丁度今日まで日本にいないなんて、今回は見事なまでのバッドタイミングでしたね」

「まぁね。でも彼はこの芝居、きっと台詞を諳《そら》んじれるほど何度も観てるはずやろうから……」

初観劇の三郷さんが観る方が、よっぽど値打ちがありますよ――惣右介はそう思っているに違いない。

幼なじみの穏やかな声を想像する弦二郎の耳に、「あっ」とユミの小さな声が聞こえた。

弦二郎が顔を向けると、ユミは舞台ではなく正面斜め下にレンズの照準を合わせていた。

「どうしたんですか？」

尋ねる弦二郎に、ユミはレンズを覗《のぞ》いたまま応えた。

「佐野川啓一《さのかわけいいち》さんと女子アナの楠城玲子《なんじょうれいこ》さん」

オペラグラスが向けられた先、正面の一階桟敷に弦二郎も目を向けた。

弦二郎たちの席の真正面だから、おそらく西一階五番桟敷。

黒いスーツに銀色のネクタイを結んだ若手俳優・佐野川啓一と、その向かって左隣に彼の新妻のアナウンサー、サーモンピンクの色無地を着た楠城玲子の姿が見える。

佐野川啓一は仁右衛門の弟、歌舞伎役者から映画俳優に転身して一時代を築いた芳岡千代蔵《ちよぞう》の孫にあたる。千代蔵は既にこの世になく、千代蔵の一子、二枚目の映画スターとして一世を風靡《ふうび》した佐野川千之進《せんのしん》も自動車事故で随分昔に亡くなっている。そんな映画界のサラブレッドの啓一は、実は今、歌舞伎界への逆転身を望んでいるらしい——そんな噂が囁《ささや》かれている。

しかし、仁右衛門はその希望を断固拒んでいるとも聞く。

もしかして……桟敷の啓一の姿を眺め、弦二郎は思った。

今日、仁右衛門が芳岡家の縁者を桟敷席に並べたのは啓一を「歌舞伎の舞台ではなく客席側の人間である」と観客たちに示すことが一つの目的だったのではないだろうか？

そう思って改めて桟敷を見れば、隣の新妻、楠城玲子のおっとりした笑顔とは対蹠《たいしょ》的な啓一の神妙な表情には、なにやら不服の影が差しているように見えなくもない。

「あっ！」

弦二郎の思考を遮るように、オペラグラスを覗くユミが再び小さな声を上げた。

「どうしたんです？」

「啓一さんの隣の桟敷、都丸《とまる》社長と美紀《みき》夫人ですよ！　……美紀さん、やっぱり綺麗だなぁー」

しばらく嬉々としてレンズを覗き続け、ユミは弦二郎にオペラグラスを差し出した。

受け取ったそのレンズを弦二郎も覗いてみる。

惣右介のガリレオ・グラスは視界を狭めず、快適な視野を保ったまま正面桟敷をクローズアップした。

まずは真正面一階の佐野川啓一と楠城玲子の姿にピントを合わせ、そして、まだ無人の右側でなく左の桟敷に弦二郎は視界をスライドさせる。

西一階六番桟敷。濃紺のワンピースにレースのカーディガン姿、パリやミラノを中心に活躍するショーモデル、都丸美紀。そしてその左隣に彼女の夫、グレーのスーツを着た恰幅の良い中年紳士、一代で名と財を成したＩＴ企業の創業者、都丸卓《すぐる》の姿が見えた。

時流に乗って成功を遂げたＩＴ社長たちがスポーツチームや放送局の買収に成功したり失敗したりしていた頃、都丸は「芳岡仁右衛門後援会長」の役に名乗りを上げ、上方歌舞伎の上演機会を増やすことに大いに貢献した。そんな、地味ながらも文化的なスポンサー活動は都丸のイメージを底上げし、そのおかげで、恐らく歌舞伎ファンで彼に悪印象を持つ人間はほとんどいない。

噂では佐野川啓一の歌舞伎転身話は都丸の勧めがあってのことだという。ビジネスマンの都丸としては、歌舞伎に新規客層の流入を見込める啓一の移籍は合理的かつ長期的な展望のある戦略に違いなかっただろう。しかし、仁右衛門の強い反対によってその計画は暗礁に乗り上げ、都丸と仁右衛門の円満な関係にも小さからぬ亀裂を生じさせてしまったという。

しかし、仁右衛門はなぜそこまで啓一の転身を拒むのだろうか？——その理由を明確に物語る噂は、今のところ弦二郎の耳には入っていない。

「あっ！」またもやユミが声を上げた。

レンズから目を離して顔を向ける弦二郎に、ユミは上気した様子で言った。

「芳岡家の女性陣がいよいよ桟敷に登場しましたよ！　華やかだなぁー」

言われて正面に向き直ると、最前まで弦二郎がオペラグラスで見ていた五番六番桟敷を挟む四番桟敷と七番桟敷、それぞれ背後の緋色のカーテンを割って芳岡家の女性たちが桟敷に姿を現していた。

四番桟敷には向かって右から日舞藤岡流家元の藤岡環、新派女優の秋月悠里。五番六番の佐野川啓一、楠城玲子、都丸美紀、都丸卓を挟み、七番桟敷には小学生ピアニストの芳岡恵梨果、そして、仁右衛門夫人の芳岡菊乃——。

四つの桟敷、横一列にずらりと並んだ八人の有名人の姿に、弦二郎たちのみならず、一階席の客たちは桟敷に顔を向けてざわめいている。

「……エヘン！　エヘン、エーッヘン！」

そんな客席の注意を引き戻すように、口上人形は今までにない大きな咳ばらいを繰り返した。

「大星由良之助《おおぼしゆらのすけ》、一役。芳岡仁右衛門、芳岡仁右衛門」

今日の舞台の主人公の名に、観客たちは我に返って正面に向き直った。

弦二郎も、ユミも、そして客席の誰もが今日の主役、当代一の役者の名前に惜しみない拍手を

送る。

「……大序より十一段目まで、幕あり、幕なしにてご覧入れますれば、お茶、お菓子など召しあがり、ゆるゆる、ゆるーっと御見物のほど、乞い願い上げ奉りまする。……そのため口上、左様」

とペコリと一礼、人形は幕の後ろに姿を消した。

カン――柝の音が高らかに響く。

笛と鼓《つづみ》の厳かな響きに導かれ、芝居の幕がゆっくりと開いてゆく。

四十七回打たれる柝。

しきたり通り三回、五回、七回と区切って「東西」と繰り返される東西声。

儀式的な荘厳さとともに『仮名手本忠臣蔵』大序「鶴ケ岡兜《かぶと》改めの段」の幕が開いた。

＊

〽　嘉肴《かこう》ありといえども食せざればその味わいを知らずとは
国治まって良き武士の　忠も武勇も隠るるに
たとえば星の昼消えて　夜は乱れて顕《あらわ》るる
例《ためし》をここに仮名書きの　太平の世の政《まつりごと》――

ゆっくりと時間をかけて幕が開ききり、上手御簾《みす》内から冒頭の置浄瑠璃《おきじょうるり》と三味線の音が響き

始めた。
舞台の奥には鶴ケ丘八幡宮の社殿書割。上下二段の石段に大名たちが頭《こうべ》を垂れて並び座している。
武士の正装、大紋に引立烏帽子《ひきたてえぼし》姿で居並ぶ大名たちの中、上段中央、たった一人豪華な錦の束《そく》帯《たい》金烏帽子姿、床几に掛けて俯く美しい御曹司に弦二郎は注目する。

〽　頃は暦応元年如月《きさらぎ》下旬
　足利《あしかが》将軍尊氏公の御舎弟、足利左《さ》兵衛督直義《ひょうえのかみただよし》公――

鷹揚に両袖を拡げながら顔を上げ、その役者は役の魂を迎え入れるべく静かに両眼を開いた。八代目芳岡天之助――「歌舞伎界のプリンス」と世間が騒ぐ端整な顔立ちに、客席から嘆息が漏れ聞こえる。隣のユミも、前屈みになってオペラグラスを覗いている。
役名呼び出しの語りは続く。

〽　在鎌倉の執事。武蔵守《むさしのかみ》、高師直《こうのもろなお》――

天之助の隣、向かって右の上手に控える黒の大紋引立烏帽子、老齢の侍が仰々しく顔を上げ、目を剝いて下段の大名たちを睥睨《へいげい》する。

この芝居の仇《かたき》役、足利家執事・高師直は威儀堂々たる菊五郎。


〽御馳走の役人は桃井若狭之助安近《もものいわかさのすけやすちか》――

　伯州の城主、塩冶判官高定《えんやはんがんたかさだ》――


中央石段、下段両脇に控える二人の武士がそれぞれ顔を上げて眼を開く。

下手、浅葱《あさぎ》色の大紋に引立烏帽子、短気な気性が災いして師直と遺恨を重ねる桃井若狭之助の役は芳岡逢之助《あいのすけ》。仁右衛門の末弟・鴈堂の部屋子から芸養子となり、門閥《もんばつ》外ながら異例の出世を遂げた芳岡一門の幹部役者の一人。

上手、玉子色の大紋に引立烏帽子、師直と若狭之助の確執に巻き込まれ、後に刃傷事件を起こしてしまう大名、塩冶判官は当代一の人気役者、勘三郎。

『仮名手本忠臣蔵』前半「昼の部」、仁右衛門を除く主要人物四人が眼を見開いて顔を上げ、自らの体に役の魂を迎え入れた。

*

「いかに師直――」

直義の甲高い声が鶴ケ岡八幡宮、社殿前に朗々と響いた。

「ハーッ」師直は畏《かしこ》まって頭を下げる。

居並ぶ大名たちも、将軍御舎弟直義の続く言葉に耳をそばだて控えている。

下段中央に置かれた黒塗りの箱に視線を流し、直義は言った。

「この唐櫃《からびつ》に入れ置きしは、兄尊氏に滅ぼされし新田義貞《にったよしさだ》、後醍醐帝《ごだいごてい》より賜って着《ちゃく》せし兜。敵ながら義貞は清和源氏の嫡流。着捨ての兜といいながら、そのままにも打ち置かれず。当社の御蔵《みくら》に納める条《じょう》、兄尊氏の厳命なり」

師直は顔を上げ、意外そうに眉をひそめる。

「これは思いもよらざる御事《おんこと》。新田が清和の末なりとて、着せし兜を尊敬《そんきょう》せば、御旗下《おんはたした》の大小名、清和源氏は幾らもある。兜奉納の儀、然るべからず候」

将軍御舎弟と幕府第一の権力者――相《あい》反する言のどちらにも頷きかね、大名たちは押し黙る。

そんな空気を読むこともなく、下段の桃井若狭之助が身を乗り出して口を開いた。

「アア、イヤ。左様にては候わまじ。この若狭之助存ずるに、これ全き、尊氏公の御計略。討ち洩らされし新田の徒党に御仁徳を知らしめし、攻めずして降参さする御手立てと存ずれば、無用との御評議は、ちと卒爾《そつじ》かと存じまする」

「黙れ若狭！　出頭《しゅっとう》第一の師直に向かい、卒爾とは何のたわ言！」

権勢人に卒爾――軽率と言い放つ若狭の方こそ卒爾というなら卒爾である。しかし、自らの心底を隠せぬ短慮な気質の若狭之助、師直の面罵に厶ッとした様子を露わにする。

苛立ちを隠さず、師直も下段の若狭を憎々しげに見下ろした。

「義貞討死のみぎりは大わらわ、死骸の傍に落ち散ったる兜の数は四十七《しじゅうしち》。どれが誰のと見知らぬ兜、奉納したその後で、違《ちご》うていれば大きな恥。……生若輩《なまじゃくはい》のなりをして、お尋ねもなき評議立て、すっ込んでおいやれ！」

険悪に睨み合う師直と若狭之助を執り成すように、下段の塩冶判官は恭《うやうや》しく頭を下げた。

「これは御尤もなる御評議ながら、桃井殿の申さるるも、治まる御世《みよ》の軍法、これ以て捨てられず。この上は直義公の御賢慮《ごけんりょ》、ひとえに仰ぎ奉る」

待っていたとばかり、直義は品良く頷く。

「さあらんと思いし故、所存あって塩冶が妻を召し寄せ置いたり。……それ、呼びん出せ」

直義の下知に従い、下手に控える雑式《ぞうしき》が花道の際に進んで取り次ぎの声を上げた。

「馬場先に控えられし塩冶殿の御内室、顔世《かおよ》殿。君のお召し、急いでこれへ」

チャリン――花道奥、レールを擦って揚幕《あげまく》が開く音が響き、塩冶の妻、顔世御前が花道に現れる。

顔世は後醍醐帝の元官女。帝が義貞に下賜した兜がどれかを知っているのだ。

舞台に進んだ顔世は直義に命ぜられるまま唐櫃から取り出される兜を次々と検《あらた》め、これも違う、それも違うと首を横に振り続ける。

＊

桟敷の客のほとんどは肉眼で芝居を見物している。

オペラグラスを使っているのは東二階五番桟敷のユミ、そしてもう一人――ユミの桟敷の真向かい、西二階五番桟敷の鳶《とび》色の紬《つむぎ》を着た一般客の女性、たった二人だけだ。

幕が開いてからずっと、彼女たちのレンズは天之助の端正な顔に向けられ続けている。

＊

「これこそは義貞殿の兜――」

顔世が判定した兜を社殿へ奉納すべく、直義と大名たちの行列は上手袖へと去ってゆく。

その場に残ったのは師直と顔世の二人だけ。

師直は石段を下り、下手に控える顔世をいやらしく口説き始めた。嫌がる顔世にしつこく付文を渡そうとしているところ、その場にたまたま一人戻った若狭之助。上手袖から様子を眺めて事情を察し、若狭之助は「エヘン」と咳払いをする。

ハッとして顔世から離れる師直。若狭之助は舞台中央まで進み、俯く顔世に言葉を掛けた。

「……顔世殿、いまだ退出召されぬか。長居はかえって上《かみ》への畏れ。ササ、お帰りなされ」

助け舟に感謝の一礼、顔世は花道から揚幕へと足早に去って行く。

満足げにその後ろ姿を見送る若狭之助。

残念そうに顔世を見送り、そして、若狭を屹《きっ》と睨む師直。

「エイ！　またしても言われぬ出過ぎ！　顔世がここにござったはな……オオそれ、この度の塩冶の大役、首尾良う勤めさせてくれとのたっての頼み。大名でさえあの通り、お身やなんだ？小身者だぞ？　その小身者に捨て知行、一体誰が取らすと思う？　この師直の口一つで、明日からは先行き知れぬ危ねェ身代、それでも武士か？　馬鹿な奴だ！」

師直は怒りに任せ、手にした末広で若狭の胸元を叩いた。

短気な若狭之助はカッと頭に血を逆上《のぼ》せ、後先考えず刀の柄に手を掛ける——。

と、その時「還御！」と直義の退出を告げる声が社殿から響いた。

一瞬気が逸れた若狭之助の手元を師直は末広で打擲《ちょうちゃく》した。

「還御だ！」師直の叫びにハッとして若狭之助がひるんだ瞬間、師直は素早く若狭の間合いから逃れる。

若狭之助は踏み込む足に力を入れ直すも、師直は重ねて大声を上げ続ける。

「還御だ！　還御だ！」

石段を上り、師直は意地悪く若狭之助を見下ろす。

身をわななかせ、若狭之助は師直を睨み上げた。

＊

カン、カン——刻まれる柝の音とともに大序の幕は閉じた。

舞台両袖の柱の上、電光掲示板に〈5分〉と極端に短い幕間《まくあい》の休憩時間が表示される。うっすらと明るくなった客席は騒めきはするものの、極端に短いこの幕間、席を立つ客の姿はほとんどない。

西一階桟敷の八人の客たちも客席からの注目を意識しつつ、それぞれ寛《くつろ》いだ様子で自分の席に座ったまま、桟敷の同行者と視線や言葉を交わしている。


一階桟敷にはそれぞれ独立した専用のドアがあり、ドアを入ってすぐの空間は姿見とコートフックが壁面に設《しつら》えられた沓脱場《くつぬぎば》、そこから天鵞絨《ビロード》のカーテンを割って框《かまち》を上がると、一階平場の客席よりも少し高い視界が開けた桟敷席に出る。沓脱場までは独立した占有空間だが、客席に出てしまえば二階桟敷と同じように畳の上に二つの座椅子、左右に続く一枚板の長テーブルの掘りごたつ。隣の桟敷との境界はテーブルの高さまでの低い仕切りがあるだけで、腰の高さより上、両隣の桟敷との間に視界を遮る仕切りはない。


「ねぇ、啓一さん」

西一階五番桟敷。楠城玲子は隣の夫に体を寄せ、客席に笑顔を向けたまま小声で囁いた。

「……今日のお芝居って、『忠臣蔵』の仇討《あだう》ちのお話じゃなかったっけ？　浅野内匠頭《あさのたくみのかみ》も吉良《きら》上野介《こうずけのすけ》も出てこないし、江戸じゃなくて鎌倉の将軍様とか言ってるんだけど……」

「えっ？」

客席からの視線を意識して作り笑顔を浮かべながら、啓一は小声で新妻に応えた。

「……その程度のことも、予習してこなかったのか？」

「ごめんなさい……色々、検診とかで気持ちが落ち着かなくて」

帯の腹にそっと手を添え、玲子はしょんぼりと俯く。

「そうか……。まぁ、いいや」

客席に向けて作ったクールな表情を、啓一はそのまま玲子に向けた。

「……江戸時代、大名家の事件をそのまま舞台化する訳にはいかなかったから、この芝居は吉良上野介を高師直、浅野内匠頭を塩冶判官、鎌倉時代の『太平記』の時代に世界を置き換えて書かれてるんだ」

「へぇー。そうなんだ」明るく応え、しかし玲子は小首を傾げた。

「……でも、塩冶判官というより、なんだか、若狭之助って人の方が刃傷沙汰を起こしそうな勢いだったよ？」

「ああ、それは——」

再び客席に作り笑顔を向け、啓一は言った。

「続きを観てれば解ることさ」

「次の幕は『門前進物』と『松の間刃傷』……と」

西一階六番桟敷。テーブルの上でパラパラと筋書をめくりながら、都丸卓は独り言のように呟

いた。

隣の美紀はモデルらしく、優雅な座り姿を客席に披露し続けている。

すました美紀の反応を誘《いざな》うように、都丸は小さな声で筋書を拾い読む。

「『師直を斬りに若狭之助は足利御殿に向かいます。桃井家の家老、加古川本蔵《かこがわほんぞう》は先回りをして登城中の師直一行に賄賂を贈って師直主従の機嫌を取ります』……バカな上司を持つ部下というのは、いつの時代も苦労が絶えないもんだな」

筋書を閉じ、都丸は座椅子の小さな背もたれに大きな背中を預けた。

隣の都丸にちらりと視線を流し、美紀は姿勢を崩さず口元だけを動かす。

「あら、自分の部下たちのことを心配してあげてるの？　都丸社長さん」

皮肉っぽい美紀の反応を喜ぶように、都丸は寛いだ姿勢のままニヤニヤと笑った。

「いやいや。俺の方こそクライアントのご機嫌を取るのに毎日精一杯。……憐れなもんさ」

「じゃあ、機嫌を損ねた大殿様に、賄賂でもお贈りになってみれば？」

「機嫌を損ねた大殿様……か」

閉じられた定式幕を眺め、都丸は囁くように言った。

「そんなものが通用する大殿様だったら、何も苦労はないんだがね」

「おばちゃま、今の休憩時間、お手洗いに行っても平気？」

西一階七番桟敷。

掘りごたつの中で足をブラブラさせながら、芳岡恵梨果は菊乃夫人の肩に顔を寄せた。

芳岡三兄弟の三男・雁堂の歳をとってから生まれた一人娘、恵梨果。その母親、年の離れた花柳界の妻と雁堂は既に離婚してしまったため、兄嫁の菊乃夫人が主に恵梨果の面倒をみている。

「……行ってもかめへんけど、この幕間は短いさかい……ちょっと、急がなあきませんよ」

「うん、わかった。じゃあ行ってくるね」

「一緒に行ってあげましょか？」

「ううん、一人で大丈夫」

立ち上がった恵梨果はバレリーナのようにくるりと身を翻し、天鵞絨のカーテンの中央を割って靴を履いた。薄暗い沓脱場をピョンと一またぎ、恵梨果は小さな体で体当たりするように桟敷のドアを押す。

開いたドアから飛び出しかけたその瞬間、恵梨果は「あっ」と声を上げて身を引いた。

二本の灰色の鉄パイプと黒い影――桟敷前の廊下を動く異様な何かが恵梨果の視界を遮ったのだ。

恵梨果は目を凝らした。

それは医療用の杖を両腕に装着し、両腕両脚を使って歩くトンビコートを着た一人の男の姿だった。舞台側の方向にゆっくりと歩いて行く男の顔色は悪く、その右頬には羽を広げた蝙蝠《こうもり》に似た形の大きな痣《あざ》が目立っている。

急いでいたことも忘れ、恵梨果はしばし男の横顔をぽかんと眺め続けた。

「――はい、今すぐ参ります」

西一階四番桟敷。短い通話を終えた藤岡環はコンパクトを閉じるように携帯電話を畳んだ。

「どうしたの？」

隣の悠里に尋ねられ、環は小さなため息をついて応えた。

「お祖父さまが私を楽屋にお呼びなんですって」

「えっ？　もう次の幕が始まるのに？」目を丸くして、悠里は隣の母に身を寄せる。

「……お祖父さまの出番がない幕とはいえ、他のお家《うち》の役者の皆さんに、それはさすがに失礼なんじゃない？　隣の桟敷も空席のままだし、この上お母さまが席を外したら、客席からは芳岡の家が桟敷を無駄に占有してるみたいに見えちゃうわよ」

大入満員のはずなのに無人のままの隣、三番桟敷に目を向けながら悠里は母の耳元で囁いた。

ちらりと三番桟敷の座椅子を見遣《みや》り、環は娘に向き直って大袈裟に両眉を上げて見せる。

「お祖父さまが仰言《おっしゃ》ることは絶対――あなたも分かってるくせに、そんな正論を言ってお母さんを余計に苦しめないで頂戴」

冗談なのか本気なのか判らない母の口ぶりに「ふふふ」と笑い、悠里は仕切り直すように言った。

「……でも、隣の桟敷はうちの手配の席じゃないんでしょ？　結局、お祖父さまは今日は何人、どこの席にお客様をお招きになったのかしら？」

「お祖父さまの招待は私たちも入れて十二人……って番頭さんは言ってたわ。でも、座席がどこ

なのかは『大旦那からお教えするなと言われております』ですって——」

芝居じみたため息をつき、環は続けた。

「挨拶に来なかったとか、顔一つ見せなかったとか、後で悪く言われるのは私やお義母《かあ》さんなのに、本当、気まぐれなことを言ってくれるわよ。……まぁ、私たちのご挨拶なんか必要のない、芸者さんかなにかが、この客席のどこかにいるんでしょうけれど」

目の前に広がる空間を見渡し、環が座椅子から立ち上がろうとしたその時、悠里は唐突に「ヒッ」と声を漏らして母の袖を摑んだ。

環は娘の視線を追い、自分の背後に顔を向ける。

「あっ！」環も声を漏らし、娘の肩にもたれるように腰を落とした。

最前まで無人だった三番桟敷——そこには両腕に杖を嵌めた顔色の悪い不気味な男が立っていた。

頰の痣が大きく目立つその男は、ゆっくりと四番桟敷の二人を見下ろす。

口元に暗い笑みを浮かべ、男は掠《かす》れる声で言った。

「これはこれは芳岡の奥様、またお会いできて光栄です。……しかしまさか、まんまと隣の席とはね」

畳に腰を下ろし、男は両腕から外した杖をカーテンの外に立て掛ける。そして、動かない両脚を掘りごたつの方へと引きずるように動かす。

幕間終了のブザーが鳴り響き、客席の照明がゆっくりと暗くなる。

娘と顔を見合わせ、環は逃げ出すように桟敷の外に出て行った。

＊

〽　金で面《つら》張る算用に　主人の命も買うて取る
　二一天作算盤《にいちてんさくそろばん》の　桁を違《たが》えぬ白　鼠《しろねずみ》

足利御殿門前。

桃井家老、白髪頭の加古川本蔵は師直一行に進物を受け取らせることに成功した。最前まで居丈高だった師直の側近、鷺坂伴内《さぎさかばんない》もコロリと態度を変えて本蔵に諂《へつら》う。

「本蔵殿、貴殿も今日のお座敷、拝見なさるがよろしゅうござろう」

「イヤ、ありがたくはござりますが、陪臣《またもの》の某《それがし》、御前の畏れ」

「大事ない大事ない。主人師直公のお指図、誰が否やを言う者もない。平に、平に」

本蔵はじっと思案を巡らせる。

同道して首尾を見届け、不慮の事態に備えるのも忠義――。

「……さほどまでの仰せ、御意に背くはかえって無礼。しからばお供仕りまする」

「ウム」機嫌よく頷く伴内が合図を送り、師直の駕籠《かご》は城内に向かって進み出す。

伴内と本蔵もそのあとに続く。

もとより薄暗かった舞台の照明がより一層暗くなる。

回転舞台がゆっくりと回り、舞台は城の門前から殿中の一間へと転換する。観客たちの目の前に現れたその「松の間」の背景、金襖《きんぶすま》には大きな松が描かれ、下手の端には小さな衝立《ついたて》が一枚置かれている。回転が止まり、舞台がフッと明るくなる。

チャリン——と勢いよく開く花道の揚幕。

笛と鼓の激しい音とともに裃《かみしも》姿の若狭之助——芳岡逢之助が刀の柄に手を掛けて花道から駆け出てくる。

片や上手の襖から袴《はかま》姿の師直と伴内が松の間に姿を現す。舞台の中央まで進み、二人は花道から鬼気迫る様子で駆けて来る若狭之助の姿に気づく。慌てふためき、師直は腰の刀を目の前に放り出してその場に這いつくばった。

「これはこれは、若狭殿にはお早い御登城。いやはや師直、我折《がお》りました。閉口、閉口。閉口ついでにもう一つ、鶴ケ丘での拙者が過言《かごん》、さぞお腹が立ったであろう。ごもっとも。ごもっとも。そこをお詫び。……武士がコレ、この様に手を下げる」

本蔵の賄賂の効果とはつゆとも知らぬ若狭之助。思いがけない師直の豹変に一瞬怯んで足を止めてしまう。その隙に伴内は若狭之助の背後に回り、若狭の足に赤子のようにしがみつく。若狭之助は我に返って斬り込もうとするが、伴内が邪魔で斬り込む一歩を踏み出せない。

師直は諂い続ける。

「……其処許《そこもと》が物慣れた御人なりゃこそよけれ、他のうろたえ者であったなら、この師直真っ二つ。アァ、怖やの、怖やの。貴殿の後ろ影、手を合せて拝みましたぞ。コレさ、武士がこの通り刀を投げ出し手を合わす。これほどお詫び申すのをお聞き入れなき其処許でもござるまい。……コレ、伴内」

若狭の足にしがみつく伴内に、師直は唐突に声を掛けた。

「塩冶はいまだ登城いたさぬか？」

「ハイ、いまだお上がりではござりませぬ」

「ハテサテ、若狭殿とは雲泥の不行儀者。今において登城せぬとは、主《しゅう》が主なら家来まで、諸事細心《こまごころ》の付く奴が一人もいない。……それにひきかえ若狭殿のお早い御登城。イヤ、恐れ入る恐れ入る。サテ御前にはまだ間もござれば、手前が詰所で御休息。……伴内、ご案内ご案内」

師直の老獪《ろうかい》さに気勢を削がれ、若狭之助は人を殺す気概を失ってしまった。

その場にドスンと座り込み、若狭之助は憎々しげに言った。

「若狭之助、心地悪《あ》しゅうござる」

「なに？　お心地が悪しい？　伴内、ソレ、お背中お背中」

師直の目配せで伴内は若狭之助の背中を摩る。

「さほどでもござらぬわい！」

若狭之助は苛つきに任せ伴内を肩で突き飛ばす。

師直は畳に転がる伴内を叱りつける。

「さほどでもないと仰言るではないか！　たわけ者め！　……しからば手前が詰所で御休息なされ。伴内、サ、ご案内ご案内」

この場にいるのも嫌になり、若狭之助は立ち上がる。

不快に身をわななかせ、若狭之助は「馬鹿な侍だ！」――と吐き捨てその場を去ってゆく。

上手襖の内に消える若狭之助。

その退場を確認し、師直は忌々しげな顔を客席に向けた。

「あの小僧、俺を本気で斬る気でおった。……馬鹿な奴だ。馬鹿ほど怖いものはない――ナ」

＊

舞台裏手の楽屋エリア、左右対称に羽を広げた『芳岡胡蝶』の黒い暖簾《のれん》が掛かった人間国宝・芳岡仁右衛門の楽屋。

広々とした奥の一間、鏡台を背に一人座る舅《しゅうと》の前に藤岡環は腰を下ろした。

出番が昼の部最後の仁右衛門はまだ拵《こしら》えをしておらず、銀鼠の結城紬に米沢帯、厚い鼈甲《べっこう》のメガネを掛けた素顔に穏やかな笑みを浮かべている。

座を落ち着けた環に、仁右衛門は柔らかな口調で言った。

「芝居の最中に呼び立ててしもて堪忍でっせ。桟敷の皆は問題なく、芝居を楽しんでくれてるや

ろか？」

一瞬の間を置いてしまったものの、環はすぐに笑顔を浮かべる。

「はい、皆さんご機嫌良く。お義父さんの由良之助の登場を、今か今かと待っていらっしゃいます」

「ははは――」照れるように笑い、仁右衛門は亡き息子の嫁に言う。

「次の長幕《ながまく》、会食の采配《さはい》もあんじょう頼みましたで」

「はい。『吉祥《きっしょう》』さんにお席もお料理もお願いしてますから、きっと万端抜かりなく」

環は胸元をポンと軽く叩いて見せた。

満足げに頷き、仁右衛門は袖の中で腕を組んで黙る。しばし間を置き、仁右衛門は値《あたい》千両の顔からじんわりと微笑を消した。

「実は、その会食の席で話題になるかもしれへんさかい、先に耳に入れといて欲しいことがあって、ちょっと、あんさんにわざわざおいで願いましたんや」

「はい……。なんでしょう？」

「昨日、私《あて》は決めた」

一呼吸置き、仁右衛門は言った。「逢之助に、千之進の名を継がせようと思う」

「えっ？」

一瞬言葉を詰まらせ、環は呆然と言う。「将来千代蔵になる役者が名乗る千之進。それを、逢之助さんが継いでしまったら……」

環の不安げな様子を慰撫するように、仁右衛門は鷹揚《おうよう》に首を振った。

「いやいや、あんさんは何も心配することはあらへん。和也《かずや》……天之助にはゆくゆく私《あて》の名前を継がせて仁右衛門の芸と芳岡の家の将来を担うてもらうつもりや。せやさかい、この件はそのための補強、一門繁栄のための地盤固めやと思てくれたらええ」

「けど、そうなったら啓一さんが……」

「環さん――」

眉根を寄せ、仁右衛門は言った。

「何も私《あて》は、啓一君を嫌うてあの子を拒んでる訳やない。血筋だけで物事を考える時代はもう終わった――私《あて》はそう考えてるのや。血は繋がってないけど充分な経験を積んだ実《じつ》のある役者。親戚とはいえ今から歌舞伎を始めたいと言うてる新人。大事な弟の名前と芳岡の芸を託すべき人間はどっちか、老い先短い私《あて》がよくよく考えて出した結論。私《あて》は私《あて》の代で歌舞伎の世界を縛る『血筋』という名の呪いを解いて、自分の芸の力で未来を切り拓ける世界を次の世代に引き継ぎたい……そう思うてるのや」

環は舅の顔をじっと見つめた。

「お義父さん……そのお話はもう、皆さんに？」

「いや、まだ菊乃とあんさんに胸の内を伝えただけで、逢之助当人にも、鴈堂にも、まだ誰にも伝えてはおらん。……追善供養の会食の席、もし啓一君が千之進、千代蔵を目指したいなんて話題になってしもたらかえってあの子が不憫《ふびん》やさかい、そんな話になりそうやったら、環さん、あ

んさんがちょっと気を回したげて欲しい」

「……」

しばらくの沈黙を挟み、環は静かに頷いた。

「……わかりました。お義父さんが決めたことなら、誰も否やは申しません」

環はじっと仁右衛門の瞳を見つめた。

「ところでお義父さん、和也のこと――」声をひそめ、環は続ける。

「あの子ももう二十八。周太郎《しゅうたろう》さんが亡くなった時と同い歳になりました。『……せめて自分と同じ歳になるまで、あの子の秘密は本人には内緒にしてほしい』と今わの際に言い残したあの人の遺言、そして、お義父さんの厳命。……けど、あの子ももういい大人。今日の祥月命日を一区切り、そろそろ本当のことを知らせてあげてもいいんじゃないかと、私は思ってるんです……」

仁右衛門は袖の中の腕を組み直し、独り言のように呟く。

「マァなぁ……外の世界ではもう、これがそんなに罪深いことやという考えも廃れつつあるかもしれん。……とはいえ、やっぱりデリケートな問題ではある」

仁右衛門はじっと環を見つめた。

「環さん、堪忍のならんことをずっと堪忍し続けて来てくれたあんさんに、私《あて》は本当に感謝しとる。あんさんの言うこともご尤もや。けど、もうちょっと、この件に関しては私《あて》の預かりとして欲しい。私《あて》は私《あて》で、考えてることもなくはない……」

「……」

応とも否とも言わず、環はじっと仁右衛門の顔を見つめる。

とその時、暖簾の外に「お旦那、ぼちぼちー」とスタッフが叫ぶ大きな声が響いた。出番の役を作るため、そろそろ化粧と着替えを始める時間のようだ。

目配せする環に仁右衛門は小さく頷く。

頷き返し、環は立ち上がって声を上げた。「はーい、よろしゅうお願いいたします」

スタッフたちを出迎えに次の間に向かう環を仁右衛門は呼び止めた。

「環さん」

「はい?」

応えて振り向く環に、仁右衛門は再び明るい笑顔を見せた。

「今日は私《あて》も一世一代、今生最後の心づもりの由良之助で息子の供養をするさかい、しかと皆で見とくんなはれや」

環はくるりと向き直り、次の間の畳にストンと腰を下ろした。

「——はい、しかと拝見いたします」

畳に三つ指を突き、環はにこりと微笑んだ。

二

文箱を携えた塩冶判官——勘三郎が悠然と登場した花道に向けられたユミのオペラグラス。

着衣の乱れを整える師直——菊五郎が一人残った舞台に向けられたもう一つのオペラグラス。東西向かい合った二階五番桟敷、それぞれのレンズはそれぞれにとらえた顔を大きく映し出している。

張り詰める緊張。

師直の不機嫌をつゆ知らず、花道から舞台に掛かった判官。

その姿に気付き、ゆっくりと振り返る師直。


まるで悲劇の神に操られた、それは運命の巡り合わせだった。

＊

「遅い遅い！　今日は正七ツ時と申し渡していたであろう！」

突然響いた師直の怒声に、判官は慌てて師直の前に進んで腰を下ろした。

身に覚えのない師直の不機嫌ながらも、判官はひとまず大人しく頭を下げる。

「遅なわりしは拙者が不調法、平にお許し下され」

手にした文箱を師直に見せ、判官は整然と言葉を続ける。

「奥顔世より文箱到来、師直公へお渡しくれよとの願い。……なれど御用に間のなき折なれば、

これはこのまま差し戻し、すぐに御前へ」

　顔世から恋文の返事が来た――思った師直は慌てて態度を翻す。

「奥方よりの文箱とな？　……アア、それはきっと我ら歌道に心を寄せるに、いつぞや添削の儀をお頼みあったが、きっとそのことでござろう。ドレ、他ならぬ塩冶殿の奥方よりのご依頼、この師直、何より先に拝見いたそう」

　判官からひったくるように文箱を受け取り、師直は中から一枚の短冊を取り出す。

「どれどれ――『さなきだに　重きが上の　小夜衣《さよごろも》　わがつまならぬ　つまなかさねそ』……ン？　コリャ新古今の歌。この古歌に添削とは……」

　師直はハッとする。

〈そうでなくとも重い夜具の小夜衣、自分の衣の褄《つま》以外、どうして重ねることが出来ましょう〉

　これは「褄」と「妻」を掛けた、不倫を咎《とが》めて拒む歌――。

　師直はゆっくりと判官に顔を向けた。

「判官、お手前、この歌御覧じたか？」

「いいえ、いまだ内見仕りませぬ」

「左様か。お手前の奥方は、きつい貞女《ていじょ》でござるの。……ウム、貞女、貞女だ。ご自慢さっせい、ご自慢さっせい。その貞女の奥方にへばりついてばかりおるがゆえ、それで登城が遅くなったか？　御前のことはお構いなしか？」

〽
当てこする雑言過言《ぞうごんかごん》　あちらの喧嘩の門違《かどちが》いとは
判官さらに合点ゆかず　ムッとせしが押し止め——

「……ハハ、ハハハハハ。これはこれは師直公には只今のお言葉、御座興か、はたまた御酒機嫌《ごしゅ》か。御酒参ったと見える。ハハハハハ」

やり過ごそうとした判官の一言が、師直の不機嫌に油を注いでしまった。

「お手前、いつ拙者に御酒下されたか？　……アァ、お手前こそ、御酒参られたか。そうでござろう、そうでござろう。あの美しい奥方とさいつおさいつお酒盛り、それで登城が遅うなったか。それほど奥方が大切なら明日からは登城は無用。貴様のように内にばかりへばりついている者を何とやら申した……オオそうじゃ『井の中の鮒《ふな》』じゃ——」

＊

ユミは息を呑んでオペラグラスを舞台に向け続ける。低倍率広視野のガリレオ・グラスは程よく師直と判官の姿をクローズアップしている。

大きな川に放されて狼狽《うろた》える小魚に喩《たと》え、師直は判官にねちねちと嫌味を言い続ける。黙って聞きながらも、判官の顔色は徐々に険しく変わりつつある。

オペラグラスを握るユミの手に、じんわりと汗が滲《にじ》む。

「鮒だ、鮒だ、鮒侍だ、ダハハハハ――」

＊

〽　と出放題
　判官腹に据えかねて

「伯州の城主、塩冶判官高定をうろくずにたとえしは、本性にてはよもやあるまい。気が違ごうたか武蔵守」

「黙れ判官！　出頭第一の師直に向かい、気が違うたとは何のたわ言」

「スリャ、最前よりの雑言過言、本性でお言いやったか？」

「本性だ。本性なりや、お身や、どうするのだ？」

「本性なれば……」

「本性なれば？」

判官は刀の柄に手を掛ける。

すかさずその手を末広で叩き、師直は大声で叫ぶ。

「殿中だぞ！」

判官はハッとする。

師直は座ったまま、上手、下手に顔を向け、聞えよがしに大声で叫ぶ。

「殿中だ！　殿中だぞ！」

判官はぐっとこらえ、怒りに身を震わせる。

判官が刀を抜けないのを見てとった師直は調子に乗り、判官の前にズンと身を突き出した。

「殿中において鯉口三寸寛げば、家は断絶、身は切腹。それ御存知か？　御存知ならば斬られよう。この師直、この年になって鮒に斬られて死ぬるは本望。サァ斬れ、斬れ斬れ判官」

しばらくして判官は後方に後ずさり、低く低く頭を下げた。

「最前よりの拙者が不調法……平に、平にお許し下され」

師直はフンとそっぽを向く。人を馬鹿にした師直の様子に、判官の手は再び刀へと伸びる。

気付いた師直は大声で叫ぶ。「その手は何だ！」

判官はハッとして息を呑む。

「この手は……」

「その手は？」

「……この手をついて、お詫び申し上げる」

悔しさに言葉を震わせ、判官は師直に手をついた。

師直は穏やかな笑みを浮かべた。

「こりゃ、こうのうては叶わぬこと。左様なら、今日のお役目、御指南申そう」

判官はホッとして顔を上げる。「スリヤ、わたくしに？」

「お身じゃない。若狭殿に——ダ」

判官の面前に顔を近づけ、師直は憎らしい笑みを浮かべた。

立ち上がって背を向けた師直の袴の裾を、判官は膝を立てて踏みつける。

「師直……待て」

「退かぬか。袴が破れる。まだ何ぞ用があるのか？」

振り返った師直の目を、判官はじっと睨んだ。

「その用は……」

「その用は？」

と、おもむろに刀を抜き、判官は師直の額に一打ち——。

「アッ！」と叫んで背中を向けた師直にもう一太刀、まさに浴びせようとしたその時、下手の衝立の蔭に隠れていた加古川本蔵が飛び出し、判官の体を後ろから羽交い締めた。

本蔵に押さえられるうち、師直は畳に手を付き逃げて行く。

間もなく下手から駆け出してきた幾人もの大名たちに、判官はぐるりと取り囲まれてしまう。

大勢に押さえられ、体を前後に揺らしながら、判官は血走る眼を遠く師直の後ろ姿に向けている。

思い余った判官は手にした刀を上手に向かって思い切り投げつける。

大名たちに取り押さえられ、身を戦慄《わなな》かせる判官を舞台に残し、幕は素早く閉じてゆく——。

＊

〈35分〉――昼の部で一番長い休憩「長幕《ながまく》」の時間が電光掲示板に表示された。

この幕間に昼食をとるため多くの客が席を立ち、客席通路にはロビーに向かう人々の長蛇の列が出来ている。西一階の客たちも左右の一同と顔を見合わせ、それぞれ背後のカーテンを割って早々と桟敷を出て行く様子である。

そんな客席のざわめきを二階から見下ろし、弦二郎は隣のユミに声を掛けた。

「……さて、僕らもお昼にしましょうか」

「お弁当を買ってこのテーブルで食べる感じですか？」

「桟敷ならではで、それはそれで楽しそうやけど、一応地下の食堂を予約してるから、そこに行きませんか？」

「そうなんですね、ありがとうございます。色々お手配頂いちゃってすいません……。あ」

言いながら、ユミは手にしたままのオペラグラスと弦二郎の顔を見比べた。

「オペラグラス、結局ずっと一人で使っちゃって……すいません」

「いえいえ、楽しんでくれて嬉しい限りですよ。持ち主もきっと本望やろうと思います。どうぞ次の幕も遠慮なく使って下さい。僕は次の幕の最後、『城明け渡し』のラストの仁右衛門さんだけ、文楽との見比べの勉強のために使わせてもらえれば充分ですから。……さぁ、食事に行きましょう」

弦二郎とユミは席を立った。

西二階五番桟敷。

オペラグラスをケースに仕舞う鳶色の紬の婦人。その目の前に二人分の松花堂弁当が配膳される。

隣に座ったリクルートスーツ姿の娘は「わぁ」と声を上げ、配膳の係員に嬉しそうな笑顔を向けた。

「桟敷席って、お弁当まで届けてもらえるんですね。豪華だなー」

係員はお椀を並べながらにこやかに対応する。

「いいえ、お届けを承ってるのは普段は一階桟敷席だけ。本来は二階のお席にお届けはしないんですよ。でも、今回はある方からのたってのご依頼……ということで、特別に」

「ある方？」

娘は首を傾げて、隣の母に目を向けた。

「お母さん、今日ご招待してくれたのって、誰？」

「え？」

何かしら考えに耽《ふけ》っていた様子の母親はふと我に返る。

答えを待ち、娘はしばらく母の顔を見つめ続けるが、母親はぼんやりとし続けて喋らない。

配膳を終えた係員は二つの弁当の間に一枚の伝票とボールペンをそっと置いた。

「その方から頂戴していてお代は大丈夫なんですが、受け取りのサインとお電話番号だけ、お客様のものを頂戴できますでしょうか？　形式的なことで、誠に申し訳ないんですが」

母からの答えを諦め、娘はペンを取ってさらさらと署名をする。

署名を終えたペンと伝票を手渡し、娘は係員に尋ねた。

「その方って、一体どこの誰なんですか？」

伝票とペンを回収し、係員は答えの代わりに満面の笑みだけを返した。

「――ありがとうございます。では、どうぞごゆっくり」

＊

西二階廊下の奥、『吉祥』歌舞伎座店。

老舗料亭の劇場出店《でみせ》、奥まった一角のテーブルに設けられた会食の席に一階桟敷の芳岡家の客たちは着席した。八人掛けテーブルの奥側の上座、都丸と啓一が中央に並ぶように二組の夫妻が「客」として座り、手前の下座には恵梨果、菊乃、環、悠里――と芳岡の家人たちが並ぶ。

盃を持ち上げ、都丸はにこやかに一座の人々を見渡した。

「天之助君の直義公、この上なく品があって本当に素晴らしかったですね。この役は座頭《ざがしら》の家の御曹司が勤める役だという必然性を、今日、初めて理解出来たような気がしましたよ」

笑顔で会釈する芳岡家の女たちに、都丸は上機嫌に続けた。

「そして逢之助さんの若狭之助。彼も大変素晴らしかったですね。若者の怒り、直情のようなものがピリピリと感じられるほど漲《みなぎ》って、本当に舞台の上で師直が殺されてしまうんじゃないかと、思わずヒヤヒヤしてしまいました」

「まぁ――」大袈裟な都丸の賛辞に、悠里はにこやかに口元に袖を当てる。

新派女優の流麗な所作に満悦しつつ、都丸は隣の啓一に笑顔を向けた。

「同じ俳優として、今日の舞台はさぞいい刺激になってるんじゃないかい？　啓一君」

「ええ、まぁ……」

盃に口を付けながら、啓一は目の前の女たちの反応を探るように見渡した。

芳岡家の人々はにこやかな表情を崩さずに都丸の語りに耳を傾けている。

杯を傾け、都丸は機嫌良く続けた。

「啓一君のお祖父様、千代蔵さんは往時、黄金時代を迎えていた映画界に活躍の場を移し、銀幕の大スターとして日本映画界の発展を支えてこられました。それ以来、仁右衛門に次ぐ芳岡家二番目の大名跡・千代蔵、そして、千代蔵の前名《ぜんみょう》である千之進の名前と血筋は、歌舞伎という長い歴史ある芸能の世界から映画という新興芸術の発展を助けるため、いわば長期の出向を続けてこられたと理解できるでしょう。……日本一の歌舞伎の殿堂、この歌舞伎座の改築前の最後の顔見世が先代天之助さんの追善興行で幕を閉じ、そして、新開場の顔見世で啓一君が華々しく歌舞伎の世界に帰ってくる――もしそれが叶えば、歌舞伎界にとっても、芳岡のお家にとっても、最高の吉事に違いないと私は思うんですがね……。皆さんは、どうお思いでしょう？」

都丸は芳岡家の女たちの顔を見渡した。

菊乃夫人は隣の恵梨果の世話を焼くようにして視線をそらしている。

悠里はとぼけたようにあさっての方向を眺めている。

都丸の視線にとらえられてしまった環はしばらく呆然とし、そしてほほほと笑って口を開いた。

「新しい劇場の開場は三年も先のこと。そんな未来のお話、鬼に笑われるどころか、閻魔《えんま》大王様に笑われてしまいますわ、都丸さん。……今はそれよりも次の幕『通さん場』の特別なしきたりについて、美紀さんと玲子さんにご説明して差し上げる方が、この場の話題に重要なことなんじゃないかと私は思うんですけれど……どうかしら？　ねぇ、お義母さん」

突然話を振られた菊乃夫人は「へ？　そうやねぇ……」と困惑するように微笑んでみせる。

都丸は強引な話題転換にぽかんとし、啓一は黙って女たちの顔を眺める。

夫たちの沈黙を取り繕うように、玲子は大袈裟に身を乗り出した。

「次の幕って『判官切腹の場』と『城明け渡しの場』……なんじゃなかったでしたっけ？『通さん場』って、一体どういう意味ですか？」

「ほらね――」環は微笑んだ。「やっぱり、今必要なお話だったでしょ？」

「ああ……そのようですね」

環の意思を甘んじて受け、都丸は玲子に説明する。

「次の幕『判官切腹の場』は通称『通さん場』と呼ばれて、開幕から由良之助が登場するまでの

半時間ほど、客席の出入りが一切禁止される儀式的な場面なんです。数ある芝居の中でも、こんな約束事があるのはこの仮名手本の『通さん場』だけ。……ですよね、奥様？」

顔を向けられ、菊乃夫人は「ええ」と静かに頷く。

「客席のドアの鍵、閉めちゃうんですか？」

目を丸くする玲子に、菊乃夫人は優しく応じる。

「さすがにそこまではしません。係の人が廊下で全部の扉を見張って、客席に入ろうとするお客さんがいたらご遠慮をお願いするだけ」

「外に出るのも止められるんですか？」

「そこはそれ、それぞれのご事情があることかもしれへんから、今はお客さんの良識にお任せしてるみたいです。……けど一旦外に出たら、『通さん場』が終わるまで絶対に客席に戻ることはできません。こればっかりは、今でもしっかりと守られてるしきたりです」

「私たちの桟敷席もですか？」

「ええ、桟敷も例外やありません」

それまで黙っていた美紀が興味深げに身を乗り出した。

「……じゃあ、その『通さん場』の間、歌舞伎座の客席全体が大きな密室。桟敷が小さな密室――そんな状況が生まれますのね」

「密室――？」しばし考え、菊乃夫人は袖を口元に品良く笑った。

「今までそんなこと考えたこともあらしまへんでしたけど、言われてみれば、そんな風に言って

も間違いはありませんやろね」

オレンジジュースを飲むストローから口を離し、恵梨果は真顔で伯母の顔を見上げた。

「じゃあ、私たちの誰か、殺されちゃうのかしら？」

人々は恵梨果の顔をぽかんとして眺める。

しばしの間を置き、菊乃夫人はほほほと笑った。

「この子ったら、コナン君ばっかり読んでるさかいに。……そんなことはあらしまへんから大丈夫。大丈夫よ」

「よかったー」

恵梨果と菊乃夫人の他愛ない遣り取りに、一座の人々は朗らかに笑い合った。

とその時、通路との仕切りの衝立の向こう、独特な歩き方でこちらに近づいてくる男の姿が都丸の視界に入った。

白茶けた黒のダブルスーツに黒いネクタイ。両腕それぞれに医療用の杖を嵌め、そのグリップの操作で不自由な脚を引きずるようにして歩く男——白髪交じりの乱れた髪と土色の顔にはうらぶれた雰囲気が漂い、中年なのか老人なのか、どうもいまいち判らない。しかし何よりも特徴的なのは、遠目にも目立つ蝙蝠に似た形の右頬の痣——。

都丸は啓一に体を寄せ、近づく男に視線を向けたまま言った。

「……あの人、どこかの関係者の方だっかかな？」

「さあ……」

二人の様子に気付き、芳岡家の女たちは背後に顔を向ける。

「あっ！」と声を上げ、環と悠里は目を見開いて背後に立つ男を見上げた。

しばらく無表情に環の顔を見下ろし、男は掠れた声で言った。

「この幕間しかお話ができる時間はないと思いましてね、失礼ながらお邪魔しました」

「あなたは……一体……」

言葉を詰まらせる環に、男は淡々と、しかし切実な響きの籠《こも》った声で言う。

「二十九年前、この劇場であなたが私から奪ったものを返してもらいたい——私の願いはただそれだけです。……たとえもう返すことが叶わなくても、あの人が今どこでどうしているのか、少なくともあなたは私に教える義務があるはずだ」

「先日からあなたは、一体、何のお話をなさっているのか……」

見る見る顔色が青ざめてゆく環の隣、悠里は席を立って気丈に男を睨みつけた。

「高森《たかもり》さん……でしたかしら？　あなたのお話の意味が解らないと、母は先日も申し上げたはずです。只今追善供養のお客様をお招きして会食をしておりますの。どうぞご遠慮下さいな」

高森と呼ばれた男は無表情に悠里を一瞥《いちべつ》した。

「私は母上の過去の罪を責めている。君には関係のないことだ」

「まあ！　何が罪だと言うんです。そんな女性は知らない、言い掛かりだと母は先日も申し上げたはずです。私たちの会食をこれ以上邪魔するというのなら、こちらにも考えがあります」

険しい表情を浮かべる娘の袖を掴み、環は弱々しく言った。

「悠里、およしなさい。……高森さん、あなたのご質問に、私は先日誠実にお答えしたはずです。けれど、もし、まだお聞きになりたいことがあるというのなら、後日必ず時間をとって差し上げますから、とにかくこの場は、どうかお引き取りになって……」

「……」

しばらくの間、男は環を見つめ続けた。

仲居たちを通して事態が伝わったのか、店の支配人が芳岡家の席に駆け寄ってくる。背後のその様子をちらりと眺め、男は無表情に頷いた。

「わかりました。この席の人たちを証人に、今日のところはあなたの言葉を信じましょう。しかし、もし約束を違えたなら、こちらにも考えがある——そのことだけはお忘れなく」

ジロリと悠里を睨み、二本の杖を捻《ねじ》るようにして男は身を翻した。

神妙な顔の支配人と仲居たちに囲まれ、背を向けたまま男は言った。

「『通さん場』と『城明け渡し』……次はいよいよ今日の芝居のクライマックス。楽しみですな」

言い残し、男は杖を操り去って行く。

遠ざかる男の背中を睨み、悠里は憎々しげに言った。

「マァ……。芳岡への呪いか何かのつもりかしら。忌々しいったらありゃしない、あのコウモリヤス」

人々は呆然と男の背中を見送り続けた。

不思議そうに悠里の顔を見上げ、恵梨果は小さな声で菊乃夫人に尋ねた。

「ねぇ、コウモリヤスってなあに？　あの人誰？」

「さぁ……なんやろねぇ」

菊乃夫人はぼんやりと応えた。

＊

「……それにしても、とんだとばっちりですよね」

がやがやと賑やかな地下の大食堂。唐突なユミの言葉に、弦二郎は田楽大根を割る箸を止めた。

「え？　何がです？」

「もちろん判官ですよ、塩冶判官。意地の悪い師直の気まぐれの挑発に乗せられちゃって……すごく可哀想。高師直って、本当に最低な奴ですよね。武士の風上にも置けない奴ですよ」

ユミは言い終え、玉子焼きを口に放り込んで頬を膨らませた。

弦二郎は笑う。

「三郷さんにそこまで共感してもろて、判官もさぞ本望でしょうね。……けど、高師直という侍へのとばっちりも、大概なものやと思いますよ」

「え？　どうしてですか？」

目を丸くするユミに、弦二郎は箸先を天井に向けて語る。

「吉良上野介の代役として毎回舞台に引っ張り出され、無関係な師直は毎度毎度仇討ちされる。……そもそもは上野介だって、浅野内匠頭に斬り付けられた本当の理由は不明のままです。地元三河で上野介は大変な名君やったという話もあります。ルール上は、殿中で刀を抜いた内匠頭の方が完全にアウトです」

「ふーん。そうなんですか」

玉子焼きを呑み込み、ユミは曖昧な反応を見せた。

割った大根を一口食べ、弦二郎は笑った。

「……でも、そんな史実やルールとは関係なく、頭だけでは割り切れない人間のやるせない感情に共感するというのが芝居の醍醐味っちゅうもんです。せやから三郷さんのその感想、芝居に関わる者の一人として、ほんまに嬉しい限りですよ」

「じゃあ、次の幕、由良之助が登場するのを素直に心待ちにしてもオーケーですか？」

「もちろんオーケー。客席の誰もが心待ちにしてますよ」

「ですよねー」

嬉しそうにユミが言ったその時、天井のスピーカーから電子音のチャイムが響き、そして、柔らかな女性のアナウンスの声が流れた。

〈……お客様にご案内申し上げます。次の幕、仮名手本忠臣蔵四段目『判官切腹の場』は演出上の都合により、開演後は客席内へのご入場およびご退場をご遠慮頂いております。……皆様ご理

解の上、お早めにお席にお戻り頂きますよう、よろしくお願い申し上げます〉

＊

「間もなく幕が開きまーす。幕が開きますと三十分以上は場内にお入り頂けませーん、どうぞ急いでお席にお戻り下さーい」

係員たちが大声を上げながら廊下を走る。

多くの客はすでに席に戻っているが、ロビーやみやげコーナーに残っていた客たちは追い立てられるようにドアの中へと駆け込んでゆく。

各階の正面、東西の廊下の角、それぞれに立ち、係員たちは自分の視界に取り残された客がいないか確認する。目視を終えた係員は離れた位置の係員と頷き合い、一斉に客席のドアを閉じる。そして、ドアの脇に置かれていた立看板をドアの正面に置く。

〈古来のしきたりにより、開幕後の客席への出入りは一切ご遠慮願います〉

＊

西一階桟敷、芳岡家の客たちはそれぞれの席に戻って姿勢を正した。

二本杖の高森は時間ギリギリに桟敷へと戻ってきた。

引きずる足を掘りごたつに落とす高森に、芳岡家の人々は冷ややかな視線を送っている。

二階桟敷、東五番の弦二郎とユミも席に着く。西五番の母と娘はすでに着席している。

今から起こる出来事をまるで予感するかのように、客席は緊張に包まれ、水を打ったように静まり返っている。

音もなく客席が薄暗くなり、そしていよいよ「昼の部」の大詰――『通さん場』『城明け渡し』二場続きの幕が開く。

三

舞台の上は無人の広間。

背景銀襖の柄は塩冶の定紋「違い鷹の羽」の紋ちらし。

畳表が敷かれた花道奥、揚幕の中から上使案内の声が響く。


「御上使のお入りー」


東二階桟敷。

間もなく上使が現れる花道に向けた視線の先、弦二郎は西一階桟敷の小さな動きに気付いた。

芳岡家ゆかりの人々が顔を並べる桟敷の右隣、舞台寄りの一枠を一人で占有している男性客がもぞもぞと動き出し、這うようにして座椅子背後のカーテンの方へと近づいてゆく。

出入り禁止の『通さん場』が始まったばかりだというのに、あの客は桟敷を出て行くつもりなのか？——弦二郎は男の非常識に驚く。


「お母さま……」

東一階四番桟敷。

隣の桟敷の動きに気付き、悠里は母の袖に触れた。

「コウモリヤスが出て行くわよ。『通さん場』だっていうのに……。どこまで気分の悪い男なの」

ちらりと隣の桟敷に視線を向け、環は憎々しげに小声で言った。

「いなくなってくれるならいいじゃないの。少なくとも『通さん場』の間、絶対に私たちの前に戻ってくることはないんだから。……このまま二度と現れないでいてくれれば、なお一層いいんだけど」

高森が出て行ったことを確認するように、環は無人になった隣の桟敷を改めて眺めた。

と、チャリンという音とともに揚幕が開き、白塗りの上使、芳岡鴈堂演ずる石堂右馬之丞《いしどううまのじょう》と副使、赤面の薬師寺次郎左衛門《やくしじじろうざえもん》が花道に現れた。

客席に大きな拍手が鳴り響く。

ゆっくりと花道を進み、舞台に至った二人は上手襖の前、黒子が運んだ高合引《たかあいびき》に腰を据える。

しばらくして、正面中央の銀襖が静かに開く。

＊

〽　一間の内より塩冶判官、静々と立ち出でて――

「これはこれは石堂殿、薬師寺殿、お役目ご苦労に存ずる。上意の趣《おもむき》承り、いずれもと一献酌み、積鬱を晴らし申さん」

黒紋付に長羽織の風流姿、塩冶判官は座敷の中央に腰を下ろして上使たちの顔を見上げた。

師直昵懇《じっこん》の薬師寺次郎左衛門は意地の悪い眼差しを判官に向ける。

「なに御酒《ごしゅ》？　それはようござろう。この薬師寺もお相手申そう。……が、上意の趣聞かれたら、酒も喉へは通りますまい。ムハハハハハ」

品なく笑う薬師寺を一瞥し、石堂は悲しげに判官の目を見つめた。

「我々、今日上使に立ったるその趣、委細つぶさに承られよ」

〽　懐中より御書取り出し　押し開けば
判官も席を改め　承るその文言

「……一つ、塩冶判官高定、私《わたくし》の宿意をもって執事高師直を刃傷に及び、館を騒がせし科《とが》によって、国郡《くにこおり》を没収《もっしゅ》し、切腹申し付くるものなり」

〽　判官動ずる気色もなく――

「御上意の趣、委細承知仕る。サテ、これからは各々方と打ち寛いで御酒一つ。……お盃の用意いたせ」

控える家臣に穏やかに申し付ける判官。薬師寺は驚いて――

「これこれ判官、黙り申されれ。またしても御酒御酒と……。自体、この度の科と申すは縛り首にもあうべきところ、切腹申しつけられるを有難く、早速用意もあるべきに、見れば当世様の長羽織、ゾベラゾベラと仕めさるは、ハテ血迷うたか、イヤ、気が狂うたか」

判官は品良く微笑む。

「この判官狂気もせず、また、血迷いも仕らぬ。今日御上使と聞くよりかくあらんと期したるゆえ、かねての覚悟。お目にかけん――」

家臣に目配せし、判官はその場で羽織、紋付を脱ぐ。

下から現れた装束は白の小袖に無紋の裃――元より覚悟の死衣装。

薬師寺は驚き、言葉を失いそっぽを向く。

石堂は感じ入り、判官に情けを込めて言葉を掛ける。

「御心底察《ごしんてい》し入る。仰せ置かるることあらば、心置きなく申されよ」

「この期に及び申し上ぐることとてござりませぬ。……ただ恨むらくは、館にて加古川本蔵に抱き止められ……御推察下され」

＊

運び込まれた二枚の畳に白布が敷かれ、四隅に樒《しきみ》が立てられる。

整った死の座に、判官はゆっくりと着座した。

国家老大星由良之助の一子、大星力弥——前髪の若侍姿、二役目の天之助が上手の襖から登場し、短刀を載せた三宝を掲げて判官の正面へとゆっくり進む。

二階東五番桟敷のユミ。

二階西五番桟敷の娘。

それぞれのオペラグラスが天之助に向けられる。

三宝の上、照明を反射した銀の刃がギラリと妖しく光る。

＊

〽　力弥御意を承り

かねて用意の腹切刀《はらきりがたな》　御前《おんまえ》に直し置く

「力弥、由良之助は――」

「いまだ参上、仕りませぬ」

悲しげに頭を下げ、力弥は御前を下がって下手に控える。

遠く廊下の先を悲しげに眺め、判官は再び声を上げる。

「力弥、力弥」

「ハハッ」

「由良之助は？」

力弥は花道の際に駆け寄り、悲壮な眼差しを遠くその先に向ける。

「いまだ参上……」

力弥は拝跪し、声を震わせた。「仕りませぬ」

悲しげに微笑み、判官は頷いた。

「……存生《ぞんじょう》に対面せで、残念なと申せ」

判官は三宝の刀を持ち上げた。そして――

〽

刀逆手に取り直し　弓手《ゆんで》にグッと突き立つれば

……廊下の襖踏み開き　駆け込む大星　由良之助！

粛々とした死の儀式が続いていた歌舞伎座に、割れんばかりの拍手が沸き起こった。

判官のみならず、客席の全員が待ちに待ったこの芝居の主人公・大星由良之助――裃姿の芳岡仁右衛門が大きな足音を立てて花道を駆け出てきたのだ。

由良之助は急《せ》く心を抑える肚《はら》で花道際に平伏する。

まだまだ拍手は鳴り止まない。

頃合いを見て石堂は立ち上がり、遠く由良之助に畳み掛けるように言葉を掛ける。


「国家老、大星由良之助とはその方か？　苦しゅうない、近う近う、近う！」

「ハッ」

石堂の恩情で、由良之助は判官の間近に寄って拝跪する。

「――大星由良之助、只今着到《ちゃくとう》」

朦朧としながら、判官は脇に控える由良之助に言葉を掛ける。

「由良之助か。待ちかねたわ……やい」

「御存生の内、御尊顔を拝し、身にとりまして何程か……」

「我も満足。定めて様子は聞いたであろう。聞いたか？　……無念」

「この期に及び、申し上ぐる言葉もござりませぬ。只々御尋常の御最期の程……願わしゅう存じまする」

「言うにや及ぶ――」腹を横に裂いた刃を示し、判官は由良之助に含みのある眼差しを向けた。

「由良之助、この九寸五分は汝へ形見……形見じゃぞよ」

由良之助はじっと判官の目を見つめ自らの帯下を叩いた。

「お形見、確かに」

お仇《かたき》、確かに――含みある由良之助の発声に、判官は満足げに腹から刀を抜いた。そして、その切っ先を首筋に辷《すべ》らせた。

前のめりに崩れ落ち、判官は死んだ。

*

『判官切腹の場』が終わり、薄暗くなった舞台が回る。

舞台はそのまま『城明け渡しの場』――塩冶屋敷の門前、薄暗い夜の場面へと切り替わる。

天之助の力弥を先頭に、刀の柄に手を掛けて花道から駆けて来る若侍たち。

灯しの点いた提灯《ちょうちん》を手に、脇門のくぐりから出て来る老臣たち。

老臣たちは急ぎ足で花道に進み、血気に逸《はや》る若侍たち一人一人を押し止《とど》める。

続いてくぐりから姿を現し、諸士の様子に驚き慌てる由良之助。

「各々には、コリャ何事でござる！」

老若揉み合う花道のなかばから、若侍の一人が声高に応える。

「ハテ知れたこと、足利殿の討手を引き受け、城を枕に討ち死にいたす！」

「何お恨みあって足利殿に弓引き召さる。由良之助存ずる次第もござれば、ひとまずこの場はお引き下され」

「それじゃと申して！」

心収まらず、若侍たちはグイと体を前に押し出す。その先頭に、由良之助は我が子の姿を見つける。

「コリャ力弥ではないか！　その方までもが同じように……。なぜ各々をお止め申さぬ、不埒者《ふらちもの》め！」

力弥を叱りつけ、両手を大きく拡げ、由良之助は若侍たちの昂《たかぶ》る心を落ち着かせようとする。

「いずれもには、まずこの場はお引き取り下され。まず、まず……」

とその時、門の内から城受け取りの副使、薬師寺の意地の悪い声と家来たちの嗤《わら》いが響いた。

「――ヤア薬師寺の家来ども、にわか浪人のザマを見て、笑え、笑え」

「ワハハハハハ――」

若侍たちは再びグイと身を押し出す。

「あれを聞いては！」

由良之助はより大きく両手を拡げる。

「殿御存生の内は拙者の言葉お用いありしに、なぜお聞き入れ下さらぬか！」

「なれど――」由良之助の大きさに圧倒されながらも、引くに引かれぬ若侍たち。

由良之助は覚悟を決めたように頷き、諸士の面前で地に腰を下ろした。

「……是非に及ばぬ。拙者、この場において切腹いたさん」

「早まり給うな！」

「お引き取り下さるか？」

「さぁ、それは……」

「サァ」

「サァ」

「サァサァサァサァ。引こう、引こうてや！」

立ち上がった由良之助の迫力に圧倒され、若侍たちは老臣たちとともに花道の奥へ退いてゆく。

門前に一人残った由良之助は諸士たちが姿を消した先に顔を向け、遠く感謝の黙礼を送る――。

*

テーブルの上に置かれたオペラグラスを弦二郎は手に取った。

今から始まる無言の肚芸《はらげい》こそ、文楽の人間である弦二郎にとっての『城明け渡し』のクライマックス、昼の部最大の見所である。

文楽の『城明け渡し』には若侍たちとの件《くだり》はなく、ここから先の部分だけ、とても短い一場面

だ。人形遣いの名人とはまた違う歌舞伎の名人の至芸を、弦二郎は是非とも目に焼き付けたかった——。

薄暗い舞台の中央に由良之助——仁右衛門が一人。
ほっとしたように地に膝を突き、懐から紫の袱紗《ふくさ》包みをゆっくりと取り出す。

〽　辺りを見廻し　由良之助——

仁右衛門は目の前に掲げた袱紗の先を静々と開く。
その中身は妖しく輝く銀色の刃。
その切っ先には深紅の血糊《ちのり》がベッタリと付いている。

〽　血に染まる切っ先を　打ち守り　打ち守り
　無念の涙　ハラハラハラ

悲壮な表情で刃を見つめ、仁右衛門は左の掌に切っ先の血糊を塗り付ける。
そして掌を顔の前に運び、ベロリとその血糊を舐《な》める。

〜

仁右衛門は両眼を大きく見開いた。

無念とも苦痛とも見える鬼気迫る表情で、仁右衛門は正面を睨み続ける。

しばらくして袱紗包を懐中に戻し、ゆっくりと立ち上がり、仁右衛門は朦朧とした様子で花道の方に向かって歩き出す。

舞台に一つ転がった提灯の脇を、仁右衛門は目を閉じたまま素通りしてゆく。

「――?」

弦二郎はレンズから目を離して舞台を見渡した。

文楽の由良之助は提灯の違い鷹の羽、塩冶家の紋を切り抜いて大切に持ち去る。たしか歌舞伎でも、金具を残して紋入りの紙の部分だけを持ち去るはずだが……。

歌舞伎にはこんな「型」もあるのだろうか？　確かに、今回はいくつか珍しい「型」が使われてはいたが……。

弦二郎は再びレンズを覗いた。

花道の付け根まで進み、仁右衛門は振り返って遠くの城門を眺めた。

そして崩れ落ちるようにその場に跪《ひざまず》き、城に向かって深々と頭を下げた。

仁右衛門の様子が何やらおかしい――そんな弦二郎の思考を遮るように勢いよく幕が引かれ、花道に残った仁右衛門への盛大な拍手が客席に沸き起こる。

閉じられた幕、下手側の端が少し後ろに下げられ、由良之助退場の「送り三重《さんじゅう》」を弾く三味線が一人舞台袖に現れる。

奏でられ始めた三味線、哀切の調べとともに、仁右衛門はゆっくりと立ち上がって正面に向き直った。肩で息をしながら、花道の先をじっと睨む仁右衛門の顔には尋常ならざる幽鬼の相が浮かんでいた。

あまりのその迫力に、弦二郎も、客席の他の人々も、息を呑んで名優の退場を見守っている。

一歩一歩を踏みしめるように、仁右衛門は花道を歩き始める。

三味線の調べが徐々に速くなってゆく。

「大当たり！」

大向うの声が上階から響き、同時に客席から万雷の拍手が鳴り響く。

隣のユミも袖が振れるほどに大きな拍手を送っている。

しかし、弦二郎は拍手どころではなく、固唾を呑んで仁右衛門の姿を見守っていた。

オペラグラスで拡大された仁右衛門の口角には細かな血の泡が立っていた――。

仁右衛門の歩みに合わせてスライドしてゆくオペラグラスの視線の先。環、悠里、啓一、玲子、美紀、都丸、恵梨果、菊乃――芳岡家の人々も口角の血に気付いているのか、大きく目を見開き、退場してゆく仁右衛門を茫然と凝視している。

前に倒れるのを踏ん張るかのように交互に足を前に出し、仁右衛門は地を揺るがすかのような拍手を受けながら花道奥、揚幕の内に駆け込んだ。

チャリン――と揚幕が閉じられた音を合図に、客席の拍手は最高潮に盛り上がった。

仁右衛門一世一代の鬼気迫る退場に、人々はまるで熱に浮かされたかのように盛大な拍手を送り続けている。

オペラグラスから目を離し、弦二郎は大きく息を呑んだ。

「……すんません、ここでちょっと待ってて下さい！」

「へ？」

驚くユミにオペラグラスを渡し、弦二郎は転げるように二階桟敷を飛び出した。

＊

まだ人の姿もまばらな階段を駆け下り、廊下を走り、弦二郎は一階正面ロビー、客席ドアが並んだ西の端、花道揚幕の内側「鳥屋《とや》」の入口扉へと向かった。

そこにはすでに芳岡家の八人の客が駆け付けていた。

「……芳岡の家の者です！　佐野川啓一です！　開けて下さい！」

啓一が大声を上げ扉を叩いている。

駆け寄る弦二郎の姿に気付き、悠里は不安そうに顔を向けた。

「弦二郎さん……祖父の様子が……」

「ええ、僕も、オペラグラスで拝見してて……。びっくりして、とにかく、とるものもとりあえず……」

乱れる息を整える弦二郎の前で鳥屋の扉が開いた。

啓一と都丸を先頭に芳岡家の人々が鳥屋の中へと駆け込んでゆく。その背後、弦二郎は自分が入っていいのかどうか一瞬躊躇《ちゅうちょ》する。弦二郎の様子を見て取り、環は早口で言った。

「せっかく駆け付けて下さったんです。……どうか、ご一緒に中に」

母の隣、悠里も無言で頷いている。

「わかりました、ほな……」

弦二郎は環と悠里の後に続いた。

薄暗い鳥屋の中、由良之助――仁右衛門はスタッフの膝に頭を乗せ仰向けに倒れていた。

花道では口を結んで堪えていたのであろう大量の鮮血が、顎から首、裃の胸元まで大量に流れている。

取り囲むスタッフたちは憐れなほどに狼狽えている。

「……！」

狭い鳥屋の中、芳岡家の人々は声もなく一家の長を取り囲んだ。

揚幕を指差して都丸は声を震わせた。

「……啓一君、医者だ！　客席に医者を探そう！」

啓一は頷き、揚幕を開いて花道に飛び出す――。


チャリン――揚幕が開く音が既に明るい客席に大きく響いた。

「お医者様はいませんか！　客席にお医者様はいませんか！」

よく通る啓一の声が響き、まだ客席に残っている一階席の人々は一斉に背後に顔を向けた。

二階、三階の多くの客たちも、その時、一階後方で何かが起きていることにはっきりと気付いた。

*

「鴈堂旦那！　若旦那！　大旦那が……仁右衛門旦那が鳥屋で倒れはったそうです！」

凶事はすぐに舞台裏にも伝わり、仁右衛門の付き人が鴈堂の楽屋へ転がるように駆け込んだ。

力弥の姿のままで今日の芝居の意見を乞いに来ていた天之助は鴈堂と顔を見合わせた。

天之助の肩越し、鴈堂は玄関口の付き人に尋ねる。

「どないしたんや？　何かにけつまずきでもしたんかいな？」

「いえ……そんな意味やのうて、口から血を流さはって……」

「え？」

眉をひそめ、鴈堂は天之助の目を見つめる。

とした。

「ちょっと様子を見てきます」

言った天之助は楽屋を出たその足で舞台脇を走り、鳥屋に向かう地下通路への階段を下りようとした。

その時だった。

幕の外、客席側から「客席にお医者様はいませんか！」と叫ぶ啓一の声が響いた。

あまりにも異常な外の状況に、天之助は階段を下りるのをやめ閉じられた幕に近づく。

幕近くのスタッフたちが様子を気にして隙間から客席を覗いている。

天之助は「すいません」と言い、割り込んで外を見る。

花道の遠く先には口に手を添えて叫ぶ佐野川啓一の姿、そして開いたままの揚幕の内、家族たちに囲まれて床に横たわる祖父の姿が見えた。

想像を超える事態に目を見開き、天之助は幕と一緒にスタッフたちの体をかき退けた。

花道に飛び出し、天之助は走った。

芝居が終わったはずの花道を走る力弥——天之助の姿に客席すべての視線は釘付けになる。

花道の果て、天之助は揚幕前の啓一にぶつかるように駆け寄った。

「啓一兄さん！　どうしたんですか！　大旦那は？」

「ああ、和也……大伯父さんが……。お前も、早く中に！」

啓一は天之助の両腕を掴み、揚幕の内へと誘導する。

鳥屋に入った二人の背後、客の視線を遮るようにスタッフがチャリンと揚幕を閉じた。

「……お祖父さま!」

天之助は跪いて仁右衛門の手を取った。

顎から下が血まみれの仁右衛門は辛うじて目を開け、弱々しい視線を天之助に送る。

天之助は状況を確認するように取り囲む家族たちの顔を見上げた。

母と妹は悲愴な顔で、都丸夫妻と啓一夫妻は呆然として仁右衛門を見下ろしている。

子どもに惨状を見せないよう、祖母は幼い従妹と抱き合って顔を背けている。

その時、揚幕の片側を割って一人の初老の男性が鳥屋の中へと入って来た。

「内科医をしている栗崎《くりさき》という者です……。どうしました?」

呑気に名乗った男性は血まみれの仁右衛門を見てぎょっとする。

「先生、どうか早く!　どうか、応急処置を早く!」

天之助の叫びに医師は跪き、仁右衛門の脈、瞳孔を確認する。

しばらく続いた沈黙の後、医師は深刻な表情で鳥屋の人々の顔を見渡した。

「……残念ながら、既にお亡くなりになっています」

声にならない愁嘆が鳥屋の内に充満した。

天之助は悲壮な顔を医師に向けた。

「先生、祖父は、祖父はどうして……」

「仁右衛門さんに、何かご持病は?」

「いいえ、特には」

しばらく考え、医師は答える。

「舞台の上では普段通りのご様子に見受けられました。それがこの激変……。調べてみなければ詳しいことは判りませんが、何らかの中毒死の可能性も、疑われなくはありません」

悠里が一歩踏み出し、人々の顔を鋭い眼差しで見渡した。

「きっとコウモリヤスよ！　あいつ……会食の席で芳岡への呪いの言葉を言い残したのよ？『通さん場』が始まってすぐ出て行ったあの男が、きっと、血糊に毒を盛ったのよ！」

悠里の感情的な放言に、弦二郎も人々も驚いて目を見開いた。確かに弦二郎の観ていた限り、仁右衛門の様子がおかしくなったのは刀の血を舐めてからだ。

「……でもあいつ、『通さん場』に桟敷を出てどこに行ったの？　あいつをこのまま逃がしちゃダメよ！　啓一兄さん、私たち、どうしたら……」

啓一は悠里の目を見つめた。

「『通さん場』の見張りをしていた係の人に奴の行方を確認しよう――」

啓一は人々の顔を見渡した。「男性陣は俺と一緒に……いや、和也はその格好じゃ目立つからダメだ。都丸さん……」

啓一は都丸と頷き合った。

そして、その存在に今気付いたように弦二郎の顔を一瞥した。

弦二郎は慌てて喋る。

「……あ、僕は今日仁右衛門さんにご招待いただいた文楽三味線の冨澤弦二郎という者です。何かお役に立つこともあるかもしれません、僕もご一緒します」

一瞬思案し、啓一は強く頷いた。

「その男は頬に大きな痣がある、両腕に杖を嵌めた気味の悪い男です。……じゃあ、一刻も早く！」

互いに寄り添う女たちを残し、啓一、都丸、弦二郎は鳥屋の扉からロビーへと飛び出した。

＊

ロビーは騒然としていた。

正面の通路と西廊下の角、何が起きたのかと群がる客たちに係員は囲まれていた。

「すいません！　すいません――！」

客たちを大声で薙《な》ぎ払い、啓一は係員の正面に辿り着いた。息を整え興奮を抑え、啓一は係員に迫った。

「『通さん場』に出て行った杖の男……西三番桟敷の客はどこに行きました！」

「えっ……？」

係員は驚いたように黙る。

「あなた、ここで『通さん場』の番をしてた人じゃないんですか？」

「……はい、それは確かに私が」

「じゃあ判るでしょ？　二本の杖を使って歩いていた、暗くて不気味な男」

「ああ……」

誰のことを言っているのか、係員は理解したようだ。

「その男！　桟敷を出た後どこに！」

畳み掛ける啓一に、係員は怯えるように答えた。

「そのお客様も、どなたも、『通さん場』に客席を出入りしたお客様はいらっしゃいません」

「そんなはずはない！」

声を荒らげる啓一に、係員は抵抗するように断言した。

「『通さん場』が始まってからこの幕が終わるまで、私は客席の全てのドアが見える位置で待機し続けていました。杖をお使いのお客様が出ていらしたら気付かないはずはありません。……それにそもそも、席を出られたお客様はお一人もいらっしゃいません」

「そんなバカな……」

啓一は都丸と弦二郎の顔を見渡した。

「……啓一君、ひとまず男の桟敷を確認しに行ってみよう」

都丸に言われ、啓一は身を翻して駆け出した。弦二郎と都丸も後を追った。

人の姿のない西廊下を十メートルほど進み、三人は西三番桟敷の前に立った。

緊張の面持ちで顔を見合わせ、啓一は桟敷のドアを手前に開いた――。

客席とカーテンで仕切られた薄暗い沓脱場。

そこに人の姿はなかったが、しかし、姿見が設えられた壁の隅に二本の杖が立て掛けられ、床には空蟬《うつせみ》の衣のように、男のものと思われる黒いトンビコートが落ちていた。

二本の杖をじっと見つめ、都丸は呟く。

「あの男、杖なしで歩ける様子には見えなかったが……」

啓一はコートを跨いで沓脱場に入り、正面のカーテンを左右に開く。

カーテンの向こうには無人の桟敷席、その先には異変にざわめく客席の空間が広がっている。

都丸は床に落ちたコートを持ち上げて表裏と確認している。

コートに覆われていた床の上、複数のカードのようなものが落ちていることに弦二郎は気付いた。

それは三枚のかるたの絵札だった。

それぞれ㋺㋤㋣と書かれた絵札には、馬に乗った侍、大鍬形の兜、石塔——今まで弦二郎が見たことのない、大時代風の独特な絵が描かれていた。

弦二郎が絵札をじっと見つめたその時、「キャーッ!」と女性の悲鳴が客席に谺《こだま》した。

三六
と

な

ろ
東十

二段目

三枚のかるた

一

西荻窪はＪＲ中央線、東京二十三区の西の端の町である。

荻窪と吉祥寺という二つの大きな駅に挟まれたスプリット、不思議と長閑《のどか》なその町には古本屋や骨董商、個人経営の洋品店や呉服店……その存在自体がレトロな店が点在し、まるでそれらの結界の中、独特の速さで時間が流れているかのような――そんな長閑な町である。

事件の翌日。肌寒い十一月の昼下がり。

弦二郎はチョコレートとオペラグラスが入った紙袋を手にこの町にやって来た。

駅から五分、商店街の裏通り。〈伊丹呉服店〉の文字が透明に抜かれた磨硝子《すりがらす》の木戸を引き、弦二郎は無人の店内、正面奥の暖簾に向かって声を掛けた。

「こんにちはー」

そもそも客が来ると思っていないのか、暖簾の奥から返事はすぐに返ってこない。

コートを脱ぎながら、弦二郎は手持ち無沙汰に店内を見渡す。

土間の中央には接客用の応接セット。壁際の棚には色とりどりの半衿、帯揚、帯〆が美しいグラデーションを描くように並べられている。一段高くなった畳の間、暖簾横の衣桁には加賀友禅の訪問着が堂々と袖を拡げ、脇の棚には丸く巻かれた反物が綺麗に端を揃えている。

「はーい。いらっしゃーい」

艶のあるバリトンと廊下を擦る足音が暖簾の奥に響き、そして、紺の大島を着た伊丹孝一《いたみこういち》――惣右介の伯父が暖簾を割って笑顔をのぞかせた。

「ああ、弦二郎さん、いらっしゃい。……あれ？　羽織の仕立上がりはまだ先じゃなかったかな？」

「いえ……その件やのうて、今日はお宅の居候君に用事があってお邪魔しました」

「ああ、そうですか。……とにかく、まずはどうぞそちらに」

店中央にある応接セットのソファーを愛想良く勧めながら、孝一は畳の間から土間へと下りる。

弦二郎の正面のソファーに腰を下ろし、孝一は壁に掛かった時計を見上げた。

「そろそろ空港バスが吉祥寺に着く頃のはずですから、まもなく帰ってくるとは思うんですが……」

「ほな、ちょっと持たせてもろてもいいですか？」

「ええ、もちろんそうして下さい」

孝一は暖簾の奥に向かって声を掛けた。「おーい、弦二郎さんがお見えだぞー」

「はーい」と間髪を容れず孝一の妻、京子《きょうこ》の明るい返答が暖簾の奥に響いた。

湯呑が載った盆を手に、京子は間もなく姿を現した。空色の小紋がさっぱりした性格の京子によく似合っている。

「いらっしゃいませ。外はお寒かったでしょ？」

「ええ……でも今日は少し日差しがあるから、昨日よりはましですよ」

「たしかに、昨日は本当に寒かったですものね。でも、それよりも昨日といえば……。ねぇ……」

テーブルに湯呑を並べ終え、京子は夫をちらりと見た。

「ああ――」呆れたように笑い、孝一は弦二郎に顔を向ける。

「こいつ、昨日から仁右衛門事件のことで頭がいっぱいでね。今の今まで、ずっとワイドショー・ウォッチャーですよ」

「あら、あなただって興味津々に見てたじゃない。逢之助は恩知らずの非道《ひど》い奴だ――なんてテレビに向かって怒ったりして」

逢之助が非道い奴――それは一体どういう意味だろう？

弦二郎は孝一の顔を見つめた。京子の暴露に照れるように、孝一は頭を掻きながら言った。

「いやはや……。なんせ、刻一刻と状況が変わっていくもんですからね、たしかに、気にするなっていう方が無理な話かもしれません」

孝一は続けた。

「……最初は昨日、『人間国宝・芳岡仁右衛門さんが顔見世の公演中に急死』のニュース速報――それだけでも充分ショッキングだったのに、夜のニュースでは『仁右衛門の死因は病気ではなく毒物による中毒死』、そして朝には血糊への毒物混入が判明して、各チャンネルのワイドショーが『歌舞伎座殺人事件』『芳岡仁右衛門殺し』なんて、それぞれ小説みたいなタイトルを付けて……。マァ気が早いもんだと思ってたら、ついさっき、逢之助が重要参考人として警察に引っ張られたっていうでしょ？　もう、何が何だか訳が解りませんよ」

「えっ？」

意外な方向に捜査が進展していることに驚き、弦二郎は思わず声を上げてしまった。

「あれ？　弦二郎さん、ご存知なかったんですか？　マァ、今さっき速報が入ったばかりですからねぇ」

わずかに身を乗り出し、孝一は囁くように言った。

「……なんでも、仁右衛門を殺した毒物の容器と思われるものが、逢之助の楽屋の荷物の中から見つかったそうなんですよ。芳岡の部屋子から芸養子、幹部にまで取り立ててもらったのに、本当、恩知らずな非道い奴ですよ」

「動機は？　なんであの人がそんなことを？」

「さぁ……。詳しい話は、まだこれからなんじゃないですかね」

「……」

昨日立ち会った仁右衛門の壮絶な死にざまとその後起こった奇妙な一件から、この事件はきっと単純なものではないと弦二郎は直感していた。それもあって、弦二郎は日を置かずに翌日の今日、惣右介にオペラグラスを返しに来たのだが——。

弦二郎の沈黙をショックと受け取ったのか、京子は盆を抱いたまま同情するように言った。

「私も、逢之助はそんな人間じゃないって信じてますよ。……そりゃ、芝居の上では血も涙もない二枚目の色悪《いろあく》を演《や》ることが多かったけど、密着の特集番組なんかを見てたら、あの人、本当に気さくで真面目で、人を殺すどころか弟子すら叱れないような心根の優しさが滲み出ていましたもの。……あの人のそういうところ、私は結構好きだったんです」

一息継いで、京子は続ける。

「私は実家が京都ですから、仁右衛門も先代の天之助も、南座でよく観てたんです。今の天之助も美男子だけど、病気になっちゃう少し前の先代の天之助なんて、なんともいえない憂いを身に纏《まと》ってるようで……。あんな役者、後にも先にもあの人だけでしたね。あの人の若死にも随分ショックでしたけど、その父上が、まさかあのお年で舞台の上で殺されるなんてねぇ……。さっきテレビで言ってましたけど、舞台の上での看板役者殺しは、三百年以上前の初代團十郎以来のことなんですって」

流暢《りゅうちょう》に動き続ける京子の口元を、弦二郎はぽかんと眺め続けた。

一旦好きなことについて語り出すと止まらなくなってしまうのは、さすが惣右介の伯母——海神家の人間の特徴らしい。

二人の視線に気付き、京子は誤魔化すようにほほほと笑って言った。

「……そういえば、仁右衛門も天之助も、義太夫狂言のお役の時は文楽の芸をきっちり勉強してるって話を聞いたことがありますけど、弦二郎さんも仁右衛門や天之助に会ったことはあるんですか？」

「ええ、何度かは……。残念ながら先代の天之助さんにはご対面が叶いませんでしたけど、今の天之助君のことは小学生の頃から知ってますよ」

「へー。小学生時代の天之助、さぞ可愛らしかったでしょうねぇ……」

宙を見つめて想像を膨らませる妻をよそに、孝一は湯呑に手を伸ばしながら弦二郎に尋ねた。

「歌舞伎役者が文楽を勉強するように、文楽の弦二郎さんが歌舞伎を観に行くこともあるんですか？」

「ええ、まぁ……」

湯呑を持ち上げ、孝一は続けた。

「こんなことになるんなら、私ももっと頻繁に芝居を観に行っておけばよかったですよ。……ちなみに弦二郎さん、一番最後に仁右衛門の舞台を観たのはいつなんです？」

孝一は湯呑に口を付ける。

「はぁ……。それが、昨日」

「え！」

伊丹夫妻は同時に声を上げた。

噴き出してしまいそうになった茶を、孝一は辛うじて呑み込んだ。

夫婦並んで正面のソファーに座り、しばらく弦二郎を質問攻めにした後、孝一は感慨深げに言った。

「いやはや……。現場にいた弦二郎さんにワイドショーの情報を得意げにお話しした自分がお恥ずかしい。……しかし、今回は本当に珍しい体験をなさいましたねぇ」

「いや、実は珍しい体験はそれだけやないんです」

「と、言いますと？」

「もう一つ……あの、客席の方の事件」

「ああ、あの一般客の……。それが、どうかしたんですか？」

「仁右衛門さんがお亡くなりになった後、佐野川啓一さんと都丸さんと、三人でその人が使っていた桟敷席を見に行ったんですよ」

「え！　啓一君と？」

ミーハーな京子の反応はとりあえずスルーし、弦二郎は話を続けた。

「……その桟敷の沓脱場に、不思議なものが落ちてたんです」

「不思議なもの？」

「かるたの絵札らしきものが三枚……。どうしてそんなものがそんなところにあったのか、よく解らないし、絵柄が意味する言葉も、どうもよく解らないんですが……」

少しためらい、弦二郎は続けた。

「素人が余計なことをしたらあかんというのは重々承知してるんですけど、なんとなく気になってしもて……。聡明な惣右介君ならきっと何か解るんやないかと、スマホで撮ったその写真を持って、今日はお邪魔したという訳なんです」

伊丹夫妻は驚いた様子で顔を見合わせた。

こういう場合の夫婦の呼吸の常なのか、孝一が素早く弦二郎に向き直った。

「思わぬ人間が思わぬことを知ってる……そんな場合もありますからね。是非、我々にも見せて下さい。我々だって伊達に長くは生きていませんからね。……なぁ、京子」

「そうそう、この世の中、どこで何が繋がってるか判らないですもの。是非、見せて下さい」

黙ってじっと弦二郎の顔を見つめ続ける二人の圧に、弦二郎はポケットのスマホに手を伸ばさざるを得なかった。

「このことは……他には内緒にして下さいよ」

「もちろん！」

伊丹夫婦は声を揃えて応えた。

取り出したスマホの画面を操作し、弦二郎は昨日撮影したかるたの写真を開く。

最初の一枚は右上隅に㋺と書かれた絵札——上部遠景には城門のような建物の瓦屋根、下半

分の近景には馬で駆ける陣笠を被った武士が描かれている。作者の署名なのだろうか、㋚の文字の脇には〈東十〉と毛筆で小さな文字が書かれている。

スマホの画面でちょうど実寸大ぐらいになる絵札を、弦二郎はテーブルの中央にそっと置いた。

まるで競技かるたの選手のように、伊丹夫妻はテーブルに置かれたスマホの上に頭を突き出す。しばらく画面をじっと眺め、二人は顔を上げて見つめ合った。

「たしかに、これは『論より証拠』……には見えませんね」

孝一は言う。

「え？」隣の京子が不思議そうに声を上げる。

「㋚と言えば『論語読みの論語知らず』じゃないのかしら？　……でも、そうは見えないわねぇ」

ちらりと京子の顔を一瞥し、孝一はすぐに弦二郎に向き直る。

「次、お願いします」

弦二郎は頷き、画面の上で指を辷らせた。

二枚目は㋤の絵札。

背景には神社のような建物、前面には龍の前立《まえだて》に長い鍬形、大時代的で豪華な兜が画面いっぱい大きく描かれている。

顔を上げ、京子は首を傾げた。

「㋤……なんだったかしら？」

「『泣きっ面に蜂』だろ？　でもそうは見えないな」

再び弦二郎は指を辿らせる。

三枚目、右下隅に㋣と書かれた絵札——石垣の上の小高い丘の真ん中にぽつんと建つ一基の石塔。

この絵札にも㋺の札と同じように㋣の文字の脇に小さく毛筆で〈三六〉と書かれている。

「……これも『年寄りの冷や水』には見えないなぁ」

「㋣は『豆腐にかすがい』でしょ？　あなた、どうしちゃったの？」

しばらく不思議そうに顔を見合わせ、夫婦は仲裁を求めるように弦二郎に顔を向けた。

「……大丈夫、お二人とも間違ってはいないんです。江戸、上方、尾張で、かるたに使われる諺《ことわざ》には微妙な違いがあるらしいんですよ。とりあえず、これを見て下さい——」

テーブルのスマホを手に取り、弦二郎は『いろはかるた一覧』のサイトを開いた。

㋑　江戸　犬も歩けば棒に当たる
　　上方　一寸先は闇
　　尾張　一を聞いて十を知る

ろ　江戸　論より証拠
　　上方　論語読みの論語知らず
　　尾張　六十の三つ子

は　江戸　花より団子
　　上方　針の穴から天を覗く
　　尾張　花より団子

弦二郎が差し出した一覧表をのぞき込み、夫妻はそれぞれ「へぇー」と声を上げた。

「……これによると、ろはお二人の仰言る通り、江戸『論より証拠』、上方『論語読みの論語知らず』、なは『泣きっ面に蜂』『なすときの閻魔顔』、とは『年寄りの冷や水』『豆腐にかすがい』。……けど、例の三枚はそのどれにも見えないんですよね」

「どこか、他の地方のかるたなのかしら？」

「『かるた』『地方』をキーワードに、僕もネット検索はしてみたんですけど、それらしいものはヒットしなくて……。読札やったらその言葉で簡単に検索できるんでしょうけど、絵札はどうも、探す手立てが……」

弦二郎が眉をひそめたその時、ガラガラと引き戸が開く音、そして、聞き馴れた声が伊丹呉服店の土間に響いた。

「ただいま帰りましたー」

弦二郎たちは一斉に店の入口に顔を向ける。

大きめのキャリーバッグを脇に立つ濃紺のロングコート、白皙の頬を冬の寒さでピンクに染めた美青年——海神惣右介が引き戸の向こうに立っていた。

＊

「おかえり、惣右介君」

三つ年下の聡明な幼なじみの帰還に、弦二郎はなんだかほっと安心する。

「ああ、弦二郎さん、いらっしゃい。きっとお見えなんじゃないかと思ってましたよ」

内に入ってコートを脱ぎ、ラペルの広いジャケット姿になった惣右介は荷物を引いて店奥へと進む。ゆったりとしたその動作を眺めながら弦二郎は問い掛けた。

「ウィーンはどうやった？　楽しかったかい？」

向こうを向いたまま惣右介は肩をすくめる。

「現代音楽とは何か——とつくづく考えさせられた二週間でした。言いたいことは色々ありますが、詳しくは『クラシックの友』の来月号、『ウィーンモデルン特集《現代音楽祭》』の記事を読んで下さい。今はそれどころじゃない話題が、きっと僕を出迎えてくれるんでしょうから……」

土間の端に荷物を置いた惣右介は応接セットに向き直り、眉根を寄せて悲しげな表情を浮かべ

た。

「明日観に行くはずだった芳岡仁右衛門の至芸が、こんなにも早く、もう二度と観られなくなるなんて……。もし判っていたら、僕はウィーンになんて行きませんでしたよ」

同意の他に何もないその言葉に、弦二郎はただ黙ることしかできない。

伊丹夫妻も黙ったまま、しみじみと惣右介の言葉に頷いて見せる。

けれど、このまましんみりしてしまっても仕方がない――弦二郎は重い空気を掻き払うように言った。

「……それよりも今は、逢之助の芸まで今後観られんようになるかもしれん瀬戸際。歌舞伎の今後を一緒に心配しよやないか」

「え？　逢之助が観られなくなる？」

まだ新情報を知らない様子の惣右介を見上げ、京子は囁くように言った。

「仁右衛門殺しの毒の容れ物が、逢之助の荷物の中から見つかったんですって」

「毒の容れ物が？　逢之助の荷物から？　それで彼が犯人だと？」

呆れたように鼻を鳴らし、惣右介は断言した。

「あの人が犯人だなんてことは、絶対にあり得ないですよ」

「ほう――」孝一は甥《おい》を見上げた。

「どうしてそう言い切れるんだ？」

惣右介は答える。

「優れた芸術家は罪を犯さない……なんて言うつもりはありませんが、あの人の芸には芝居に対する誠実さ、ひたむきさ、生真面目さが滲んで見えていました。そんな芸の持ち主がよりによって公演期間中、しかも舞台の上で芝居を潰して看板役者を殺すなんてことは絶対にあり得ません。もし逢之助が仁右衛門に殺意をもっていたとしても、あの人なら公演のない月か月替わりの期間……少なくとも舞台の外で犯行に及ぶはずです。むしろその方が、チャンスはいくらでもあるでしょうしね」

「おいおい、お前は芸の質で殺人事件の犯人を推理するってのかい？」

　呆れ顔で笑う伯父に、惣右介も笑顔を返す。

「いや、これは推理なんかじゃありません。僕の直感に過ぎないことです。推理は推理、また別の話ですよ。もしこの直感が間違っていたとしたら、それは僕の芸を見る目がなかった……ただそれだけのことです」

「じゃあ、惣右介君……」弦二郎は静かに惣右介を見上げた。

「その別の話、君に是非、推理してもらいたいことがあるんや――」

　弦二郎の隣に座り、惣右介は弦二郎のスマホ画面を右に左にフリックする。

　弦二郎は画像について説明する。

「芳岡の家に何やら因縁がありそうな謎の男の桟敷に、その三枚の絵札が残されとった。それがどこの地方のかるたなんか、それには何か意味があるんか、是非君に見てもらいたいと思って……」

「うーん……。どこのかるたなのかはちょっと僕にも判りませんね。そして、この三枚のかるたの意味、ですか……」

画面をじっと眺める惣右介に、正面に座る京子が声を掛ける。

「『仮名手本忠臣蔵』の芝居中に起きた事件に『いろは』の仮名のかるたじゃない？　最後の討入の場面で浪士がそれぞれ装束の背中に吊るす『いろは』の木札……あれと関係があるんじゃないかしら？　ⓡⓝⓣそれぞれ四十七の仮名に対応する四十七士の役者を意味している……とか」

スマホを見たまま惣右介は応える。

「あの『いろは』の木札、固定の仮名が決まっているのはたしか三役だけなんですよ。ⓘが由良之助、ⓡが力弥、ⓗが原郷右衛門《はらごうえもん》……あとはその時々、小道具の中からランダムに選んでるって、何かで読んだ記憶があります」

「……じゃあ、ⓡが力弥の天之助を意味しているのかしら？」

「残りのⓝとⓣの意味は？」

「えーっと……」

京子は黙った。

妻に代わり、孝一が続いて自説を披露する。

「じゃあ、舞台の上の浪士じゃなくって客席の招待客……。ⓝは『楠城』、ⓣは『と』に丸で『都丸』。昨日桟敷にいたっていう芳岡の関係者の名前を表してるんじゃないか？」

弦二郎は頷いて口を挟む。

「その説、都丸さんも考えて心配してはるって、天之助君が言ってました。『続く事件の犯行予告か何かなんやないか』って……」

惣右介は弦二郎と孝一の顔を見比べた。

「じゃあ、残りの㋢の意味は？」

「さぁ、それは……」

孝一は俯いた。

皆の顔を見渡し、弦二郎は言った。

「一応、僕の考えも披露していいですか？」

「どうぞどうぞ」

孝一に促され、弦二郎は語る。

「このそれぞれの絵は『仮名手本忠臣蔵』の各段を暗示してるんやないでしょうか？　㋤は新田義貞の兜、背景の神社を鶴ケ岡八幡宮と見立てて『大序』の兜改め。㋢は城門と駆けつける武士で『四段目』由良之助の登場と城明け渡し。㋣は『九段目』山科《やましな》閑居の雪の玉で作った由良之助と力弥の五輪の塔……」

惣右介はカチカチと切り替えてスマホの画像を見つめる。

「まぁ、たしかに㋢と㋤はそう見えなくもないですね。でも、この雪景色でもない㋣を『九段目』と解釈するのはちょっと厳しいんじゃないでしょうか？　それにそもそも、『九段目』は通しの仮名手本で大抵カットされますよね。……もちろん、今回もそうでしたよね？」

「たしかに、夜の部は五段六段と七段目、そして討入……。九段目はいつも通りカットやったな」

「うーん……」

唸りながら、惣右介はスマホを弦二郎に手渡した。

「伯母さんの説、伯父さんの説、弦二郎さんの説――どの説も三つの仮名の意味が二対一に割れてしまって、三枚すべてを一度に説明できません。僕の思う答えも、同じく……」

考え込むように惣右介は腕を組んで黙った。

「惣右介君の思う答え？　それは一体……」

ちらりと弦二郎に視線を向け、惣右介は立ち上がった。そして土間から畳の間へ上がり、暖簾の向こうへと姿を消した。


「お待たせしました」

しばらくして戻って来た惣右介は古い歌舞伎座の筋書を手にしていた。元のソファーに戻り、惣右介は筋書のページをめくりながら言う。

「その㋺と㋣の札の文字の脇、小さく文字が書き足されていますよね」

「ん？　あれは作者の署名か何かと違うんかいな？」

「じゃあどうして㋤には何も書かれていないんでしょう？　絵に馴染むように注意深く書かれていますが、あれはきっと後から書き足された文字なんじゃないかと思います」

弦二郎はスマホを操作して㋺と㋣の絵札を確認する。㋺の文字の脇には〈東十〉、㋣の脇には〈三六〉と、それぞれ意味の解らない漢字が書かれている。言われてみれば確かに、その文字は後から書かれたように見えなくもない。

筋書のページをめくる手を止め、惣右介は言った。

「――その二枚、歌舞伎座の座席を示しているんじゃないかと思うんです」

「歌舞伎座の座席？」

筋書の座席表のページを開き、惣右介はテーブルの上に置いた。

「……今は普通の劇場と同じように、数字で、例えば一列の五番とか、八列の七番とか表記されていますが、数年前にそう変更されるまでは、歌舞伎座では座席の列を『いろは』で表していました」

「あ！　確かにそうだったわね――」京子は孝一に顔を向けた。

「お義母さんが『一階のとちりがいい』ってよく言ってたのよね。最初は『とちり』って、何をとちるんだろうって意味が解らなかったけど……」

京子は「い、ろ、は……」と指を折って数を数える。

「と、ち、り……前から七、八、九列目が一番観やすい席なんだって、その後教えてもらったのよね」

「……ってことは、㋣三六っていうのは」

テーブルの上の座席表、孝一は『と列三六番』の席を舞台上手側に探す。

惣右介はそれをたしなめるように言う。

「伯父さん、慌てないで下さい。昔は今とは逆に上手から下手、右から左に向かって番号が振られていましたから、三六番は上手じゃなくて下手の方――」

座席表に顔を近づけ、惣右介は花道外側の一席を指さした。

「七列目花外花横――この席になりますね」

弦二郎は頭を突き出して座席表を凝視する。惣右介の指さした席は一階西五番桟敷の正面辺り、七列目花道外側、一番花道寄りの席だった。

「……そして、㋺東十は『東』と付いていることから東桟敷かバルコニーだと考えられます。しかし、一階と二階の桟敷は通し番号の表記になっていて『いろは』の列表記はありませんから、これは自然と三階の二列目――」

惣右介は三階バルコニーの二列目、三つに分かれた真ん中のブロック、一番舞台寄りの通路に面した一席を指さした。「――この席になりますね」

弦二郎は座席表を注意深く眺めた。階を分割して書かれた座席表から想像するに、その席は階下一階の『と列三六番』を丁度斜め上から見下ろす位置にあるように思える。

「㋤の列は、客席にはないんやろか？」

「多分あるはずですよ」

座席表の中を探し、惣右介は言った。

「一階の後方。ここ、後ろから二列目の関係者がよく座る席が『な列』ですね。……ちなみに『と

列三六番』は二階と三階にも存在していますが、三階の『ろ列東十番』と一直線に並んでいることから考えて、今のところ、この『と三六』は一階席と考えて問題ないような気がします」

弦二郎と伊丹夫妻は座席表から顔を上げ、惣右介の顔をまじまじと見つめた。

甥の推理に満悦するように孝一は頷いた。

「うん。きっとそうに違いないな。……けど、『な列』は番号は関係なし、その列だったらどこでもいいってことなんだろうか？　それにそもそも、その座席は一体何を意味してるんだ？」

「さぁ、今のところそこまでは……」

伯父に応え、惣右介は弦二郎に不満げな顔を向けた。

「けどそもそも、僕はついさっきまで空の上、言葉通りの『フライトモード』だったんです。仁右衛門が『仮名手本』の舞台の上で亡くなったこと、逢之助に嫌疑が掛かっているということ、そして、芳岡の家に因縁ありげな男の桟敷に三枚のかるたが落ちていたということ――僕は事件のことはまだそれだけしか知らないんですよ。これ以上かるたの謎を解きたいのなら、その男の行方を捜すのが一番の近道なんじゃないですか？」

「あ……」

惣右介が事情を知らないことを忘れていた弦二郎は伊丹夫妻と顔を見合わせた。

しばらく沈黙して、弦二郎は惣右介に向き直った。

「実は……その男はもう見つかってるんや」

「じゃあ、問題はありませんね」

「いや……」

言葉を詰まらせ、弦二郎は言った。

「その男は『通さん場』の上演中に桟敷席から姿を消して、同じく『通さん場』で出入りが止められてた一階客席の舞台際、花道下の通り抜け通路で終演後に見つかった――」

弦二郎は目を伏せた。

「……男は死んでた。仁右衛門さんと同じ毒物で」

二

モーツァルトのレクイエム、キリエが静かに流れている。

外の新宿の喧騒とはまるで別世界、喫茶店『らんぶる』地下二階の禁煙席。

ドイツの古城のようなその空間の隅の席、地下一階から続く大階段を下りた弦二郎はこちらに背中を向けて座る青年の姿に目をとめた。

「あ、いたいた」

隣の惣右介に耳打ちし、弦二郎は惣右介とともにその席に向かう。

「……お待たせ、天之助君」

テーブル脇に立ち止まった弦二郎に声を掛けられ、タートルネックに伊達眼鏡、まるで普通の若者を演ずるかのように気配を隠していた天之助は素早く立ち上がってこちらを向いた。

パンツの両脇に指先を揃え、天之助は伸ばした背筋を前に折る。

「本日はお忙しい中、お時間を頂き誠にありがとうございます」

「いやいや、休演中の三味線弾きとフリーの物書き、忙しいなんてことは全然あらへんよ。……なぁ、惣右介君」

「それに違いはありませんね」

穏やかに微笑む惣右介の顔をしばらく眺め、天之助はゆっくりと伊達眼鏡を外した。

すらりとした八頭身、文句のつけようなく整った顔立ちながら、どことなく小犬のようなあどけなさ、人なつっこさを感じさせる弦二郎旧知の青年――歌舞伎役者の『顔』ではない、プライベートの自然体の素顔。

「……はじめまして。芳岡天之助と申します。この度は色々と……本当にありがとうございます」

天之助は改めて深々と辞儀をする。

弦二郎は辺りをきょろきょろと見廻す。幸い天之助に気付いている客はまだいない。

弦二郎は冗談めかして言った。

「スタイル抜群の君が立ってたら目立ってしょうがない……。まぁとりあえず、座ろか」

「こちら、海神惣右介君。例のかるたの謎についての意見をくれた物書きで劇評家。この夏、文楽で起きた事件を解決してくれた僕の親友。そして――」

弦二郎は隣に座った惣右介に言葉を向ける。

「紹介するまでもなくご存知やろうけど、こちらは芳岡天之助君。小さい頃から文楽によく遊びに来てくれてて、僕とはもう結構長い付き合いになる。……こないだの君の推理の話や諸々を電話で伝えたら、是非その人に会ってみたいと言うんで、今日はこうしてお付き合い願った訳なんや」

緊張気味に背筋を伸ばして座っている天之助に、惣右介は改まって挨拶を述べた。

「この度のお祖父様のこと、心からお悔やみ申し上げます。世間、とりわけ僕ら歌舞伎ファンのショックもさることながら、ご家族の皆さんのご胸中はいかばかりか……お察しします」

「ありがとうございます。お聞きしたところによると、事件の翌日の観劇をご予定下さっていたそうで……。公演がキャンセルになってしまって、本当に申し訳ありませんでした」

天之助は深々と頭を下げた。

現場検証と捜査のため、事件当日の夜の部と翌日の公演がキャンセルとなり、その翌日から千《せん》穐楽《しゅらく》の昨日までの三日間、仁右衛門と逢之助の役には代役が立ち顔見世の幕は下りた。結局、惣右介は今月の舞台を一度も観ることができなかったのだ。

惣右介は応えた。

「『仮名手本』は何度も観ていますから、まぁそれは構わないんです。ただ残念なのは、仁右衛門さんの芝居をもう拝見出来なくなったこと……。これは、多くの歌舞伎ファンにとっても、僕にとっても、あまりにも大きな悲しみです」

天之助は惣右介を見つめた。

「海神さんも、祖父の芸を愛して下さっていたんですか？」

しばらく天之助を見つめ返したあと、惣右介は天井の大きなシャンデリアを見上げた。

「歌舞伎という芝居それ自体、役者それぞれのその時々の芸——そういったものの冷静な定点観測に徹したいと思い、僕はなるべく特定の役者のファンにならないでいようと努めて芝居を観続けてきました。けれど、仁右衛門さんの真に迫った表現、役の魂そのものに同化するかのような実《じつ》の深さ……。どんなに抗おうとも、仁右衛門さんに限っては、僕はファンにならずにはいられませんでした」

「……」

しばらく黙って、天之助はしみじみと惣右介に言った。

「そんな風に言って頂いて、泉下の祖父もさぞ喜んでいることと思います……。弦二郎のお兄さんから海神さんのお話を伺って、この方ならきっと信じられる、お頼み出来る——そう思って、今日はお兄さんに無理を申してご紹介をお願いしました」

弦二郎はうんうんと頷く。

「かるたの絵札から、今はもう使われてへん歌舞伎座の座席配列にまで連想を繋げられるのは、まぁ、世間広しといえども惣右介君ぐらいのもんやろからなぁ。……その席が何を意味するのかは、今のところまだ解らへんけど、これから色々手がかりを見つけていけば、きっとその意味も解るはずやと思うよ」

「いえ……もちろんそれもあるんですが……」

天之助は小さな顔を弦二郎に向けた。

「海神さんは逢之助の兄貴は犯人じゃないと、兄貴の芸から見抜いて断言して下さったんですよね？」

円《つぶ》らな瞳で惣右介を真正面にとらえ、天之助は静かに語る。

「舞台の上で我々は役になりきって、いうなれば自分ではなく役の人生をお客様に披露しています。けど、そんな役者もそれぞれ自分の人生をもっています。海神さんは芝居を観て、舞台の上の芸だけでなく、その役者の生き様まで見抜いて下さいました。逢之助本人を知っている我々なら理解している兄貴の気質を、芸の奥底に見極めて、断言するまでに信じて下さいました。……その話を聞いて、私は本当に有難いと思いました。これほど役者冥利《みょうり》に尽きることはないと思いました。そんな海神さんに一度お会いして、是非お礼を申したい……そして、もしお許し頂けるなら、疑いのかかっている逢之助を助け、祖父の本当の仇を討つことに、文楽の事件を解決なさったという海神さんのお力を是非お貸し願いたい――そう思ったんです」

真っ直ぐな天之助の眼差しをしばらく受け止め続け、惣右介はふっと肩の力を抜いた。

「天之助さん、あなたにそんなふうに思って頂けるなんて、僕こそ観客冥利に尽きますよ。……けど、僕が事件解決のお役に立てるかどうかというのは、また別の話なんじゃないでしょうか？かるたの件も、『ただそういう解釈も可能だ』というだけに過ぎません。しかも、三枚のうち二枚しか意味は通じていない……。もしそれに何らかの意味があったとして、その意味が解ったと

ころで、仁右衛門さんの事件に関係があるのかどうかも全く判らないことです」

神妙に話を聞く天之助と惣右介の顔を、弦二郎は首を左右に振って見比べる。

「そうやからこそ、それをはっきりさせるために君の頭脳と見識を貸して欲しい……天之助君はそう願ってるんや。僕からも頼む、彼に力を貸してあげてくれへんやろか……」

「……」

しばらく黙り、惣右介は言った。

「毒は、仁右衛門さんが舐めた刀の血糊に混入されていたことは間違いないんですよね？」

身を乗り出して天之助が答える。

「はい、それは間違いないと聞いてます」

「血糊は誰が用意して、どこに保管されていたんでしょう？」

「祖父の指定の配合のものを小道具さんが毎回その日の朝に用意してくれて、舞台袖の小道具置き場に保管されていました」

「じゃあその日の防犯カメラの記録から、不審な人物の動きが判定できるのでは？」

「それが……」天之助は俯き加減に答える。「以前から防犯カメラ設置の話は出てたんですけど、もうすぐ建て替えだから、新劇場になったら最新式のものを導入しようという結論になって……。今は楽屋口のカメラ一台以外、舞台裏にも客席にも、防犯カメラは設置されていないんです」

「……」

しばし黙って、惣右介は問い直す。

「花道下の通り抜け通路で亡くなっていた男性というのは、舞台裏に出入りできる立場の人物だったんでしょうか？」

「いいえ。そういった関係の人ではなかったと聞いてます」

「けれど、死因は仁右衛門さんと同じ毒物……」

「はい、詳しい毒の成分や詳細はまだ発表されていませんが、そうだということは刑事さんから伺ってます」

「うーん」

惣右介は唸った。

「近くて遠い舞台と客席。花道の上と下。しかも防犯カメラもなく、演目は出入り禁止の『通さん場』。これは到底、かるたの謎解きなんかで解決できるような事件ではないと思うのですが……」

天之助はテーブルの上に顔を突き出す。

「だからこそ、普通の捜査で解決できる事件だとは思えないんです」

「せやからこそ――」畳み掛けるように、弦二郎も惣右介に言った。

「君の観察力と判断力が絶対に必要やと、僕も思うんや」

サーブされたコーヒーのカップを持ち上げ、弦二郎は当日疑問に感じたことをふと思い出した。

「……そういえばあの日、鳥屋に駆け付けた時、悠里さんはあの亡くなったお客さんのことを、何か、怪態《けったい》な名前で呼んでたような記憶があるんやけど」

「ああ……」天之助は沈んだ様子で言った。

「妹はあのお客様――高森靖《やすし》という方を『コウモリヤス』という厭《いや》なあだ名で呼んでいました」

「コウモリヤス？」

頓狂な声を上げる弦二郎の隣で、惣右介はコーヒーを一口飲んで言った。

「『与話情《よわなさけ》』の蝙蝠安ですか？」

「はい、そうみたいです……」

通称『与話情《よわなさけ》』とも『お富与三郎《とみよさぶろう》』とも言われる歌舞伎の演目『与話情浮名横櫛《よわなさけうきなのよこぐし》』。

蝙蝠安は与三郎のごろつき仲間、たしか、与三郎と共にお富の妾宅にタカリに訪れる頬に蝙蝠の入れ墨がある小悪党の名前――。

惣右介は言った。

「蝙蝠安のように、その高森さんという人の頬には蝙蝠形の痣か傷でもあったんでしょうか？」

「あ――」弦二郎は思わず口を挟む。「確かに、向かいの二階桟敷から見ても判るぐらい大きな痣が右頬にあったなぁ。それが理由で……」

「いや、それだけではありませんね。高森靖という名前の漢字をそのまま音読みして『コウモリヤス』――悠里さんはその人の名前を以前からご存知だったんでしょう。趣味がいいとは言い難いけれど、悠里さんの高森さんへの嫌悪感をよく表現した見事なあだ名だと思いますね」

妹の悪意を恥じるように俯き、天之助は返答した。

「仰言る通り、妹は高森さんの名前を存じ上げていました。なんでも、事件の二カ月ほど前、高森さんは母の藤岡流の事務所に突然現れて、母に名刺を渡し、芳岡の家について調べている小説家だと名乗ったって……」

「つまり、その時が初対面だったと？」

「はい、母も妹もそう言ってます」

「何の用があって、高森さんは藤岡流を訪れたんでしょう？」

「妹によると、高森さんは終始何だかぼやかした口ぶりで、母のことを『ようやく見つけた』とか、『あの人が今どこでどうしているのか教えて欲しい』とか、そんなことを一方的に話し続けたそうなんです。意味の解らない高森さんのお話に母は困惑してしまったそうで、それで、妹が高森さんを追い返すようにしてお引き取り願ったと聞いています。母は強そうに見えて案外気が弱く、妹は見た目と違って随分男勝りな性格なもので……」

「ふーん」

弦二郎は事件当日の記憶を思い出す。

「たしか、悠里さんは仁右衛門さんのご遺体の脇で、その『コウモリヤス』が芳岡家への呪いの言葉を言ってた……とか、きっと血糊に毒を盛った……とか、そんなことを口走ってたような……」

「……」

説明を促すような惣右介の無言の視線に、天之助は頷いて応える。

「事件当日、『吉祥』さんでの会食の場に高森さんが現れて、高森さんはまた母に同じような質問を繰り返したらしいんです。改めて場を設けて話を聞くと母は約束し、高森さんは納得してその場を去ったそうなんですが、その時、呪いのような言葉を言い残したと妹は言っています」

「具体的には、どんな言葉だったんでしょうか？」

「それが……。妹はその時随分興奮してしまっていて、はっきりとは覚えていないと……。母に聞いても同じような反応で……」

「なるほど――」惣右介はコーヒーをすすった。

「……しかし、高森さんは小道具の血糊に毒を盛れるような立場の人間ではなかった。その上、廊下で係員が見張っていた『通さん場』の冒頭に彼は桟敷席から姿を消し、終演後に花道の下の通り抜け通路で仁右衛門さんと同じ毒物で死んでいるのが見つかった……。しかも、桟敷には彼が両腕に嵌めて使っていたロフストランドクラッチが両方とも残されていた……。そうですよね？　弦二郎さん」

「ロフストランドクラッチ？」

「腕の支えとグリップが付いた医療用の杖の名前です」

「ああ……。そうそう。桟敷の沓脱場の姿見脇に杖は立て掛けられとって、トンビコートがまるで抜け殻のように床に落ちとった。そして、その下に三枚のかるたが……」

「うーん……」

惣右介は唸った。

「高森さんが杖なしで歩くことが出来たのかどうかという問題も含め、やっぱり、これは今の程度の情報で解決できるような簡単な話ではありませんね」

「じゃあ――」天之助は真っ直ぐに惣右介の目を見つめた。

「もっと情報を集めることが出来れば、解決に近づくことは出来るでしょうか？」

「まぁ、理屈の上ではそう言えるでしょうが……」

天之助はテーブルに身を乗り出した。

「実は明後日、ごく身内の者だけで祖父の初七日の法事をうちで行うことになっています。当日歌舞伎座にいらしていたお客様と捜査を担当してくれている刑事さんたちもお見えになる予定です。もしよろしければ、お二人にもおいで頂いて、皆さんを是非ご紹介させて頂ければ……」

「……」

黙って天之助を見つめ返し、惣右介は言った。

「天之助さん、僕も仁右衛門さんの仇をとるため、逢之助さんの疑いを晴らすためにお役に立てるのであれば、出来ることは喜んで協力はさせて頂きますよ――」

パッと表情を明るくした天之助を制するように、惣右介は間を置かず言葉を続けた。

「しかし、血糊に毒物を混入するだけではなく、逢之助さんの荷物に毒の容器らしきものを隠すことが出来る人物――それは、逢之助さんと同じく、もしくはそれ以上にあなたの身近な人物である可能性が高い。……天之助さん、その点、覚悟はおありですか」

「……」

真剣な眼差しで惣右介を見つめ、しばらくして天之助は深く頷いた。

「はい、それはもとより覚悟の上です。……海神さん、どうかよろしくお願いします」

三

車を持たない弦二郎と惣右介が高輪《たかなわ》の芳岡邸を訪問するためには、地下鉄浅草線を泉岳寺駅で降り、その駅名の泉岳寺の前、細くて急な坂道をしばらく上らなければならなかった。

元禄事件——いわゆる『忠臣蔵』で亡君・内匠頭の仇を討った四十七士が祀られる浅野家菩提所の泉岳寺。吉良邸への討入の日「義士祭」の十二月十四日が近いからなのか、三日前まで歌舞伎座で『仮名手本忠臣蔵』の芝居が掛かっていたからなのか、それとも、これがいつものことなのか、門の向こうの境内には多くの参拝者と立ち上る線香の煙が見えている。門前両脇に立てられた「義士祭」の幟の片方が風で反転して鏡文字になり、まるで義士と不義士が門を挟んで並んでいるかのようだ。

そんな景色をぼんやりと眺めながら歩く弦二郎に、惣右介が不意に話し掛けた。

「あれから、少し調べていて気付いたんですが——」

「ん？　何を調べたんかいな？」

「俳優協会のＷＥＢ歌舞伎データベースを見てみると、天之助さんは十六歳と十七歳の丸二年

間、一切舞台に出ていませんね。その頃、彼に何かあったんでしょうか?」

「ああ、それはきっと……」

弦二郎は花形時代の天之助を思い出す。

「初めて大きな役が付いた花形勉強会の舞台の上で倒れてしもて、その治療で舞台を離れてた時期のことやないやろか」

「舞台で倒れた?」

「今みたいに大々的に活躍し始めるずっと前、天之助君が花形としてスタートラインに立ってすぐの頃のことやったから、本格的なデビューが二年遅れたという程度の認識で、世間でもそんなに知られてない話ではあるけど……」

「舞台で怪我でもしたんですか?」

「いや、てんかんの発作みたいな症状で……どうやら心因的な理由のものやったらしい。デリケートな話やから、まぁ、僕もあんまり詳しい話は聞いてへんのやけど……」

「子役としてのデビューも、彼は記録を見る限り他の役者さんと比べて少し遅めですよね」

「そうなんや……」

それは、弦二郎も今まで気にしたことがなかった。

「まぁ、だからどうという話ではないんですが、一応、気になったので念のため」

「もしかして、君は天之助君が犯人やとでも?」

「いやいや——」惣右介は笑って先を歩き続ける。「僕は誰を犯人だとも犯人じゃないとも思っ

てはいませんよ。ただ疑問に思ったことを確認しただけです。思わぬところにヒントが隠れているかもしれませんからね」

坂道を上りきり、二人は左右に長く延びる白壁を前に立ち止まった。

敷地内に日本庭園もあるという芳岡邸を取り囲む裏塀。表側の正門に回るには、まだしばらく歩き続けなければならないようだ。

弦二郎も初めて訪れる芳岡邸は想像以上の「お屋敷」だった。

背の高い木製の門の脇、くぐり戸に迎えに出た天之助の先導でアプローチを進み、三人は三角屋根の洋館、広々とした玄関を入った。弦二郎と惣右介は玄関のすぐ隣、大きなマントルピースのある応接室に案内された。

「……どうぞ、そちらのソファーにお掛け下さい。妹があと一時間ほどで巡業先に出発しなければならないそうなので、まず、彼女を連れてきてご紹介します」

天之助は辞儀をして部屋を出て行った。

レースのカーテン越しに冬の白い光が射し込む洋室の中央、弦二郎は天之助の言葉に従って応接セットのソファーに腰を下ろす。惣右介は壁際のマントルピースに近づき、その使われていない飾り暖炉の上、色々なフレームに入れて並べられた先代天之助の舞台写真を興味深げに眺めている。

「……しかし、天之助さんは本当に父上にそっくりですね。男の子は父親よりも母親に似た方が

ハンサムになる――なんて俗説がありますが、彼の存在はその雄弁な反証になり得ますね」

「誰が言ってるかも分からへんそんな俗説への反証よりも、今日会う人らにそれぞれ何を尋ねるのか、君はちゃんと考えて来てくれたんかいな？」

マントルピースの上を眺め続け、惣右介は興味なさげに応える。

「今日は担当の刑事さんも見えてるそうじゃないですか。そういった質問はその方々が行ってくれているでしょうから、僕はこの機会に便乗して役者の皆さんとお喋りを楽しむだけ――」

「えっ！」

思わず声を上げた弦二郎をからかうように、惣右介はくるりと振り返って笑った。

「……なーんてね。さすがにそれは冗談ですが、今のところ、あらかじめ質問を決められるほど情報は集まっていませんよ。まぁ、今日がその第一歩でしょう」

言いながら惣右介がソファーの方へ歩み出した時、ガチャリと応接室のドアが開いた。

「お待たせしました。妹を連れてきました」

天之助が言うのとほぼ同時、黒いワンピース姿の秋月悠里が兄を追い越して応接室に入って来た。

ソファーの弦二郎と目の前に立つ惣右介の顔を交互に見比べ、悠里はまず弦二郎に深々と頭を下げた。

「先日はせっかくおいで頂いた舞台があんなことになってしまって、本当に申し訳ありませんでした。祖父に代わって、心よりお詫び申し上げます」

慌てて弦二郎は立ち上がり、掌を眼の前で大きく振った。

「いやいや、そんなことは、全然。それよりも、なんとお悔やみを申していいか……」

二人の挨拶が終わったのを見計らい、天之助は惣右介に言った。

「妹の悠里です。秋月悠里という名前で新派女優として活動しています」

悠里は惣右介に向き直る。天之助は妹に惣右介を紹介する。

「こちら、弦二郎のお兄さんのご親友で、夏に起こった文楽の事件を解決した劇評家の海神惣右介さん。逢之助兄さんの無実を証明するため、無理を言ってご協力をお願いしたんだ」

「あら？　逢之助さんは無実なの？」

芝居がかったとぼけた口調で言い、悠里は驚いた様子で兄を見つめた。

「悠里……」

天之助は困ったように眉をひそめる。

兄に構わず、悠里は弦二郎と惣右介を見渡した。

「兄や一門の皆さんは『逢之助が犯人のはずはない』なんて言ってますけど、証拠まで出てきている容疑者を、『まじめな人間だから』『芝居を愛している奴だから』――なんて感情的な理由で擁護するのは、私、個人的にはあんまり感心しないんです。むしろ、逢之助さんは……」

惣右介の方に一歩踏み出し、悠里は名探偵でも演じるかのように人差し指をピンと立てた。

「千之進の襲名の話に舞い上がって、その先、千代蔵相続への欲が膨らみ、何らかの思惑があってお祖父さまにあんなことをしてしまった――そうなんじゃないかしら？　……魔女の最初の予

言が当たって、次の予言を実現させるために王を殺したマクベスのように」

「仁右衛門王を殺して、逢之助マクベスに一体どんなメリットがあるんでしょうか？」

「さぁ……」立てた人差し指を顎に添え、悠里はしばし考えた。

「それは、きっとあなたが推理して下さるんでしょ？　海神さん」

悠里は美しく微笑んだ。


応接セットに移動し、弦二郎と惣右介は天之助兄妹とテーブルを挟んで向き合った。

「悠里さんがさきほど仰言った件、逢之助さんの千之進襲名……それは本当のことなんでしょうか？」

惣右介の問いに、悠里は隣の兄に冷ややかな視線を向ける。

「兄さん、まだお伝えしてなかったの？」

「いや……今日、色々とお話ししようと思って……」

歌舞伎ではなく新派芝居の一場面のような洋室、天之助は妹の気迫に終始押され気味だ。

悠里は弦二郎と惣右介に視線を戻す。

「祖父は殺される前日、逢之助さんに千之進の名前を継がせることを決心していたらしいんです。もちろん、祖父本人が決心しただけで、大谷会長にも俳優協会の皆さんにもまだご相談はしていなかったみたいですけど……。まぁ、我が家のことは祖父がそうと決めてしまえば、もう決まったも同じことですから」

「そのお祖父さまの決心を、悠里さんは直接お聞きになられたんですか？」

「いいえ。母から聞いたんです。事件の日、最初の幕間に母は祖父から呼び出されて、『松の間刃傷』の上演中、楽屋で祖父からその話を聞かされたそうです」

「どうして、わざわざ公演中だったんでしょう？」

「それは――」

一瞬考えて、悠里は答える。

「その次の長幕の会食の時間、啓一兄さんが千之進を名乗る意気込みを話したりしたら可哀想だから話題を配慮してあげて欲しいって、祖父は母に頼んだらしいんです。……啓一兄さんを招待していたことを、多分、祖父はその幕間前にふと思い出したんじゃないでしょうか？」

「なるほど……」黒いネクタイの前で腕を組み、惣右介は確認するように一座の顔を見渡した。

「もし逢之助さんが千之進の名前を継いでしまうと、歌舞伎役者に転身を望んでおられる啓一さんは自分の血筋、父上の名を名乗ることが出来なくなってしまう。そして、その名前は千代蔵を継ぐべき役者が名乗る前名だから、仁右衛門さんに次ぐ芳岡家の大名跡、祖父・千代蔵の名前を啓一さんが継ぐことも絶対に不可能となる。……それを知らずに啓一さんが父上の名前を継ぐ希望を話したりしたら不憫だと、仁右衛門さんはそうお考えになったという訳ですね？」

「まぁ、きっとそういうことだったんだと思います」

「けれどそもそも、仁右衛門さんはどうして啓一さんがそんな不憫な憂き目に遭うことを決心なさったんでしょう？」

「それは――」

悠里は再び考えて答える。

「長い間一緒に芝居をしてきた叩き上げの逢之助さんを、歌舞伎を捨てて映画に走った弟の孫以上に可愛いと思ってたからなんじゃないでしょうか？　逢之助さんはお祖父さまにも鴈堂の大叔父さんにも従順な人でしたから。外の映画の世界ですでに高く評価されている、親戚とはいえ、いうなれば余所者《よそもの》の啓一兄さんに今さら入門されるよりも、手塩にかけて育てた逢之助さんをより上位に置きたかった。――とても祖父らしい考え方だと思います」

「逢之助さんは、その襲名の話を知っていたんでしょうか？」

「さあ……」

「千代蔵の相続まで将来に約束された襲名――その決定者の仁右衛門さんを逢之助さんが殺害する理由がどこにあるというんでしょう？」

「さあ……」

悠里は少し長く考え込んだ。

「その重責に耐えられなかったから――とか？」

自信なさげな悠里の答えに、惣右介はふふふと笑って応じた。

「今までのお話からシンプルに考えれば、むしろ啓一さんのほうにこそ、父君の名前を奪われないために――という分かり易い動機があるように思えるのですが」

驚いたような表情を一瞬浮かべ、悠里はそれを打ち消すようににこやかに笑った。

「そんなこと、絶対にありえません」

「どうしてそう言い切れるんです？」

「だって――」

すっと息を吸い込み、悠里は朗々と言い切った。「啓一兄さんは、そんな人じゃありませんもの」

あまりにも堂々とした根拠のない断言――弦二郎は驚き、呆然と悠里の顔を眺めた。

天之助はため息をついて俯き、惣右介は優しげな眼差しで悠里を見つめた。

男たちの反応にハッとして、悠里は上気した様子で一座の顔を見渡した。

「……だって、お祖父さまの言いつけで、啓一兄さんは今まで一度も歌舞伎座の楽屋に入ったことがなかったし、事件の日も、きっと楽屋にも舞台裏にも一歩も立ち入ってはいない筈です。……それに、逢之助さんの千之進襲名の話も、昨日の今日で、啓一兄さんの耳にはまだ絶対に入っていなかった筈です」

「悠里さんは、随分啓一さんの肩をおもちになりますね」

穏やかな惣右介の言葉に、悠里は一層上気したように顔を赤らめた。

「だって……。啓一兄さんは血の繫がった芳岡家の一族です。何の血縁もない逢之助さん以上に信用するのは当たり前じゃないですか。――兄さんだって、そうでしょ？」

悠里の強い視線を受け、天之助は困ったように眉をひそめた。

「そういうのは、あんまり理由にならないんじゃないかな……」

「まぁ！」

兄への抗議を表すように、悠里は驚いた顔を弦二郎の方に向けた。

どう反応していいのか判らず、弦二郎は曖昧な笑みを浮かべて肩をすくめて見せる。

惣右介が口を開く。

「仁右衛門さんは、どうして啓一さんをそこまで拒んでおられたんでしょう？　千代蔵さんが歌舞伎を捨てて映画に走ったことを、今でもそんなに根に持っていらっしゃるんでしょうか？」

「まぁ、それはあったと思います――」自らの興奮を鎮めるように、悠里は一息つく。

「祖父の前で千代蔵の大叔父さまの話をするのはタブーでしたし、『うちの家は歌舞伎の家、あの人の家は映画の家』……そう言って、祖父は啓一兄さんの歌舞伎転向を頑なに拒み続けていましたから」

惣右介は天之助に視線を向けた。

「そこまで仁右衛門さんに拒まれても、啓一さんは歌舞伎の世界に入りたいと思っておられたんでしょうか？」

「はい、啓一兄さんの希望は真剣だったと思います」

惣右介は悠里に視線を戻した。

「映画やテレビで既に高い評価を得ているのに、啓一さんはどうして歌舞伎の舞台を目指そうと思われたんでしょうね？」

数秒間、悠里はじっと惣右介の瞳を見つめた。

そんなことも解らないのか――とでも言うかのように、悠里は深いため息をついた。

「そんなの、自分に芳岡の血、歌舞伎役者の家の血が流れていることを自覚しているからに決まってるじゃないですか。私だって……私だって、もし男に生まれていたら……」

歌舞伎への道を仁右衛門に拒まれた啓一の心境を代弁していた筈の悠里は、いつのまにかそこに自分自身の運命を重ねているように見えた。

そろそろ出発の準備をしないと――とにこやかに席を立った悠里とともに、天之助は次の客を呼びに応接室を出て行った。

ソファーの背もたれに身を沈め、弦二郎は深くため息をついた。

「新派の女優さんというのは、やっぱり独特の迫力があるなぁ……。横で聞いてただけやのに、なんか疲れてしもたわ。きっと、君はさぞ疲れたことやろなぁ……」

「まぁ、それなりにね――」笑いながら、惣右介は肘掛に身を預ける。

「悠里さんの感情の起伏と気迫に呑まれないように気を張り続けるのに、少しばかり疲れましたね」

「佐野川啓一の歌舞伎への鞍替え志望の噂は前から耳にはしてたけど、仁右衛門さんがそれを拒んでるって噂も、やっぱり本当のことやったんやな。……しかし、親戚の俳優の楽屋出入りを許さへんというのは随分徹底した拒絶っぷりやなぁ。何か深い理由でもあったんやろか？　もしかしたら、こんな風に毒を盛られるのを用心してはったとか……」

惣右介は苦笑した。

「弦二郎さんは相変わらず気が早いですね。これじゃあ、まるで六段目の勘平だ」

「六段目の勘平……」

『仮名手本忠臣蔵』五段目六段目の主人公、自分が舅を殺したと早合点して切腹する勘平に喩えられて弦二郎が言葉を失くしたその時、応接室のドアがガチャリと開いた。


天之助に紹介された都丸卓と美紀夫妻は弦二郎たちの正面に座った。

その恰幅の良さのせいで、都丸の胸元の黒タイはタイトなデザインのものに見える。

モデルの美紀はブラックフォーマルを美しく着こなし、決して華美ではないものの、まるで黒いドレスを身にまとっているかのようだ。

向かい合う長ソファー、どちらかに詰めれば座れなくはないものの、惣右介、都丸、どちらか一方に与《くみ》するのも落ち着かないと思ったのか、天之助は窓際に立って客同士を紹介した。

都丸が先に口を開いた。

「あまり時間がないんだが、答えられることならなんでもお話しはしますよ。……けれどその前に、一つ確認したいことがあるんです」

「何でしょう？」

「あの高森という男の桟敷に残されていたかるた。その三枚のうちの二枚、㋤は『楠城』、㋣は『都丸』――次の犯行予告のような、あの男のダイイングメッセージか何かなのではないか、と……私たちと楠城玲子さんは当事者としてとにかく心配しているんですよ。聞くところによる

と、あなたはかるたの意味をそうではないと推理なさったそうですね。その考えを信用して、本当に大丈夫なんですか？」

　都丸の心配に理解を示すように、惣右介は落ち着いた様子で頷く。

「高森さんはもう亡くなっていますから、高森さんによる次の犯行予告ということはまず絶対にあり得ません。高森さんのダイイングメッセージだという考えにも、僕には少々違和感があります。そう考えるには意図があまりにも不明瞭だし、やり方も迂遠だと思うんです。むしろあの三枚のかるたは、その意味が解る誰かに何かを伝えるため、そもそも以前から用意されていたもののような……僕にはそんな風に感じられます。まぁ、『感じられる』というだけのことですけど」

「じゃあ、我々にも楠城さんにも、危害が加えられる心配はないと思って大丈夫なんですね？」

「そもそも僕が担保できる話ではありませんが、あのかるたの文字があなた方のお名前を示しているという可能性はないと考えて大丈夫だと思います。……あるいはそれとも、誰かに危害を加えられるかもしれないという心配がおありなんですか？」

「いや、特にそういうことはないんですが……」語尾を濁し、都丸は鷹揚に頷いた。

「まぁ、話を聞いて安心しました。……さて、次はあなたの番だ。どうぞ何なりとご質問を」

　都丸に謝意を示すように黙礼し、惣右介は口を開いた。

「都丸さん、芳岡仁右衛門後援会長のあなたは、佐野川啓一さんの歌舞伎俳優への転身を強く後押ししていらしたそうですね。それは、どういったお考えがあってのことだったんでしょうか？」

「考えも何も、啓一君が優れた俳優であり、芳岡千代蔵、佐野川千之進直系の血筋でもある――それだからに決まっているじゃないですか」

「けれど、仁右衛門さんは啓一さんの希望を頑なに拒んでいらしたそうですね」

「ああ……」都丸は憂鬱げに応接室の人々の顔を見渡す。

「それは正直、まったく予想外の反応でしたよ。一般家庭のお子さんだった逢之助さんを部屋子から幹部役者に昇進させたり、国立劇場の研修生出身の役者さんを積極的に取り立てたり……閉鎖的な歌舞伎の世界には珍しく、仁右衛門さんは柔軟な考えをお持ちの座元役者でした。啓一君はご存知の通りイケメンで、演技者としても大変な実力があって、映画やテレビで広く世間に知られた知名度と人気もある――どう考えたって、彼の歌舞伎転身は彼にとっても、歌舞伎界にとっても、そして、芳岡家にとっても、諸手《もろて》を挙げて歓迎されて然るべきビッグイベントになるはずだったんです。……そんな彼を拒むなんて、私にはこれっぽっちも理解出来ないことでしたよ」

「どうして、仁右衛門さんはそこまで啓一さんを拒まれたんでしょう？　何かお心当たりはおありですか？」

「さあ……全く解りませんね」

「啓一さんの件を後押ししたことで、仁右衛門さんとの間に軋轢《あつれき》のようなものは生まれたりはしなかったんですか？」

「……」

都丸はちらりと隣の美紀と視線を交わした。しばらく黙って、都丸はため息をついた。

「軋轢……というほどのことではありませんが、その件で随分ご機嫌を損ねてしまって、私の後援会長という立場——実質的な独占スポンサー契約を解消しようと、仁右衛門さんは言い出してしまわれました……」

「それは穏やかじゃありませんね。しかし、都丸さんほどの実力者に離れられては、仁右衛門さんの方がかえって困ってしまうのでは？」

惣右介の言い回しに気を良くしたのか、都丸は「いやいや——」とわずかな笑みを口元に浮かべた。

「仁右衛門さんは誰もが認める日本一の歌舞伎役者。専属のスポンサー契約を結びたいという企業はいくらでもあるはずです。仁右衛門さんとの関係、コマーシャルへのご協力のおかげで、私の会社も社会的信用を大いに高めることが出来た——それは間違いのないことです」

「そんな仁右衛門さんとの関係を損なう危険を冒してまで、どうしてあなたは啓一さんの後押しを続けたんでしょう？」

「それは……」

口ごもる都丸の隣、美紀が物憂げに口を開いた。

「芳岡一門に入ることを前提で、この人は啓一さんの事務所と契約諸々の話を水面下で進めていたんです。世間や他社を出し抜きたいがため、一番大切な仁右衛門さんへの根回しを怠って、逆に足をすくわれてしまった……。浅はかですね」

「ああ、いや――」都丸は言い訳するように惣右介たちの顔を見渡した。「誰にとってもメリットしかない前向きな転身話に、まさか、あの寛容で進歩的な仁右衛門さんが反対なさるなんて、私にはこれっぽっちも予想できなかったんですよ。浅はかと言われれば、マァ、その通りかもしれないが……」

都丸はポケットからハンカチを取り出し、皆の視線から隠れるように額の汗を拭った。

「わかりました。言いにくいお話を、どうもありがとうございます。……もう一点、別の件についてお話を聞かせて下さい。事件当日、皆さんの会食の席に現れ、『通さん場』で桟敷から姿を消し、後に花道下で死体となって発見された高森靖という男性。現在の報道では、この人はどうやら自らの意思で毒をあおって亡くなった――つまり自殺の可能性が高いだろうと考えられているようです。しかし、その毒物は仁右衛門さんと同じ種類、同じ成分のものだという大きな謎が残っている……。当日高森さんとお会いになっているお二人としては、彼に対してどのような印象をお持ちになられたでしょうか？」

ハンカチをポケットにしまいながら、都丸はいささか早口で言う。

「人の好い環さんに難癖をつけて、あわよくばゆすりたかりを目論もうとする不健康なゴロツキ――と言う他ない、不愉快で不気味な男でしたよ。仁右衛門さんと同じ毒を呑んで自殺したんなら、その男が犯人と考えるのが普通じゃないですかね。だから、一刻も早く逢之助さんの名誉を回復してくれと、さっき警察の担当者にも強く言っておきましたが……。どうですかね、彼らは頭の固い連中だから」

顎に指を添え、惣右介は美紀に視線を向ける。

「美紀さんは、いかがでしょう？」

落ち着いた様子で暫《しばら》く考え、美紀はゆっくりと口を開いた。

「なんと言えばいいか……『死相』というか『死を目の前にした人間の悲壮感』というか、そのようなものが、なんだか漂っているように私には感じられました。ゆすりたかりというよりも、死の床から這い出して、最後、一縷《いちる》の望みに縋《すが》って生きている憐れな男——そんな暗い空気が漂っているように見えました」

「ほう——」惣右介は目を輝かせて美紀を見つめた。

「お美しいだけでなく、素晴らしい観察眼と詩的な表現力をお持ちですね。……高森氏は、環夫人にどんなことを尋ねていたんでしょうか？」

「たしか、誰かが今どこでどうしているのか、自分には聞く権利があるはずだ。二十九年前奪ったものを返して欲しい——そんなことを尋ねていたように思います」

「二十九年前に奪ったもの……。それに対して、環夫人は？」

「また改めて話を聞く場を設けるから、今日のところは引き取って下さい——と。お店の方たちも近寄ってきたので、彼は諦めた様子で退散しました」

「その時の環夫人のご様子は？　高森氏の質問に何か心当たりがあるご様子でしたか？」

「……」

しばし黙り、窓際の天之助の姿をちらりと見遣り、美紀は少しきまりが悪そうに言った。

「はっきりとは解りませんが、心当たりは一切ない……というご様子ではないように見えました」

「そうですか――」

惣右介は美紀の目をじっと見つめた。

「高森氏は退散する時、何か芳岡の家への呪いのような言葉を残したと聞きました。そのような言葉をお聞きになった記憶はありますか？」

腕時計をちらりと覗き、都丸は美紀に視線を向ける。

「……そんなこと言ってたかな？」

応接室全員の注目を受け止め、美紀は堂々と言った。

「次の幕は『通さん場』と『城明け渡し』。芳岡家の皆さんの活躍が楽しみだ――というようなことを言っていたように思います」

「それは呪いの言葉のように聞こえましたか？」

「いいえ。普通の去り際の挨拶……悪く取るとしても軽い皮肉程度に聞こえました」

とその時、天之助が背後の窓の外をちらりと見遣り「あっ！」と声を上げた。

応接室の全員は驚いて天之助に顔を向ける。

「啓一兄さんの車が門の方に……。話があるから待っててって言ったのに。ちょっと引き留めてきます」

天之助がドアに向かって駆け出したのとほぼ同時、都丸はのっそりとソファーから立ち上がっ

た。

「……我々もそろそろ出なければ。もう、よろしいかな？」

「はい、どうもありがとうございました」

惣右介は立ち上がった。弦二郎も慌ててソファーを立つ。

勢いよくドアを開けて外に出て行く天之助を見送り、都丸と美紀はゆっくりその後に続いた。

弦二郎は惣右介とともにソファーに座り直した。

「啓一さんの件で勝手に色々話を進めてしもてた都丸さんは、仁右衛門さんの反対で困った立場に追い詰められてしもた。背に腹は代えられず、仁右衛門さんに毒を……」

弦二郎の思い付きの言葉に顔すら向けず、惣右介は正面のマントルピースを眺めたまま言った。

「それで仁右衛門さんという屋台骨を失くしてしまったら、本末転倒もいいところじゃありませんか」

「まぁ、我々の感覚から考えたらそうやけど、都丸さんにとっては莫大な額のお金や面子が懸かった問題やったとか……。仁右衛門さんが亡くなったら実質的な芳岡の総領になる鴈堂さんとは、啓一さんのことについて話は付いとった……とか」

「まぁ、可能性がゼロという訳ではありませんから、すぐさま却下することもありませんが……」

弦二郎に顔を向けないまま惣右介が応えたその時、天之助が神妙な表情で応接室に戻った。開いたままのドアの前に立ち、天之助は俯き加減に言った。

「すいません……。啓一兄さんと玲子さん、帰ってしまいました。電話を掛けてみたら、どうやら玲子さんの体調が良くないみたいで……」

「そうですか。それは困りましたね」

「本当にすいません」

「いやいや、玲子さんのご体調のことですよ。他にもお話を聞かせて頂きたい人はいますから、啓一さんのことは、まぁご心配なく。それよりも天之助さん……」

「はい、なんでしょう？」

「もしよろしければ、仁右衛門さんの御霊前にご挨拶させて頂きたいのですが……」

「ああ、気が付かなくてすいません。どうぞ、ご案内します」

「けど、その前に一つ――」

「はい？」

「あそこには、どんな絵が掛けられていたんでしょう？」

惣右介の視線を追い、天之助と弦二郎はマントルピースの上に目を向けた。

絵など掛かっていない空白の壁――惣右介の質問の意味が判らず、弦二郎は目を凝らした。

遠目には分かりにくいが、なんとなく、縦長の長方形に壁紙の色が違っている部分があるように見える。長年絵が掛かっていたため壁紙が日焼けしていない部分――惣右介はそう考えたのだ

ろうか？

「――あれ？」

天之助はマントルピースの前まで進んで壁を眺め、周囲の床をきょろきょろと見渡した。

「ここにはずっと、祖父が描いた父の演じ画が掛かってたんですが……。どこに行っちゃったんだろ？　先々週には、たしかに掛かってたんだけどな」

「仁右衛門さんは絵もお上手でしたからね。油絵ですか？」

「はい、そうです。とりわけ祖父のお気に入りの一枚だったんですが……」

「何の演じ姿だったんですか？」

「八重垣姫です。『本朝廿四孝《ほんちょうにじゅうしこう》　奥庭狐火《おくにわきつねび》の段』」

「諏訪《すわ》法性《ほっしょう》の兜を掲げた、あの姿ですか？」

「はい、そうです。でもどうして、誰が外しちゃったんだろうな？」

三段目　死の繭

一

芳岡邸は表側は洋館、背面は和風家屋と日本庭園の折衷様式になっていた。

応接室を出た三人は天之助を先頭に洋館の廊下を進み、日本家屋側の入口となる十畳ほどの和室へと入った。正面、開いた障子の縁側の向こうには回遊式の日本庭園の景色が美しく広がり、左手の襖の向こうには芝居の御殿のように二間の和室が広々と続いている。奥の間の正面、随分遠くに仁右衛門の遺影が飾られた祭壇が見えている。

「……素晴らしいお庭ですね」

縁側の方へと進み、惣右介は感嘆するように言った。

弦二郎と天之助も縁側の手前に並ぶ。

中央の泉水、水辺の石燈籠、背後に植えられた常緑の木々、そして、洋館側との境界に建てられた小さな四阿《あずまや》――。視線を巡らせた弦二郎は四阿の中の二つの人影に気付いた。そこが屋敷の

喫煙所と定められているのか、背の高い男二人は携帯灰皿を片手に煙草を喫《の》んでいるようだ。

同じく四阿の二人に視線を向け、天之助は言った。

「あちらのお二人が捜査を担当下さっている刑事さんたちです」

刑事たちも天之助の姿に気付き、携帯灰皿に煙草をねじ込みながらこちらに向かって歩いてくる。片や弦二郎と同年代ぐらいの目の細い長身の男、片や二十代半ばぐらいのがっちりした体格の男――法事への来訪を意識してか、二人とも黒系のスーツに暗い色のネクタイを結んでいる。

「どうもどうも、お待ちしてましたよ」天之助に向かって片手を上げて愛想よく言い、長身の刑事は靴を脱いで縁側に上がった。若い刑事も続いて弦二郎たちの前に立った。

弦二郎たちを見ながら、長身の刑事は天之助に確認するように言った。

「こちらが冨澤弦二郎さんと海神惣右介さん、ですね？」

「はい、そうです」

天之助の返答に頷き、刑事は愛想よく微笑む。

「警視庁捜査一課の土御門健史《つちみかどけんじ》、こいつは同じく細田充《ほそだみつる》と申します。少々お話、よろしいですか？」

惣右介は穏やかに頷く。弦二郎も緊張気味に頷く。

微笑みで一層細くなった目で、土御門と名乗った刑事は惣右介の顔を見つめた。

「話と言っても大した話じゃありません。探偵さんの捜査に、何か進展はあったかと気になりましてね」

刑事は天之助から惣右介のことを聞いているようだった。ひたすら愛想がいいのは刑事流の皮肉で、もしかするとこれは、「素人が余計なことをするな」と牽制《けんせい》されるドラマでよく見る流れが待っているのか……。

弦二郎の不安をよそに、惣右介も刑事と同じくにこやかに微笑む。

「僕は探偵なんかじゃありませんし、進展なんて何一つありませんよ」

「いやいや――」

土御門刑事は笑顔で続ける。

「三枚のかるたの件、天之助さんから情報をご提供頂いたんですよ。いろはが歌舞伎座の座席という推理は、マァ、意味は不明ながらも一番納得のいく解釈ということで、『かるたは事件とは無関係』と判断する根拠にさせてもらいました。そのお礼……と言ってはなんですが、何か我々がお役に立てることはないかと思いましてね」

フレンドリーに話し続ける刑事の真意を測りかねているのか、惣右介は黙って土御門刑事の顔を見上げ続けている。

不信を払拭しようとするかのように、刑事は一層の笑顔を惣右介に見せた。

「私はベートーヴェンが好きでね、いつも読ませてもらってるんですよ、『クラシックの友』の記事。……あ、ベートーヴェンが好きだからといって、私は悪徳刑事じゃないですからね」

最後の言葉の意味が解らず、弦二郎と天之助は左右から惣右介の顔を見つめる。

土御門の顔を見上げたまま、惣右介はふっと笑った。

「『レオン』という映画にベートーヴェンが好きな悪役の刑事が出て来るんです。……あのゲイリー・オールドマンの芝居は素晴らしかったですね。土御門さん、記事をお読みいただいているとのこと、誠にありがとうございます」

惣右介の反応に、土御門刑事は機嫌よく応える。

「ベートーヴェン好きの刑事が悪人……とは限らないように、探偵役を買って出た民間人に刑事が必ず敵対する……とも限らない。さっき都丸氏には『警察は頭が固い』なんて言われましたが、私に言わせれば、そう決めつける方がよっぽど頭が固いですね。あなたのような人とはできる限り柔軟に協力関係を結ぶというのが、私の捜査のポリシーなんです。理解してもらえます？」

「なるほど――」惣右介はにこやかに頷いた。

「ベートーヴェンを愛し、きわめて柔軟な考えをお持ちの土御門さん。あなたのような方がいらっしゃるなら、日本の警察の未来は明るいですね。……けど、そんなあなたがいらっしゃるにもかかわらず、どうして逢之助さんの名誉は速やかに回復されないんでしょう？」

「いやいや――」土御門は笑った。

「楽屋の荷物から毒の容器が発見された以上、事情を聞かない訳にはいかないのが我々の仕事でね。我々としては、あくまでも事情を伺っただけ。容疑者扱いした訳じゃないんです。……ここだけの話、聴取の反応を見る限り、私も彼はシロだと思います。しかし、舞台裏には防犯カメラもなく、当日人の出入りも多く、しかも、小道具が置かれていたのは誰もが出入りできる場所……。聞き取り情報をどんなに整理しても容疑者を特定するのが困難な現状で、早々に『この人

ではない』と我々も宣言する訳にはいかないんです。現在の物証に対抗できる反証を見つけない限りはね……。死の繭に対抗できる反証を――」

土御門が思わせぶりに言った言葉を惣右介は繰り返した。

「死の繭？」

「あ……。まぁ、近々公表される情報だからいいか……」

うっかり口を滑らせてしまった様子をわざとらしく装い、土御門は三人の顔を見渡した。

「逢之助さんの楽屋で見つかった毒の容器らしきものというのは、粉末の毒物が注入された蚕《かいこ》の繭だったんですよ。その繭をちぎって開けた穴から、犯人は血糊に毒を混ぜた――」

玉子を割るようなジェスチャーをして見せ、土御門は声をひそめて続けた。

「……繭の中に残されていた毒と、二人の被害者の死因の毒は同一のものでした」

「ちょっと、待って下さい――」惣右介は瞬発的に言う。「それは、種類が同じ毒という意味なんでしょうか？　それとも、完全に一致する成分だったんでしょうか？　今回の毒物というのは、一体……」

土御門は隣の細田刑事に目配せする。

胸ポケットから手帳を取り出し、細田刑事はたどたどしい口調で読み上げる。

「今回検出された毒物はどちらも植物由来のアルカロイド、タキシンとアコニチンの混合毒物。タキシンは樹木イチイの種子、アコニチンはトリカブトの茎根より抽出可能な毒物であり、低純度の検出毒はそれぞれ自家精製によって抽出されたものと推定される。その純度、配合比率か

ら、押収証拠品『繭』の残留成分、芳岡仁右衛門氏の体内より検出の成分、高森靖氏の体内、および、同氏の胃に残留していた『繭』に付着の成分、すべては同一出所の毒物と判定される」

「……！」

二人の死因は完全に同一の毒物だった。

しかも、高森は繭を呑んで死んでいた――？

舞台の上と客席の死はそれぞれ別の事件――なんとなくそう感じていた予想を覆す情報に驚き、弦二郎は咄嗟《とっさ》に隣の惣右介に顔を向けた。

惣右介も驚いたように目を見開き、顎に指を添えて考え込んでいる。

その向こう、天之助も驚きを隠しきれない様子で茫然と目を見開いている。

そんな三人の顔を見渡し、土御門は言った。

「……と、いう訳なんです。毒入りの繭を呑んで死んでいたんだから、普通、高森が仁右衛門氏を殺害して自殺した――と考えてもよさそうなもんですが、一般客の彼が舞台裏に侵入することはさすがに不可能。しかも、杖を桟敷に残したままで出入り禁止の芝居の途中に姿を消して、同じく出入り禁止だった花道の下の通路で死んでいた……。通院先の病院に確認したところ、高森に杖なしでの単独歩行は絶対に不可能と医師は断言しています。その上、彼は末期の癌で余命三カ月と宣告されていたらしい……。色々なことが、本当に謎だらけなんですよ」

土御門はポケットからカードケースを取り出しながら言った。

「もちろん我々も捜査に全力を尽くします。けど海神さん、もしまた何かお気付きのことなど

あったら、是非とも柔軟な協力関係をよろしくお願いしますよ」

土御門はケースから取り出した名刺を惣右介に渡した。

「わかりました……。あなたがご担当で、しかもこうしてお知り合いになれたことは、僕にとっても大変な幸運です。今後ともどうぞご贔屓に」

「ありがとう！　我々も来た甲斐がありました！」惣右介の掌を鷲摑みに握手して、土御門は笑みを浮かべて言った。「――けど、この件はどうぞご内密に」

「土御門さん、最後に一つ」

「なんでしょうか？」

「例のかるた、結局出どころはどこだったんでしょうか？」

「ああ、あれは信州の『松本かるた』というものらしいですね。一九七七年から数年間、長野県内で売られていたもののようです」

「信州――」

「何か気になることでも？」

「いえ、そういう訳では……。ありがとうございます」

惣右介の掌を放し、「じゃ、また」と言って土御門たちは庭の方へと去っていった。

二人の背中を四阿の向こうに見送り、弦二郎は惣右介に向き直った。

「毒が全く同じものというのは……これは、一体どういうことなんやろか？」

「さあ……」

ぽつりと呟く惣右介の横顔の向こう、天之助の顔色が尋常ではなく蒼ざめていることに弦二郎は気付く。

「……天之助君？　どないしたんや？　気分でも悪うなったんかいな？」

天之助はゆっくりとこちらを向く。蒼ざめているだけではなく、その音が聞こえるほどに呼吸のリズムが乱れている。

「どうなさったんですか？　大丈夫ですか？」

惣右介の問い掛けに、天之助は胸に掌を当て、呼吸を整えながら小刻みに頷いた。

「大丈夫です……。大丈夫ですけど……。高森さんのこと――」

「高森さんがどうしたんです？」

「高森さんは、自殺なんかじゃないと思います」

「何故？　どうしてそう思うんです？」

「……」

しばし黙って呼吸を整え、天之助は言った。

「子どもの頃、何度も繰り返し見ていた悪夢があるんです。燃え盛る炎の前に立った女の人が、笑いながら繭を……繭を無理やり私に食べさせようとする悪夢……。今の刑事さんの話で、それを思い出してしまって……。もちろん、それとこれとは別の話かもしれません。けど、もしかしたら、高森さんも自分の意思じゃなくて誰かに……誰かに無理やり繭を食べさせられたのかも……」

蒼白い顔を惣右介と弦二郎に向け、天之助は言った。

「すいません、少しの間、失礼してもいいですか？　お手洗いに行って、ちょっと、気持ちを落ち着けてきます。よろしければ、奥の祭壇の前でお待ち頂ければ……」

惣右介は頷く。

「わかりました。でも、どうかご無理なさらず。辛いようでしたら、今日はこのまま失礼しますよ？」

「いえ……。今日はあと一人、せめて母には会って頂かないと……。すぐに戻ります。すいません」

天之助は一礼し、廊下の方へと出て行った。


天之助を見送り、弦二郎と惣右介は中の間を横切って遠く奥の間、仁右衛門の祭壇へと向かった。

中の間を進みながら、弦二郎は惣右介に言った。

「今の話、天之助君にとってのトラウマみたいな様子やったけど、若手の頃に患ってた心因性の問題も、それと何か関係があるんやろか……」

「さあ……どうでしょうね。天之助さんが落ち着いたら、また改めて伺いましょう」

奥の間、祭壇に向かって左手にもう一つの和室が繋がっており、座卓が置かれたその小部屋には黒紋付に袴姿の芳岡鴈堂、そして黒いワンピース姿の娘、恵梨果が並んで羊羹《ようかん》を食べていた。

弦二郎たちの姿に気付き、雁堂は黒文字を皿に置いた。

「……ああ、弦二郎はん、よう来てくれはりました」

薄く色の付いた眼鏡の奥に人懐っこい笑みを浮かべ、雁堂は席を立って祭壇の間に出て来る。

袴の膝を撫でるようにして二人の前に正座する雁堂のタイミングに合わせ、弦二郎と惣右介も畳の上に正座して雁堂と向き合った。

「雁堂さん、この度は突然のことで……。何と申し上げたらよいのか……」

「いやいや、あの日はせっかくお越し頂いてたのに、あんなことになってしもて……。兄に代わって、コレ、こうしてお詫び申します」

しばらく深々と頭を下げ合い、姿勢を戻した雁堂は背後の娘に声を掛ける。

「ほら、恵梨果、こっちに来てご挨拶、ご挨拶」

呼ばれた恵梨果はぴょんと立って祭壇の間に駆け出て来た。そして父の隣に座り、「こんにちは」と元気よく頭を下げた。雁堂は愛しげに娘の所作を眺めている。そうと知らずに見れば祖父と孫に間違えられてもおかしくないぐらい、父娘は年が離れている。

「はいはい、よう出来ました。……サテ、そちらさんは和也が言うてた、逢之助の疑いを晴らして下さるという海神さん……ですやろかいな？」

「はい、僕の幼なじみで物書きをしてる海神惣右介君。この夏の文楽の事件も彼のおかげで解決した、とても頼りになる助っ人です」

弦二郎の持ち上げを無視し、惣右介は改めて折り目正しく頭を下げた。

「はじめまして、海神惣右介と申します。この度は突然のご不幸、ご胸中お察し申します」

「これはこれはご丁寧に……おおきに、ありがとうございます。逢之助のこと、私《あて》はちいとも心配はしとりませんのやけど、今、世間様からは疑いを向けられてしもてる始末……。何卒お力添えの程、よろしゅうお頼《たの》申します」

その芸の気質と同じく、大らかに、明るく、しかし深い情を込めて、鴈堂は挨拶を返した。

弦二郎は言った。

「逢之助さんのことをちっとも心配してはらへんというのは、一体どういう意味なんですか？」

「へ？……そりゃ、あいつにそんな大それたこと、絶対に出来へんからに決まってますがな。あいつが大事な芝居を潰す理由は何一つない。時間が経てば、きっと無実ははっきりするはず……そう思《おも》て、私《あて》は何も心配はしとらへんのです」

惣右介に視線を向け、鴈堂は続けた。

「あんさんも、あいつの芸からそんな風に見立ててくれはったとか……。ほんま、嬉しい話や。私《あて》に協力できることやったら何でもさしてもらいまっさかい、何なりと言うて下さいや」

「ありがとうございます。お言葉に甘えて、いくつかお教え願いたいことがあるのですが」

「サテ、何ですやろ？」

「お亡くなりになる直前、仁右衛門さんは逢之助さんに千之進を襲名させたいと決心なさっていらしたようですが、それについて、鴈堂さんは何かお聞きになっていましたか？」

「いや、私《あて》は何一つ聞かされてへんかった――」鴈堂は皮肉っぽく笑って続けた。「兄らしいと

いえば兄らしいこと。独断的……と余所様《よそさん》からは思われるかもしれへんけれど、総領がすべての権限をもつというのがうちの家のしきたり。マァ、昔からそういうもんなんですわ」

「じゃあ、これからは鴈堂さんがすべての権限をお持ちになる——ということになるんでしょうか？」

「え？　……マァ、そういうことになりますなぁ。ちょっと、私《あて》には荷が重いけど」

冗談めかして鴈堂は笑った。

「仁右衛門さんのご遺志通り、鴈堂さんは逢之助さんに千之進を襲名させるおつもりなんですか？」

「イヤ、こんなことになってしもたさかい、その話は一旦白紙に戻そうとは思てます」

「佐野川啓一さんの歌舞伎転身に関してはいかがでしょうか？」

「啓一君にやる気があるなら、私《あて》には別に拒む理由はない。親戚なんやから、なんも問題はあらへん。……ただ、あの子が戻ってくるというのやったら、あの子の父親の千之進の名前は、逢之助やのうてあの子のために残しといたらなあかんやろうとは思います」

「やっぱり、そういうものですか？」

「……必ずしもそうとは限らへんけど、基本的にはそういうもんでしょうなぁ」

「ちなみに、今回仁右衛門さんがお考えになっていた逢之助さんの千之進襲名は、実力、タイミング、慣例的に適切なものだったのでしょうか？」

「うーん……」

雁堂はしばらく考え込む。

「千之進というのはゆくゆくは千代蔵を継ぐべき役者が名乗る前名。千代蔵は仁右衛門に次ぐ芳岡の家の大きな名跡やから、相応の技量は必要とされる。……技量の点では、まぁ、逢之助は将来を見越して千之進を名乗ってもおかしくはない程度の力は持ってるとは思います。けど、時期としては、まだちょっと早いような、そんな気はしますやろか」

「仁右衛門さんは啓一さんの入門を強く拒んでいらしたそうですね。啓一さんに千之進の名前を与えないために、先手を打って逢之助さんへの襲名話を急いだ——そう考えることは可能でしょうか？」

「マァ、啓一君を嫌う兄の様子からしたら、そういうことやったんやろうなぁ……とは思います」

「仁右衛門さんはどうして、啓一さんのことをそんなに疎《うと》んじていらしたんでしょう？」

「いや、それは……」

隣に座る恵梨果の肩を優しく叩き、雁堂は言った。

「——リビングに持ってって、残りの羊羹食べといで」

こくりと頷き、恵梨果は祭壇の間を出て行った。

娘を見送り、雁堂は惣右介に向き直った。

「千代蔵が歌舞伎を捨てて映画に走ったから、仁右衛門と千代蔵の仲は断絶した……なんて、今までまことしやかに言われ続けてきたけど、あれは、ほんまは嘘なんですわ。役者仲間への手

前、表面上は付き合いを断ってたけど、千代蔵が映画に移った後も、実際二人の兄は仲が良かったんです。けど、それぞれに一人息子が出来た時分から、仁右衛門家と千代蔵家の関係は本当に断絶してしまいました。千代蔵の兄が死んで千之進が家督を継いだ後も、仁右衛門の兄はその甥っ子を可愛がることもなく、両家の付き合いは絶えたままでした。……そうこうしてるうち、千之進が山梨の国道で橋の欄干に車をぶつけて死んでしもて、俳優協会の歌右衛門会長や菊乃さんの執り成しもあって、兄はようやく遺児の啓一君を親戚としてバックアップするようになりました。それ以来、両家の関係は元に戻ったとばかり思ってたのやけど、今回のあの仕打ち……。兄の気持ちは、私《あて》には結局解らず終《じま》いですわ」

雁堂は淋しそうに笑った。

惣右介は首を傾げる。

「たしか、先代の天之助さんと千之進さんは同い年でしたよね？　そのお二人がお生まれになった頃から関係が悪化したということに、何か理由はあるんでしょうか？　やっぱり名跡や家督に関する問題なんでしょうか？」

「さあ……」雁堂は袖の中で腕を組む。

「千代蔵の兄は映画俳優に転身してたにもかかわらず、芳岡の大切な役者名跡の一つ『千之進』を我が子に本名として命名しました。ゆくゆくは我が子を歌舞伎に戻したいという心やったのか、転身しても血は芳岡——ということを名前に刻みたかったのか、その真意はわかりません。けど、当時はお客さんも全然入らず、風前の灯とまで言われた上方歌舞伎を自分の力で守ってる

という自負が強かった仁右衛門の兄にとって、もしかしたら、それは頭に血がのぼるぐらい腹の立つことやったのかもしれません……」

鴈堂は祭壇の上に飾られた仁右衛門の遺影を眺めた。

弦二郎と惣右介も共に黙って遺影を眺めた。

舞台の上で毒殺されて唐突に人生を終える――そんな未来を思いもしないように、仁右衛門は明るい微笑を浮かべている。

しばらくして、惣右介は仕切り直すように口を開いた。

「今回の芝居についても、少々お教え頂きたいことがあるのですが」

「……ん？　なんですやろ？」

「今回の『城明け渡し』で仁右衛門さんが九寸五分の血糊を実際に舐めたというのは、僕には少々意外に感じられるのですが……」

「ほう……。あんさんは、ほんまに芝居がお好きなんやなぁ」

嬉しそうにニコリと笑い、鴈堂は演技指導をするかのように背筋を伸ばして語り始めた。

「刀の血をそのまま舐める、手に塗りつけた血を舐める、あるいは舐めずにこう――」

鴈堂は口を大きく開き、前歯の裏を舐めるように舌を動かしてみせる。

「口の中で舌を動かすことによって、実際には舐めず、舐めてるように見える芝居をする。――あの場の由良之助には結構色々な『型』があります。今主流なんは九代目團十郎さんの『血は手に塗って上あごを舐める』……つまり、実際に血糊を舐めへん型ですやろな。せやから、芝居を

よく観てるお人やったら、うちの家の血を手に塗ってほんまに舐める型は、ちょっと意外に感じられるやろうと思います」

「では、血糊を舐めるというのは……」

「そう。芳岡の家の『型』ですな。こればっかりは昔から守って来てることやから、何があっても舐めへん訳にはいきません。もし、血糊が毒やと気付いてたとしても、兄はきっと舐めたことでしょう。その『型』を採用する以上、それぐらい絶対守らなあかんもの……それが『型』です。それに対して『演出』というのはその都度その都度、結構融通が利くもんです。台詞や場面の割愛なんかも、演出のうちに含まれます。……マァ、『仮名手本』くらい演り込まれた芝居、特に大序から四段目あたりまではほとんど演出も固定してますけど」

「そうですね。刃傷の師直と判官の応酬の台詞なんかは、僕でも諳んじているぐらいですから」

「ほう……」

悪戯《いたずら》っぽくニヤリと笑い、鳫堂は唐突に『四段目』の師直の台詞を口にした。

「黙れ判官！　出頭第一の師直に向かい、気が違うたとは何のたわ言」

突然の大声に驚いてのけぞる弦二郎の隣、惣右介は鳫堂を屹と睨んだ。

「スリャ、最前よりの雑言過言、本性でお言いやったか？」

「本性だ、本性だよ。本性なりゃ、お身、どうするのだ？」

「本性なれば……」

「本性なれば？」

惣右介はゆっくりと右手を自らの正座した左腰の方に運ぶ。

雁堂はその手を指差して叫ぶ。

「殿中だ、殿中だぞ！　殿中にて鯉口三寸くつろげば、家は断絶、身は切腹。それ御存知か？　御存知ならば斬られましょ。この師直、この年になって鮒に斬られて死ぬるは本望。サァ斬れ、斬れ斬れ斬れ判官」

雁堂が惣右介ににじり寄ったその時、「あの……」と遠慮がちな声が次の間から響いた。

一同は声の方へと顔を向ける。

敷居の向こう側、次の間に天之助が不思議そうな顔をして立っていた。

「あの……雁堂叔父さん、海神さん、何を……してるんですか？」

「あ――」と言って天之助を見上げ、雁堂は姿勢を戻した。

しばらくしてニコリと笑い、雁堂は自らの丸い額をパチンと叩いた。

「コリャ、少々遊びが過ぎましたな」

＊

祭壇の間を辞し、弦二郎と惣右介は奥の茶室に案内された。

障子越しの柔らかい光が射し込む六畳の茶室、亭主の席には黒紋付姿の二人の夫人――菊乃夫人と藤岡環が、幽《かす》かに湯気立つ茶釜の脇に俯き加減に座っている。

弦二郎、惣右介、天之助は夫人たちに向き合って腰を下ろした。

少しやつれた様子の環は客たちに向かって静かに頭を下げた。

「顔見世の件、大変ご迷惑をお掛けしました。今日も、和也が無理を申しておいで願ったようで……。ご迷惑をお掛けするのみならず、色々とお世話になって、本当に、何と申せばよいのやら……」

「いいえ、とんでもない。仁右衛門さんと逢之助さん、天之助君の為になることとやったら、僕らはどんなことでも協力させて頂きたいと思ってます。むしろ、部外者がしゃしゃり出るようで、お気を悪くなさってないかと心配するばかりで……」

「いいえ、そんな……」

俯き加減のまま、環は小さく左右に首を振った。

弦二郎は言った。

「こちらの海神惣右介君は二十年以上付き合いのある僕の幼なじみで、秘密にすべきこと、秘密にし続けてはならんこと――事件の解決に必要な方法をきっちり判断できる、確かに信頼できる人物です。実際、彼の繊細かつ正確な判断のおかげで夏の文楽の事件も解決して、僕の後輩も無事文楽に戻ってくることが出来ました。……そんな彼を信用して、今日は彼の質問にお答え願えればと思います」

弦二郎の真剣な説明を受け、環は顔を上げて目の前の男たちの顔を見渡した。そして、何らかの意思を伝えるかのように隣の菊乃夫人へ真っ直ぐな視線を向けた。

菊乃夫人はうつろな目で嫁の顔を眺めている。

環は弦二郎に向き直り、一語一語に力を込めて言った。

「弦二郎さん。今日はご質問を受けるよりも、是非私の方から告白させて頂きたいことがあるんです」

強い意志のこもった眼差しで弦二郎を見つめる環の隣、菊乃夫人は何かに怯えるようなか細い声で環に語り掛ける。

「環さん……そんな話、何もこんな時にせんかて……」

「いいえ、お義母さん。こんな時だからこそ、私はこの秘密を打ち明けなければいけないと思うんです。こんなおかしなことを隠し続けてきたばっかりに、もしかしたら、お義父さんはあんなことになってしまったのかもしれないんです――」

「……」

翻しようもなさそうな嫁の決意に、菊乃夫人は苦しそうに俯いた。

弦二郎から惣右介に視線を辷らせ、環はかみしめるように言った。

「海神さん、私が今から息子に話すことは、私たち親子にとって、大変深刻な家庭内の問題です。本来、こんなことは家族の間だけで話すべきだということは重々承知しています。けれど、そのことについてそろそろ真剣に向き合わなければ――と話し合った矢先、義父はあんなことになってしまいました……。もう、もしかしたらこれは私たちだけでは手に負えない話に発展してしまっているのではないかと思って、お立ち会いのお二人を信用して、息子に隠し続けていた真

実を、今、この場で打ち明けようと思います。……その意味、ご理解頂けますでしょうか？」

言葉を区切り、環はじっと惣右介を見つめた。

しばし環の視線を受け止め、惣右介は頷いた。

「……ご信頼に相応《ふさわ》しい振る舞いを、必ずお約束いたします」

深々と一礼し、環は天之助の方に喪服の膝を向け直した。

異様な母の前置きに身構える天之助に、環は深刻な顔を見せた。

「和也さん――」環は噛みしめるように天之助の本名を呼んだ。

「あなたももう、お父さんが亡くなったのと同い年。だから、落ち着いて聞くことができると思います。……和也さん、私はあなたのお父さんの妻です。だから縁あってあなたの母親になりました。その縁は、今までも、これからも、一生変わらない大切な絆です。けど和也さん、私はあなたを、おなかを痛めて産んではいないんです……」

「……」

茶室を沈黙が支配した。

茶釜から漏れる幽かな湯気だけが、茶室の空気を小さく揺らしている。

しばらくして、天之助は顔を引きつらせ、大きく首を左右に振った。

「そんなはずない……。昔見た戸籍には、お父さんとお母さんの名前がちゃんと書かれてた……。お母さん、一体何を言ってるんです……」

「和也さん――」

環の顔に一層深刻な表情が浮かぶ。

「あなたの生まれた当時、中絶に反対するお医者さまのグループが中絶希望者に出産するよう説得して、養子を望む別の夫婦の出生届を捏造して縁組をしていたという事件があったんです。……あなたのお父さまとお祖父さまは、そのグループのお医者さまに頼んで、嘘の出生届を書いてもらったんです」

「そんな……。歌舞伎の世界じゃ養子縁組なんか全然めずらしくないことなのに、どうして? どうしてそんなおかしなことを……」

環は黙って左右に首を振り、そして、言った。

「詳しい事情やあなたの本当の母親についてはどうか聞いてくれるなと、お祖父さまは手をついて私に頼まれたの。お父さんも、病の床で、あなたが自分と同い年になるまでは、このことについては黙っていて欲しいと言って……」

「けど、小さい頃、私はお母さんの田舎で暮らしていたんじゃ……」

「私の産後の体調が悪くて、あなたは私の実家に預けられていたという話になっているけど、本当はそうじゃないの。最初は生まれてすぐ引き取るはずだったのが、私の知らない何かの事情で、あなたが三歳になるまで引き取る時期が延びてしまったの。その間、うちの実家で預かってもらっていたと口裏を合わせるように、私の両親はお祖父さまから頼まれていたの……」

「どうして……。どうして、そんなおかしなことを――」

呆然として、天之助は黙った。

そのまま人々が沈黙の奥底に沈んでしまうのを妨げるように、惣右介が静かに口を開いた。

「環さん、あの日『吉祥』に姿を現した高森さんは『二十九年前に奪ったものを返して欲しい』とあなたに言ったそうですね。それは、もしかすると天之助さんのことだったんでしょうか？」

「いいえ――」

環は首を振った。

「あの人は『彼女』と言っていました。だから、きっとこの子のことではないんです……。きっと、それはこの子の産みの母親のことなんじゃないかと……。それで、私、とても怖くて……」

こみ上げる種々の感情を抑えるかのように、環は両掌で顔を覆った。


菊乃夫人に肩を支えられ、環は静かに茶室を出て行った。

俯く天之助の肩にそっと手を置き、弦二郎はかみしめるように言った。

「天之助君、あんまり深刻に思い悩み過ぎたらあかん。大切なのは今の君であって、過去はあくまでも過去に過ぎへん。ご家族も、決して君を欺いてた訳やない。きっと、それぞれに君のためを思って行動してはったんやと、僕は思う……」

「……お兄さん、ありがとうございます」天之助は顔を上げ、淋しげながらも意志のこもった表情を見せた。

「正直、色々戸惑ってはいます。……けど、大丈夫です。今は思い悩んでいる場合じゃありません」

天之助は惣右介に膝を向けた。

「海神さん、私の家族の――」

一瞬言葉を詰まらせ、しかし、天之助ははっきりとした口調で続けた。

「……私の家族の話は、何かお役に立ちそうでしょうか？」

天之助の目を見つめ、惣右介は静かに頷いた。

「ええ、過去から今に繋がる何ものかの存在が、おぼろげながら見えてきたような気がします。……しかし、ここは一度、事件の現場もこの目で確認しておきたく思います。歌舞伎座の客席や舞台裏をじっくり拝見できるようなタイミングはあるでしょうか？」

「それなら――」天之助は気持ちを立て直すように背筋を伸ばした。

「明日、十二月公演の舞台稽古があります。客席にお客さんが一人もいないということ以外、すべて本番と同じ状態の劇場を見てもらえます。私は十二月は休演で稽古に参加しないので、よろしければご案内させて下さい」

「それは丁度いい。是非よろしくお願いします」

明るい表情を作り、惣右介は弦二郎に目配せをした。

「フリーの物書きと休演中の三味線弾き……。弦二郎さんも、きっと明日はお暇ですよね？」

天之助に惣右介を紹介した時の言葉をそっくりそのまま返されて一瞬たじろぎ、弦二郎は苦笑まじりに応えた。

「ああ、それに違いはあらへんな」

二

〈本日舞台稽古のため休場させていただきます〉——と書かれた看板が玄関前に立てられた、人影まばらな夜の歌舞伎座前。約束の待ち合わせ場所『あと109日』と閉場までのカウントダウンを今夜もひっそり続ける電光看板の裏に集合し、惣右介は仕事仲間の編集者を天之助に紹介した。

「こちら、五蘊書房の三郷ユミさん。あの日、弦二郎さんと一緒に観劇なさっていたので、何かお気付きの点はなかったかと思って今日はご一緒願いました。今回の件について、ちょっと別のアプローチから調査にご協力頂いています。……ちなみにあなたの大ファンだそうです」

「いえ……今までテレビと写真で見てただけで、舞台はこの間が初めてだったので……。大ファンだなんて、まだ、そんな……」

観劇の日とは違って洋装姿のユミは恥ずかしそうに俯いた。

黒いコートに変装のサングラスをかけたまま、天之助は姿勢正しく頭を下げた。

「あの日はあんなことになってしまって、誠に申し訳ありませんでした。……調査へのご協力、心より感謝いたします」

「いえ……そんな……」

ユミはもじもじと一層俯く。

「さて――」惣右介は天之助に声を掛けた。

「今日は楽屋口からしか中には入れないんですよね？　ご案内、お願いできますか？」

「はい。じゃあ、さっそく楽屋に向かいましょう」


天之助と惣右介は銀座方面に向かって歩き始めた。弦二郎とユミも後に続く。東銀座の交差点を右折してしばらく直進、四人は『歌舞伎座楽屋口』と書かれた看板の前に到着した。

年季の入ったビルの一階、駐車場の脇にある小さな朱塗りの扉の前、天之助はコートを脱いでサングラスを外し、忌中のニュアンス漂う黒いジャケット姿に装いを改めた。弦二郎たちもコートを脱ぎ、楽屋の門をくぐるための身だしなみを整える。

準備が整った同行者たちを見渡し、天之助は楽屋口の扉を開けた。

「――おはようございます、芳岡の者です。四名分、上履きお願いいたします」

扉を入って左手、壁面にずらりと並ぶ下足箱前の椅子に座る男性に、天之助は丁寧に挨拶した。

「はいはい、おはようございます――」

男性は明るく応え、手際よくスリッパを並べる。

「こちらは口番さん。楽屋用の上草履と下足を管理して下さっている方です。この方のお世話にならず、楽屋に出入りすることは出来ません。そして――」

口番の男性に礼を言って上履きに履き替え、天之助は右前方、頭上に神棚のあるカウンターに

視線を向けた。

「あちらが頭取部屋。奥にお掛けになっているのが頭取さん。あの方が楽屋への人の出入りにいつも目を光らせて下さっています」

まるで老優のような存在感のある頭取と挨拶を交わし、天之助は神棚の前まで進んで柏手《かしわで》を打った。背後に並んだ弦二郎たちも天之助にならって神棚に頭を下げる。

頭を上げたユミは頭取部屋の前、赤い釘状のピンが沢山刺さった板に視線を向けた。

「これは、何ですか？」

「ああ、これは着到板といって、出勤した役者が自分の名前の上の穴に印のピンを差し込んでです」

「へー」

ユミは珍しそうに着到板とそこに書かれた役者の名前を眺めている。

辺りを見渡し、惣右介は天之助に言った。

「こちらのお二人の目があるから、不審な人物の出入りがあれば必ず判るということですね。あの日はどうだったんでしょうか？」

「特に怪しい人物の出入りはなかったとのことです。高森さんの写真を警察の方から見せられたそうですが、やはり、ここからの出入りは絶対になかったと……。ですよね？」

天之助は頭取と口番、左右に首を動かして確認する。

いぶし銀の名優のように、二人はそれぞれ黙って肯いた。

頭取部屋の前を抜け、四人は楽屋廊下を進んだ。

玄関からまっすぐ延びる廊下にはそれぞれの楽屋入口、色とりどりの美しい楽屋暖簾が連なっている。廊下の中ほど、階段ホールで立ち止まり、天之助はその先の突き当たりに見える二枚の暖簾を指さした。

「あの奥の二部屋が座頭《ざがしら》、幹部の楽屋になります。先月の祖父の楽屋はあの右側の部屋でした」

天之助が示した楽屋の入口には、現在『三升《みます》』の紋が染め抜かれた暖簾が掛かっている。

遠く暖簾を眺めながら、惣右介は言った。

「拝見するに、楽屋暖簾には色々なデザインがあるようですが、それぞれ決まったものを使い続けるものなんでしょうか？」

「いえ、ご贔屓さんから色々と頂戴する場合もありますし、演目に因んだ暖簾を毎回誂《あつら》えるおしゃれな方もいらっしゃいます。けど、祖父の場合はずっと同じデザイン、家の紋『芳岡胡蝶』を染め抜いた黒い暖簾を昔から使い続けていました」

「なるほど……」惣右介は考え込むように顎に指を添えた。

弦二郎はハッとする。

「――惣右介君、何か解ったんか？　暖簾に、何かヒントでも？」

「いえ、左右対称の芳岡胡蝶のデザインはとても美しいですから、きっと抜群の存在感があるだろうな……と、ふと思っただけです」

さらりと言い、惣右介は天之助に視線を向けた。

「あの日、逢之助さん、天之助さん、雁堂さんの楽屋はどちらだったんでしょう？」

「逢之助の楽屋は地下の端、丁度頭取部屋の真下辺りの部屋でした。私の部屋はその隣。雁堂叔父の部屋は今通って来た廊下の真ん中あたり。……それぞれ、ご案内しましょうか？」

「いえ、とりあえず今のところは結構です。それよりもまず、毒の血糊が置かれていた場所を拝見できればと思います」

「わかりました。……では、こちらの『拵え場』を通って楽屋から舞台裏に出ます」

楽屋と舞台を結ぶ変身の空間――薄暗い拵え場の壁に据え付けられた大きな鏡に映る自分たちの姿を見ながら、弦二郎たちは舞台裏へと進んだ。


明日開幕する十二月大歌舞伎の通し稽古が行われている舞台の裏側、木枠で支えられた書割背面の向こうからは「聞いたか聞いたか――」「聞いたぞ聞いたぞ――」と、大ぜいの所化《しょけ》たちが問答しながら花道に登場する『娘道成寺』の冒頭の台詞が聞こえている。

舞台裏は表舞台ほど煌々と照らされてはいないものの、文楽の舞台裏よりも随分明るく広く、大道具や進行係など、意外なほど大勢のスタッフが各所を忙しそうに行き来している。皆それぞれの役割に集中しているようで、舞台袖に向かって歩く一行の存在は認識しても、それが天之助だと気付くスタッフは意外と少ない。

上手袖、書割置き場の物陰に隠れる位置にある棚の前で天之助は立ち止まった。

「ここが九寸五分、血糊、その他小道具が準備されていた小道具置き場です」

辺りを見渡しながら、惣右介は言う。

「公演中は、いつもこんな感じですか？」

「ええ、大体いつもこんな感じです」

弦二郎とユミも辺りを見渡す。舞台裏の様々な人の出入り、書割の陰になった小道具置き場……。関係者であれば、この場の血糊に毒を混入することは造作もないことのように思える。

惣右介は天之助に尋ねた。

「小道具さんが調合し終えた後、血糊はずっとここに保管されていたんでしょうか？」

「いえ、朝一番に小道具さんが祖父の楽屋に届けておいて下さって、仕上がりを祖父が確認した後、また小道具さんが取りに見えてここに保管する……そんな習慣になっています」

天之助の答えを聞き、惣右介は「うーん」と唸った。

「……ということは、舞台裏に出入りするスタッフと役者。更にお祖父さまの楽屋に出入りする人間。誰にでも異物混入のチャンスはあったという訳ですね。……あの日、お祖父さまの楽屋を訪れた関係者はどなたとどなたでしょう？」

「当日、桟敷においでになっていたお客様、家族で、祖父の楽屋を訪ねていないのは啓一兄さんと楠城玲子さんのご夫婦だけで、他の全員はそれぞれ開幕前に楽屋に入ったということです」

「そうですか……」腕を組み、惣右介は一同の顔を見渡した。

「やはりこれは、『どのようにして』ではなく『なぜ』の方向から考えなければ、解くのは難し

い問題のようですね。天之助さん――」

「はい」

「この場所はもう結構です。次は客席の方を拝見出来ますか？」

「わかりました」

天之助は頷いた。


再び舞台裏を横切り、弦二郎たちは下手袖から客席に出るドアの前に進んだ。

ドアは開け放たれ、その向こうには真っ直ぐ延びる一階西の客席廊下が見えている。

舞台側から客席側への境界の敷居を越え、天之助は説明する。

「稽古の時は舞台側と客席側を頻繁に行き来するので開放されていますが、普段は当然扉は閉じられています。公演の時は係の方にお願いすれば通ることは出来ますが、明らかな関係者か約束のある人でなければそれは不可能です」

一番手前に一階客席に入る大きな扉、そしてその隣に各桟敷の小さな扉がずらりと並ぶ廊下。

天之助は高森が使っていた三番桟敷の前まで進み、その扉を静かに開いた。

扉を支える天之助に促され、残る三人は桟敷の中を覗き込む。

目の前のカーテンが閉じられた沓脱場は薄暗く、廊下から射し込む光で中の様子がぼんやりと確認できる。向かって左の壁には大きな姿見、右の壁の上部にはコートフックがそれぞれ壁面に設えられている。

隣に立つ弦二郎に顔を向け、惣右介は言った。

「この姿見脇にロフストランドクラッチ二本が立て掛けられたまま、床にはトンビコート、そして、そのコートをめくった下に三枚のかるたが落ちていた……。そうですね？」

「うん、その通りや」

惣右介は天之助に向き直る。

「客席に出ても問題ないでしょうか？」

「ええ、大丈夫です」

「じゃあ……」しばし考え込み、惣右介は言った。

「天之助さんと三郷さん、ちょっと桟敷席に座ってみて頂けますか？」

「え？　天之助さんと私が……ですか？」

ユミは驚いたように目を丸くした。

こくりと頷き、惣右介は言う。

「僕と弦二郎さんは、当日弦二郎さんと三郷さんが座っていた席の眺めを確認してきます。さぁ、弦二郎さん、行きましょう」

弦二郎に目配せし、惣右介は扉の前をあとにした。

人の気配が一切ない廊下と階段を進み、惣右介と弦二郎は東二階五番桟敷に到着した。

舞台寄り一番の席に惣右介、当日と同じ二番の席に弦二郎は腰を下ろした。

正面一階、西の三番桟敷には天之助とユミの姿が見える。

舞台の上では紅白横段幕の前に吊り下げられた大きな釣鐘、その下では『娘道成寺』、所化たちと白拍子の問答の場が進んでいる。

鞄の中からあの日のガリレオ・グラスを取り出し、惣右介は正面の桟敷をレンズ越しに眺めた。

「肉眼ではなんとなく、ガリレオ・グラスではまぁ……誰だか判別できるぐらいにはハッキリと見えますね」

弦二郎にガリレオ・グラスを手渡し、惣右介は鞄から普通のオペラグラスを取り出した。再びそのレンズ越しに一階を眺め、惣右介は言った。

「……うん。一般的な高倍率のオペラグラスなら、かなりハッキリと顔や姿が確認できますね」

惣右介が何をしているのか、弦二郎にはさっぱりわからない——。

「惣右介君、君は一体、何を確認してるんや？」

「ああ——」レンズを右斜め下に向け、惣右介は舞台を眺めながら言った。

「昨日の夜、土御門さんにメールで教えてもらったんですよ。高森さんはどういった経由であの桟敷の切符を手に入れたのか」

「土御門さんって……あのベートーベンの刑事さんのことかいな？」

惣右介と刑事が早くもメールで遣り取りをしていることに弦二郎は驚いた。

「ええ、そうですよ。……高森さんのチケットは正規の前売り分ではなく、当日の朝、町のチケットショップで売っていた委託販売のチケットだったそうです」

「それに、一体どんな意味があるんかいな?」

「あの桟敷に高森さんが座ること、あるいは高森さんがあの日劇場に来ることは、ご本人も含めて直前まで誰も知らなかった訳です。そして、彼は開幕時間より遅れ、五分しかない最初の短い幕間に劇場に到着しました。……つまり、天之助さんが言うように、もし高森さんが自殺ではなかったとして、高森さん殺害の犯人は当日、客席からあの人の姿を発見した可能性が高いんです」

「それで、一体どうしてここからの眺めを確認してるんや?」

「いえ、ここからじゃなくてもよかったんですけどね、ある程度離れた席からでも顔を確認できるのかどうかを確認したかったんですよ。……これで、絶対に確認が不可能な席以外からなら、オペラグラスを使えば大体確認は可能だということが判りました」

「絶対に確認が不可能な席、というと?」

オペラグラスから目を離し、惣右介は舞台とは逆、左斜め上の客席を見上げた。

「三階席の後方、花道が見えない席からは一階桟敷を見ることは不可能でしょう。そして——」

惣右介は自分の太腿に視線を向けた。

「この席から真下の桟敷が絶対に見えないように、向こうの同じサイドの二階桟敷と三階……つまり座席番号に『西』が付く二階以上の席も、同じく確認が不可能な席となります」

言い終えた惣右介は再びオペラグラスを一階桟敷に向けた。

「三郷さん、オーバーヒート寸前のようですね。そろそろ戻ってあげましょうか」

「え——？」弦二郎は手にしていたガリレオ・グラスで一階を覗いた。

真剣に舞台を見つめる天之助の隣、ユミの顔は真っ赤に染まっていた。


西一階三番桟敷の扉前で再び天之助たちと合流し、惣右介は舞台裏と客席側の境界のドアの方向を見ながら言った。

「客席側で最後にもう一カ所、高森さんのご遺体が見つかった花道下の通路を確認させて下さい。最短ルートは、やはりどう考えてもあの舞台寄りのドアから入って階段を下りるルートですよね？」

「はい、間違いなくそうだと思います」

歩数を確かめるように、惣右介は大股で西廊下の絨毯の上を舞台側に向かって進んだ。桟敷の扉二枚をやり過ごし、惣右介は西廊下奥、一階客席へのドアをそっと開いた。

半開きのドアの隙間から、四人は広々とした客席の空間を眺める。

舞台の上では桜景色の背景と大勢の長唄を前に、玉三郎の白拍子が吊り下がる鐘の下で見事な舞を見せている。惣右介も弦二郎も、ユミも天之助も、ドアの隙間からしばし舞台に見入ってしまう。

極上の『道成寺』が舞台の上で進行しているのに、目の前の客席は無人——その不思議な眺めを前に、弦二郎たちはしばし当初の目的を完全に忘れてしまった。

「……いやいや、見入っていちゃいけませんね」

自分と皆に言い聞かせるように惣右介は呟き、ドアから客席の中へと入った。ドアのすぐ先、六段ほどの短い階段を下り、惣右介たちはそのまま舞台と客席最前列の間の通路、花道までの短い距離を進んだ。そして、客席の東西を結ぶ花道下の通り抜け通路への階段を下り、その一番低くなった一メートル四方ほどの狭くて薄暗いスペースで立ち止まった。

男たち三人でその空間はすでに窮屈で、ユミは階段を下り切らず一つ上の段から天之助たちを眺めている。

「高森さんは、ここで毒入りの繭を呑んで亡くなっていた――」眼の前の天之助と弦二郎の顔を見渡し、惣右介は小声で続けた。

「廊下で係員が客の出入りを見張っていた『通さん場』で、高森さんは桟敷から忽然と姿を消した。そして、そのまま続く『城明け渡し』の幕の終わり、客席の視線が仁右衛門さんの芝居に注目していた花道の下に、高森さんの死体はまるでテレポートしたかのように移動していた……。しかも歩行に必要な杖は桟敷に残されたまま……。その方法も目的も、さっぱり見当がつきませんね」

舞台側の壁に背中を付け、惣右介はズズズと腰を落とした。そのまま床に座り込み、惣右介は燃え尽きたボクサーのように足を投げ出して項垂《うなだ》れた。

しばらくして立ち上がり、惣右介は三人の顔を見渡す。

「刑事さんの話によると、高森さんはこんな感じで亡くなっていたそうです。表情に苦悶もなく、極めて穏やかな様子で……」

当日の仁右衛門の様子を思い出し、弦二郎は異論を唱える。

「血糊を舐めた後、仁右衛門さんは役者根性、最後まで見事な芝居を続けてはったけど、今から思えば、とてつもない苦痛をこらえてるような表情と動きやったように思う……。高森さんは、本当にそんな安らかな様子で死んだんやろか？」

「自家精製の植物アルカロイド、しかも二種成分の複合毒。奇妙にオリジナリティーのある毒ですから、効き方にも個人差はあったかもしれませんね。片や苦悶、片や安楽死のような安らかな死……。高森さんは末期のご病気で余命宣告もされていたといいますから、やはり、状況から考えても自殺だったように感じられます」

天之助の目を見つめ、惣右介は続けた。

「しかし謎は残ります。直前の長幕まで、環さんから誰かの居場所を聞き出そうとし続けていた彼が、どうして直後の幕中に奇妙な形で自殺してしまったのか？　そして、まるでスパイの自決用カプセルのような『死の繭』……この不思議な死のアイテムを、一体誰がどうして作ったのか？」

「……」

惣右介が考え込むと同時に、花道下の通路はしんと静まり返った。

〽　菖蒲《あやめ》　燕子花《かきつばた》　いずれが姉やら　妹《いもと》やら——

すぐ近くのはずなのに、舞台の上の長唄が不思議と遠くからのように花道下に響いた。

＊

東銀座の交差点に向かって歩きながら、天之助は隣の惣右介に語り掛けた。

「どうでしょう？　何か判ったことはあるでしょうか？」

「いえ、まだまだ解らないことばかりですね。……けど、それぞれの事件の謎のありか、そして、二つの事件を結ぶ『死の繭』の謎――事件の輪郭は以前より随分はっきりしてきたように思います」

「やっぱり、あの日桟敷に招待された八人のお客様が容疑者……ということなんでしょうか？」

「……」

悲しげに呟いた天之助の隣、惣右介は黙って歩みを止めた。

弦二郎とユミ、天之助も立ち止まる。

惣右介は言った。

「天之助さん、あの日の招待客は八人なんですか？」

「え？　違うんですか？」

「あの日、弦二郎さんと三郷さんも東二階の桟敷に招待されていましたよ？」

「あ……そうでした。舞台から見える一階桟敷の印象があまりにも強かったもので、なんとなく

そう思い込んでました。申し訳ありません。失礼で、不正確なことを言ってしまいました……」

「いや、そういうことじゃないんです――」左右に首を振り、惣右介は天之助の顔を見た。

「天之助さんが十人を八人と思い込んでいたように、我々も他の招待客のことを見落としている可能性はないでしょうか？　……天之助さん、お祖父さまの招待客の、何か記録のようなものはありますか？」

「それなら、祖父の手帳に記録があるはずです。書斎に置いてある大きな日記帳に、祖父はご招待や贈答について細かな記録をとっていましたから……」

「その記録、お帰りになって調べて頂けますか？」

「わかりました。すぐに帰って調べます」

「三郷さん――」

「はい？　何でしょう？」

「今日、客席で何か気になったこと、思い出されたことなどはあったでしょうか？」

「いいえ、特には……」

「では、例の調べ物、調査続行でお願いします」

「はい、わかりました！」

視線を交わして頷き合い、三人は再び夜道を歩きだした。

「あの……」

立ち止ったまま、弦二郎は自分の鼻先を指さした。

「……僕は、何をしたらええんかな？」

「とりあえず、ついて来てくれれば結構ですよ」

振り返ってニコリと笑い、惣右介は数歩先を進んでゆく。

取り残されないよう、弦二郎は慌てて一歩を踏み出した。

三

〈書斎から、祖父の手帳が無くなっています……〉

歌舞伎座から帰ったその夜、グループメッセージに投じられた天之助の一文は、短いながらも書き手の沈痛をありありと感じさせるものだった。

その後すぐ返信された惣右介の招集メッセージに従い、弦二郎は翌朝十時、再び東銀座、惣右介指定の銀座スクエア——歌舞伎座からワンブロック東、演劇・映画の専門図書館やオフィスが入ったビルの一階、吹き抜けの大階段へ到着した。初めて訪れるその大階段は「階段」というよりも階段状になった木製のベンチ、広々としたパブリックスペースで、好きな段に陣取って一息つくことが出来る開放的な空間だった。

他には人のいない大階段、中ほどの段にスーツ姿の惣右介は一人座っていた。ユミからは仕事があって朝は同行できないと返信があった。天之助はきっと来ているはずなのだが……。

「おはようさん、天之助君は？」

「おはようございます。天之助さんとは早めに合流できたので、先に一件、訪問先に出向いてもらっています。多分すぐに戻ってくると思います」

「訪問先？」

「ご存知の通り、仁右衛門さんの手帳が無くなっていたことで招待客の名前を確認することが出来なくなってしまいました。そこで、あの日仁右衛門さんが手配していた席はどこなのか、実際に切符を取り扱う芳岡家の番頭さんに確認を取ってもらったんです」

立ったままの弦二郎に隣に座るよう身ぶりで促し、惣右介は声低く語った。

「……あの日、仁右衛門さんの依頼で番頭さんが手配した切符は、やはり十枚ではなく十二枚でした。西一階桟敷の八枚、弦二郎さんたちの東二階桟敷の二枚、そして、西二階五番桟敷の二枚——。弦二郎さんの丁度真正面に、残る二人の招待客が座っていたんです」

「え！」弦二郎は思わず声を上げる。

「そうと知ってたら、オペラグラスでちゃんと顔を確認しといたものを……」

「まぁ、そんなことは言っても仕方ありませんよ」

惣右介は話を続けた。

「座席番号は分かったものの、番頭さんは切符を手配しただけで送り先などはご存知ではありませんでした。やはり、手帳の紛失は大きな痛手でしたね」

「やっぱり、ご家族のうちの誰かが……」

「警察は持ち出してはいないとのことでしたから、まぁ、きっとそうなんでしょう……。その目

的は解りませんが」

「せっかくここまで辿り着いて、結局は手詰まりかいな」

肩を落とす弦二郎の隣、惣右介はぶんぶんと首を振る。

「弦二郎さんはやっぱり六段目の勘平ですね、合点するのが早過ぎる。手掛かりを摑める可能性に懸けて、今、天之助さんには歌舞伎座サービスを訪ねてもらっています」

「歌舞伎座サービス？」

「歌舞伎座サービスは劇場内の食堂やお弁当販売を担当する歌舞伎座の関連会社です。全てという訳ではありませんが、食事の予約に座席番号が使われる場合もある……。この西二階五番桟敷の招待客が、座席番号で何らかの手続きをしていないか、天之助さんに問い合わせをお願いしたんです。普通なら個人情報は絶対教えてはくれないでしょうが、芳岡の看板の信用で何とかならないか、と」

「なるほど。彼は芳岡家の立派な御曹司、その信用を活用するという訳か」

「あ、早速お戻りになりましたよ――」

惣右介は階下を見下ろし片手を上げた。

大階段を駆け上がって弦二郎に挨拶し、天之助は息つく間もなく惣右介に一枚の紙を差し出した。

「海神さん、ありました！　祖父自身があのお席に桟敷弁当の手配を依頼していたようで、問題

なく教えてもらうことが出来ました。……これが、その時の受け取りのサインです」

受け取った紙を惣右介は開き、弦二郎と天之助は左右から覗き込む。

『西二階五番桟敷二名様・桟敷弁当　お代済』と書かれた伝票の下には携帯電話の番号、そして、丸みを帯びた文字で「饗庭彩羽」とサインらしき文字が記されている。

「……ん？　この名前、何て読むんやろ？」

弦二郎の視線に、惣右介は一瞬考えて返答した。

「姓は『あえば』あるいは『あいば』じゃないでしょうか？　三河の源氏の名家として『太平記』に登場する姓です。名前は……『あやは』かな？　天之助さん――」

「はい」

「これはもう、あなたがこの方に電話をするしかないでしょうね」

天之助は頷くも、わずかなためらいの色を見せる。

「けど、私が勝手に電話なんかして、本当にいいんでしょうか？　もし、この人が事件に関わっていたら……」

「もしこの人が悪意の人物なら、本当の名前、電話番号でサインなんかはしないでしょう。電話を掛けてみて番号が存在しなかったら、その時は土御門さんに動いてもらいましょう。――それまではまだ、この方はお祖父さまの招待客の一人に過ぎません」

「でも、電話をして何を話せば……」

「まずは先日のご挨拶、そして、一度お会いしてお話を聞きたいと話してみて下さい。お祖父さ

まが最後にご招待したお客さまに、是非ご挨拶をしたいと言って――。さぁ、電話を出して」

惣右介の言葉に頷きながらスマホを取り出す天之助の隣、惣右介は鞄の中からイヤフォンを取り出してコードの束を解く。そしてマイクが付いた片方を天之助に手渡し、自分はもう一方を耳にはめる。

「一緒にお話を聞いて、何かあったらご指示します。……弦二郎さん」

「は、はい」

緊張して声を上ずらせてしまう弦二郎に、惣右介は言った。

「何か書くものがあればスタンバイをお願いします。……天之助さん、準備はいいですか？」

受け取ったイヤフォンを片耳に挿し、天之助は頷いた。


スタンバイしたノートとペンが使われることもなく、終始和やかな様子で天之助は通話を終えた。

天之助と惣右介は顔を見合わせ、分け合ったイヤフォンをそれぞれの片耳から外した。

「……どうやった？　何かわかったかいな？」

気の逸る弦二郎の質問に、天之助ではなく惣右介が応えた。

「この方は仁右衛門さんにご招待された方のお嬢さんでした。お名前は『あえばいろは』と読むそうです。お話を聞く限り、ご本人に特に怪しい点はありません。……一応、大学の講義とアルバイトの間の時間、今日のお昼に会って頂けることになりました」

「そうなんや……。天之助君、会話した印象はどうやった？」

「え？　ええ……」

手にした伝票の署名を眺めながら、天之助は言った。

「話してて落ち着く声というか……。元気だけど、なんとなくのんびりした雰囲気というか……」

聞きたいのはそういうことではないのだが……弦二郎は思ったが、とりあえずそのまま惣右介の方に視線を向けた。

「さて、僕らはどないしたらええんやろ？」

「弦二郎さんは同業者のお兄さんとして、僕はマネージャー役ということで同席させてもらいましょう。天之助さん、いいですね？」

「はい！　よろしくお願いします」

伝票を胸ポケットに仕舞い、天之助は明るく頷いた。

＊

三人は彼女の大学の近く、飯田橋へと移動した。

外堀通りから神楽坂を上り始める入口近く、待ち合わせの場所は甘味処『紀の善』。先に到着していた弦二郎たちの四人用テーブルに、饗庭彩羽はいささか緊張した面持ちで現れた。

クリーム色のニットにチェックのスカート、セミロングの髪にはほんのりと茶系の色みが掛かっている。弦二郎の隣の椅子の背後に立ち、饗庭彩羽は正面の天之助に深々と頭を下げた。

「はじめまして、饗庭彩羽です。この度は、お祖父さまのこと、心よりお悔やみ申し上げます……」

男たちは席を立ち、天之助は目の前の彩羽に丁寧に返礼する。

「ありがとうございます。先日はせっかくおいで頂いたのにあんなことになってしまって、誠に申し訳ありませんでした。その上、本日は突然のご連絡にもかかわらず、こうしてご面会頂き誠にありがとうございます」

「いえ、そんな……。こちらこそ、まさか天之助さんにお会いできるなんて……。うちは母も私も、天之助さんの大ファンなんです」

その言葉に偽りはない様子で、彩羽は照れる顔を隠すように再び頭を下げた。

「それは重ねてありがとうございます。……まぁ、まずは座りましょう」

天之助の勧めを合図に、一同は席に着いた。

店員に注文を済ませ、彩羽は天之助と惣右介の顔を見比べる。

「……今日は、俳優のお仲間とご一緒なんですか？」

「えーっと」

説明に困る様子の天之助の隣、惣右介が弦二郎に視線を向ける。

「こちらは天之助と古くから付き合いのある文楽の三味線方、冨澤弦二郎さん。……私は天之助

のマネージャーのようなことをしている海神惣右介と申します。最近よく三人一緒に行動しているものですから、今日は厚かましくご一緒させて頂きました。お邪魔して申し訳ないです」

「いえ、そんな――」彩羽はぶんぶんと胸の前で掌を振った。

「私の方こそ、そんな皆さんの中に、なんだか場違いみたいで……」

天之助が続きを引き受け、彩羽に明るく言葉を掛けた。

「とんでもないです。ファンと言って下さる方とこんな風にお話しする機会って、案外なかなかないものですから、私はすごく嬉しいですよ」

「いや……あの……」

彩羽は申し訳なさそうに俯いて言った。

「さっきは『大ファン』……なんて言っちゃいましたけど、私は大学に入ってから三階の幕見席で歌舞伎を観るようになったばっかりで、正面玄関から歌舞伎座に入ったのはこのあいだが初めてなんです……。母も、天之助さんが出ているテレビはいつも必ず観てるんですけど、舞台を観るのはこの間が初めてみたいで……。なんだか、すいません」

「いえ！　とんでもない」

事件以来一番の笑顔を見せ、天之助は言った。

「席がどこでも、テレビでも、映画でも、私を観てファンと言って下さる方は、皆さん同じ大切なご贔屓様です。……これからも末永く、どうぞご贔屓に」

「は、はい……」

彩羽はもじもじと俯いた。

天之助も照れくさそうにテーブルの上の湯呑に視線を落とした。

まるで見合いのようになった座の空気に、弦二郎と惣右介は苦笑まじりの視線を交わした。


「……でも、どうして母じゃなくて私に電話を下さったんですか？」

歌舞伎やテレビについての雑談で打ち解けてしばらくして、彩羽はスプーンであんみつをすくいながら言った。

「あ、いや……」天之助は惣右介の様子を窺《うかが》う。

問題ありませんよ——惣右介の小さな頷きを確認し、天之助は説明する。

「祖父の死去で、あの日あの席にどなたをご招待していたのか分からなくなってしまって……。それで、お食事の手配をしてくれた会社に頼んで、受け取りの伝票を見せてもらったんです」

「へー。そうだったんですか。私がサインして良かったー」

嬉しそうに微笑む彩羽に、天之助も笑顔で尋ねる。

「けど、一体どんなご縁があって祖父は饗庭さんをご招待させて頂いたんでしょう？」

「私も全然知らなかったんですけど、あのあと母に聞いてみたら、母のお祖父さん……私のひいお祖父ちゃんが昔、地元の劇場に上方歌舞伎を巡業に招いていたらしくって、そのご縁で招待して頂いたそうです」

「へー。それはまた随分古いご縁だったんですね。ありがたいお話だなー」

天之助は嬉しそうにみつ豆を食べた。その隣、惣右介は抹茶ババロアをスプーンですくいながら言う。

「なのに、お母さまはこの間初めて歌舞伎座の天之助をご覧になられたんですか？」

「ええ、そうらしいです」

「今まで、ご招待はなかったんでしょうか？」

「はい、今回が初めてって言ってました」

「そうなんですね――」ババロアを一口食べ、惣右介は天之助に顔を向けた。

「お母さまにも是非ご挨拶させて頂きたいものですね、天之助さん」

「はい！　是非とも。おみやげ持ってご挨拶に伺いますよ。お住まいはどちらなんですか？」

彩羽は目を丸くして小刻みに首を振った。

「いえいえ、そんなの悪いですし、それに、うち、遠いですよ」

「でも、ここまで大学に通ってるんでしょ？　それぐらいの距離なら、全然遠くありませんよ」

「いえ、私、進学で田舎から出てきて、今一人暮らしなんです」

「あ、そうだったんですか……。ちなみにご実家はどちらなんですか？」

「岡谷です。信州、諏訪湖のほとりの」

惣右介がスプーンを動かす手をピタリと止める隣、天之助は笑顔で会話を続ける。

「へぇー。そうなんですね。……たしかに、うちの家は以前諏訪に巡業させてもらっていたって話を聞いたことがあります。諏訪湖かー。是非一度行ってみたいなぁー」

笑顔でみつ豆を掘る天之助の隣、惣右介は静かにスプーンを皿の上に置いた。

わずかな沈黙を挟み、惣右介は天之助に顔を向けた。

「天之助さん、行きます？　諏訪」

「えっ？　いいんですか？」

まるで惣右介が本当にマネージャーであるかのように、天之助は驚いた様子で目を輝かせた。

静かに頷き、惣右介は彩羽に顔を向けた。

「……実は今、家族のルーツにつながる土地を訪ねるという番組の企画が来てましてね、天之助ならどこがいいだろうかと打ち合わせをしていたばかりなんです。ご挨拶のためにわざわざ来られてもお母さまはご迷惑だろうから、ついで……と言ってはなんですが、その企画の下見という形で諏訪に出向き、そのままご挨拶させて頂くというのはどうでしょうか？　……ねぇ、天之助さん」

「はい。とてもいいと思います」

目を輝かせる天之助から彩羽に向き直り、惣右介は話を続ける。

「今週末あたり、諏訪に行けばお母さまにお会いすることは可能でしょうか？」

「はい、母は上諏訪の旅館で働いてるんで、週末は必ず勤め先の宿に出勤してると思います」

「旅館ですか。……では、そちらのお宿に滞在することにして、そこで少しご挨拶させて頂くというのはどうでしょう？　大袈裟にはしたくないし、天之助もあまり人に知られずにこっそり訪問したいので、彩羽さんからお母さまへのご連絡もなしということで」

ニコリと笑い、惣右介は立てた人差し指を自分の唇にのせた。

「サプライズですね！　突然天之助さんに会って、お母さんショック死しちゃわないかなぁー」

にこにこしながら、彩羽は天之助の顔を見た。

「よかったら、私、観光案内しましょうか？」

「え、本当ですか？　是非お願いします！」

あまりにも嬉しそうに目を丸くする天之助に、浮かれていた彩羽はハッとして我に返る。

「あ……いや、その……。丁度週末は実家に帰ろうかなって……思ってたから」

彩羽はもじもじと俯く。

満足した様子で惣右介は言った。

「じゃあ天之助さん、木曜から土曜のスケジュールが大丈夫か確認して下さい」

「はい、わかりました」

天之助は脇に置いた鞄の中をかき回し始める。

不思議そうに惣右介の顔を眺め、彩羽はふふふと笑った。

「……なんだか天之助さんのほうがマネージャーさんみたい」

「うちは本人任せなんですよ。天之助は僕なんかよりずっと几帳面ですから」

微笑む惣右介の隣、天之助は「えーっと、木曜日からですね――」と言いながら黒い手帳をテーブルの上で開いた。

その時だった――。

開いた手帳の間から、一枚のカードがするりとテーブルの上に落ちた。

「あっ！」

手元に落ちたカードを見下ろし、天之助は驚いたように声を上げた。

声に驚き顔を見合わせ、残る三人もテーブルの上に視線を向ける。

そこに落ちていたのは一枚のかるたの絵札だった。

不気味に微笑む仏像が描かれた絵札の右隅にはし⃝の一文字が書かれていた。

＊

惣右介がやり過ごしてかるたのことは大ごとにせず、週末の予定と彩羽の母の勤務先だけ確認して三人は彩羽と別れた。そして、それぞれの所用のために一旦飯田橋で解散、ユミの仕事が終わる夕方に新宿三丁目で再集合することとなった。

壁面の壁に洋酒のボトルと本が並ぶ広々としたバー『ナドニエ』の隅の席、まだ早い時間帯の静かな店内。男三人はテーブルの上のキャンドルホルダーの小さな炎を物憂げに眺めている。

思考力が鈍るのを心配し、アルコールに弱い弦二郎はトマトジュースを舐めているが、惣右介と天之助はそれぞれカリラ、グレンギリー――琥珀色のウイスキーの中にロックアイスを静かに転がしている。

正面、特等席から歌舞伎役者の美しい顔を眺め、弦二郎は呟いた。

「……やっぱり、三枚のかるたには何か予告の意味があったんやろか？」

「さあ……どうなんでしょうか……」

天之助はテーブルに視線を向けた。

揺れるキャンドルに照らされ、そこには密封ビニル袋に入れられたⓛの絵札が置かれている。

弦二郎は隣の惣右介をちらりと見遣る。

「仲良しの刑事さんから色々情報を教えてもろてるのに、これのこと、伝えんでええんかいな……」

惣右介の膝の上、ロックグラスの氷がカチャリと音を立てる。

惣右介は言った。

「このⓛの札の絵は明らかに『知らぬが仏』。あの三枚の『松本かるた』とは別物、一般的に売られているいろはかるたの絵札です。恐らくあのかるたとは無関係に、誰かが天之助さんに警告する意味で手帳に挟んだんでしょう。これ以上深入りするな。知らぬが仏だぞ――と」

「天之助君の手帳に挟むことが出来たということは、つまり、犯人は……」

天之助の顔に浮かんだ苦悩に気付き、弦二郎は慌ててグラスに口を付けた。トマトジュースではなく自分もアルコールにしておけばよかった――弦二郎は後悔する。

精一杯頭を働かせ、弦二郎は言った。

「いや、手帳にかるたを挟んだ人と殺人事件の犯人が同じとは限らへんな。けど、とはいえ……」

弦二郎は惣右介の横顔を見つめる。

「ほんまに刑事さんに伝えんでええんかいな？　この警告と同じように、もし、と⃝とな⃝の札が都丸さんと楠城さんに対する何らかの警告やったとしたら……。あとの祭りになってしもたら、さすがにまずいんとちゃうか……」

小さく頷き、惣右介は応える。

「たしかに、本来はそうすべきでしょう。……しかし、このし⃝の札を手帳に挟んだ犯人が判ったとして、そしてその人物が殺人事件の犯人だったとして、『なぜ』そんなことをしたのかを特定できなければ、本質的な意味で事件は解決しないと思うんです。今、刑事さんにし⃝の札の攻め口から突撃されてしまっては、僕らが諏訪で細かな情報を採取する機会が失われてしまう……」

ウィスキーを呑み干し、天之助は惣右介の目を見つめた。

「三枚のかるたは歌舞伎座の古い座席番号だという海神さんの推理を、私は信じています。だからきっと、都丸さんにも楠城さんにも危険が迫る心配はないと思う……。このし⃝の札も、私が手帳を開きさえしなければ出てこなかった……。だから、この札はまだしばらくの間、私がこのまま……」

ロックグラスを両掌で持ち、天之助は氷の中に映り込むキャンドルの小さな炎を見つめた。

惣右介は頷いた。

「とりあえず、目当ての資料を発見してくれたという三郷さんを、まずはここでお待ちしましょ

う」

「……惣右介君、その『目当ての資料』っちゅうのは、一体？」

「環さんに小説家と名乗った高森さんが、昔そのようなお仕事をなさっていたのは事実でした。その執筆したものの中に何かヒントが隠されていないか、古い雑誌を当たって探してもらっていたんです」

「そして、それらしきものを見つけたと――」

「ええ、見つかったということです。さすが、編集者の文章センサーは凄いですね。あ――」

声を上げ、惣右介は長いカウンターの向こうに視線を向けた。

コートを着たままのユミが早足で直進して来る。

席を立って出迎えようとする男たちよりも早くテーブル前に着き、ユミは掌を振って皆が立ち上がるのを制した。

「お待たせしました――」息を整えながら言い、ユミはコートのままで着席した。男たちも浮かせた腰を椅子に落とす。

膝の上に置いたバッグの口を開きながら、ユミは興奮気味に言った。

「……ありましたよ。二十年前の文芸雑誌、海神さんの推理の証拠が出てきました」

「海神さんの推理の証拠？」

真横に座る天之助の声を聞き、ユミは一瞬ハッとしたように手を止めて、小刻みに頷いた。

「ええ、三枚のかるたの意味がはっきりしました」

「本当ですか！　すごい！　あれには一体どんな意味が……」

興奮気味に声を上げる天之助に、ユミは少々申し訳なさそうに応えた。

「海神さんの読み解きの正しさがはっきりしたというだけで、それ以上の意味はまだ……。すいません」

「いえ、とんでもない！　三郷さん、本当にありがとうございます！」

天之助の視線の直撃を避けるようにバッグの中に向き直り、ユミはクリップで留めたコピー用紙の束を三部取り出す。

「……でも、かるたの文字の意味だけじゃなくて、いよいよ登場しましたよ」

「何がです？」

惣右介に尋ねられ、ユミは三人の顔を見渡した。

「歌舞伎座の客席に現れる、正体不明の謎の女――」

「謎の女？」

惣右介は繰り返す。

三人は受け取った紙束――古い雑誌のコピーに目を落とした。

當浮世四谷怪談《とうせいよつやかいだん》

高森　靖

一

私が歌舞伎座で初めて観た芝居が『東海道四谷怪談』だったのは、思えば因果な巡り合わせだった。

お岩さんが毒を盛られて崩した顔で怖がらせる——そんなお化け屋敷のような怪談とばかり思っていたものが、実は『仮名手本忠臣蔵』の裏の世界、時代物の「義士」になれず世話物の「色悪」に身を落とした塩冶浪人、民谷伊右衛門《たみやいえもん》と妻お岩、その妹お袖と小物の直助権兵衛《なおすけごんべえ》、男女の欲、仇討ちの建前と本音がからみ合う悲劇だったことを知り、その初芝居の感動のせいで、私はすっかり歌舞伎という古風な演劇に魅せられてしまった。

田舎から上京したばかりの貧乏学生だった私は、当然、おいそれと煌びやかな歌舞伎座の「場内」に入る事など出来なかった。ガラス戸の中に見える絨毯敷きの吹き抜けロビー、そこに入って行く立派な身なりの人々を横目に、脇の小さな入口、劇場の観客用とは到底思えない味気のな

い階段を三階まで上り、三階客席の一番後方、場内の席とは低い壁で仕切られた「幕見席」から、私は舞台の上に移ろう一瞬一瞬の美を遠く眺め続けていた。

歌舞伎座通いを始めて二年目、国文科の先輩の紹介で演劇雑誌に素人劇評を掲載するようになった。私は「幕見の男」というペンネームを名乗った。

しかし、私はその名前を長く名乗ることはなかった。どんなに身を乗り出しても花道が見えない幕見席では物足りなくなるほど歌舞伎熱が愈々《いよいよ》昂じ、劇評の些少の謝礼をはりこんで、私は名前を「幕見の男」から「三階桟敷の男」へ改めたのである。

些少の謝礼をはりこむ――と言っても、三階A席と三階B席、二等級に分かれたうちの三階B席はバラ売りされている幕見の全幕を通しで買うよりむしろ百円ほど安かった。しかし、三階後方のB席は幕見席と同じで花道は見えず、花道が見える前方のA席はB席の倍近い値段。A席まで出世できるほど、些少の謝礼は多くはなかった。

そんな当時の私には気に入りの特等席があった。東側桟敷の三階、客席の側面に沿ったバルコニーの席の一部はB等級であるにもかかわらず、花道がほぼ完全に見渡せた。三階バルコニーは二列、前列がA等級、後列がB等級となっていて、急角度の死角になって花道が見えない西側とは違い、三階東バルコニーの二列目、つまり「三階東ろ」の列はB等級の値段で花道を完全に見る事が出来る歌舞伎座で最も費用対効果の高い席だったのである。その中でも前や隣の客に視界を遮られることなく最も見晴らしのよい通路際の席、「三階東ろ十番」が、当時、必ず私が予約する定位置の特等席だった。

寝ても覚めても歌舞伎の事ばかり考えていた頃のそんなある日、劇評で世話になっている出版社から一通の手紙が私宛に転送されてきた。封筒の裏には丁寧な文字で女性の個人名と住所が書かれていた。

素人の拙い評に対する異論か、叱責か、あるいは共感か……臆病な私は大いなる不安と僅かな期待を胸にその封を切った。

萌黄色のその封筒の中には、繊細な文字でびっしりと埋まった揃いの便箋が五枚入っていた。そこには差出人自身の先月の舞台の感想、私の着眼点への共感、若手の成長と今後の歌舞伎界に対する期待と不安など、その人物の鑑賞眼の確かさを感じさせる内容が可憐な筆跡で切々と綴られていた。

数日後、鶴子《つるこ》というその手紙の主に、私は書き上げた最新の劇評に私信を添えて送った。陰気な性分の私にとって、それは女性と心を通わせる初めての経験だった。こと劇評に関してはすらすらと筆は進んだが、それまで一度も女性に手紙など書いた事のなかった私にとって、劇評に添えるべき挨拶や他愛もない文章は大層な苦労であった事を、私は今でも覚えている。

それ以降、鶴子は私宛に直接観劇の感想の手紙を送ってくれるようになった。

私も出版社より先に鶴子に最新の劇評と手紙を送る事が常となった。

鶴子と私の芝居の好み、良し悪しの判断基準はとても近く、彼女の感性の中、私は私自身の似

姿を見る様な心地がして驚く事が多かった。それは鶴子も同じだったようで、何度目かの遣り取りの中、彼女は手紙の最後「もし同じ日に観劇する機会があれば、一度歌舞伎談議に花を咲かせてみたいものです」と書いて寄越した。

その一文に、家族以外の女性の情に触れた事のない私は喜びと同時に大いなる不安を覚えた。私は彼女の贔屓の天之助の様な優男でもなければ、海老蔵や辰之助の様な美男子でもない。それどころか、私の頬には生来の醜い痣があり、その容貌ゆえ性根までますます卑屈になって、女性とは会話どころか目を合わせた記憶すら僅かな惨めな男なのである。醜い姿が見えぬ手紙の遣り取りなればこそ、偏見なく心と心、感性と感性で向き合えているに違いない——そんな思いが、私自身既に心に抱いていた鶴子への思いに歯止めをかけた。

ある日、鶴子は自分の次の観劇予定日、定位置としていつも座っている座席番号を手紙に書いて寄越した。会ってみたいという鶴子からの手紙に反応を見せなかった私に対して、せめて劇場内で互いに位置を知って観劇しようという心だったのだろう。

遠く離れた席と席であれば、たとえオペラグラスで姿を見られようとも、間近で対面するよりも私の醜さに対するショックは緩和されるかもしれない——そう思い、私も返信に自分の定位置を記した。彼女が手紙に書いてきた観劇予定日は、偶然にも私の観劇予定と同じ日だった。そこに運命的な導きを感じ、それ故に私は自らの定位置を明かし、そして、彼女の席番号を記憶に焼き付けて劇場へと向かったのだ。

彼女の定位置というのは三階B席とは程遠い一階の特等席、花道真横の「と三十六番」だった。

十九《つづ》や二十《はたち》の学生が自らの力で手に入れられるとは到底思えないその一階の席を、彼女は一体どうして自らの定位置とし得ているのか？　もしかすると美醜の問題以前、彼女は自分とはかけ離れたブルジョワ世界に住む人間で、あるいはこれは、歌舞伎という美の世界に魅せられてしまった貧しく醜い男に天が用意した皮肉な喜劇なのではあるまいか？——私は心悩ませながら、重い足取りで劇場に到着した。

いつもの座席に着き、私は恐る恐るオペラグラスを覗いて一階席の列を前から順に数えた。

醜い私と同じく、もしかするとそこには醜悪に着飾った滑稽な娘が座っているかもしれない——私は私の卑屈な精神の均衡を保つため、最悪の可能性を覚悟しながらオペラグラスの焦点をその席に合わせた。しかし、そこにいたのは醜悪な令嬢などではなかった。むしろ歌舞伎座の一階には似つかわしくないほど平凡な、学生らしい格好をした線の細い娘が座っていた。私のオペラグラスの中、鶴子はこちらにオペラグラスを向け、口元に笑みを浮かべて手を振ってくれた。

その垣間見の次の手紙の遣り取りで、私たちは観劇後の待ち合わせを約束した。

今から思えば開幕前に待ち合わせれば良かったものの、私たちはどちらもまだ、幕間の時間を共に過ごす勇気を持ち合わせてはいなかったのだ。終演後に約束通り劇場の前で落ち合った彼女と私は銀座方面まで黙って並んで歩き、そして路地裏の喫茶店に入った。店のテーブルで向かい合い、徐々に打ち解けた二人は芝居について、お互い一人暮らしをする日々の暮らしについて、贔屓の役者について、時間の許す限り語り合った。彼女の特等席はある親しい人物に用意しても

らっているとの事だった。それが誰なのか、彼女は結局教えてくれることはなかった。

私の醜い顔にも、それゆえの卑屈な姿勢にも、彼女は何ら嫌悪を示すことはなかった。これからもまた日を合わせ、それぞれの定位置をオペラグラスで確認し合い、そして終演後落ち合おうと私たちは約束し、そしてそれから、その約束は数度果たされた。

二

ある日、「三階東ろ十番」の席で夜の部を観終えた私の肩を背後から叩く者があった。

「どうか、振り向かないで下さい」

振り返ろうとする私の耳元に品の良い女性の声が響いた。

理由は解らないながらも、とりあえず女性の指示に従って私は体を動かさずにいた。声は続けた。

「ご承知いただけましたのね。ありがとうございます。私はあなたにとって決して悪意の者ではありません。むしろ、あなたの様な若い人を陰ながら支援したいと願って居る者で御座います。質問に答えて下さい、あなたは、一階席に座る鶴子という娘に恋をしていますね？」

突然の質問に私は驚いた。

何故、この女性は私の心に秘めた想いを知っているのか？　そして何故、そんな事を問うのか？

しかし、その声には何とも言えぬ魔性が具《そな》わっていた。

しばらくして、私は素直に「はい」と応えてしまった。

と突然、私の膝の上にポンと茶封筒が一つ落ちて来た。

その茶封筒を落とした手が一瞬私の眼に映った。その白い指はぞっとするほど美しく、その黒い袖口は洋服ではなく和服のそれだった。

驚いて振り返ろうとする私に、その声は尚も命じた。

「そのまま、どうかこちらを見ないで下さい。……あなたはさぞ奇妙に思われるかもしれません。しかし、あなたの彼女への恋を、私は支援して差し上げたいと思っているのです。その封筒は、私があなたに差し上げる軍資金です。……どうか失礼をお怒りにならないで下さい。望むべく愛と幸せを手に入れるために、お金があって邪魔という事は御座いますまい。受け取って下さいますね？」

私に何も応えさせぬ為か、その声は滔々《とうとう》と語り続けた。

あまりにも異様な出来事に、私の体はまるで金縛りにあった様に動かなくなってしまった。

黙る私に、その声は続けた。

「しかし、ただ一つお願いが御座います。私はあなたたちの恋のために資金を提供いたします。けれど、これはあなたと私二人だけの秘密です。あのお嬢さんにはこの事を決して話してはなりません。約束していただけますね？」

私が黙ったままでいる事を受諾と決めつける様に、その声は音程を低めて言った。

「今日はあなたの意思を確認するため、私はこの場に参りました。これからは、彼女の隣の席の切符と資金をあなたの住まいにお送りします。彼女には切符は自分で買っているとお言いなさい。今日はこれにて私は去ります。振り向かず、どうぞしばらくそのままで……」

その言葉を最後に、女の気配はいつの間にかなくなっていた。

あまりに奇妙な体験にしばらく呆然とした私は、数分後にようやく後ろを振り返った。

しかし、私の背後にも、ドアの向こうの廊下にも、人間の姿は一つもなかった。

その場で開いた封筒の中には、貧乏学生の私が三カ月は暮らしていける程の大金が入っていた。

三

差出人の書かれていない封筒が、それから私の下宿に毎月届くようになった。

その中には鶴子の隣「一階と三十七番」の切符と、現金――初回ほどの額ではなかったが、それでも貧乏学生が優にひと月は過ごせるほどの金額が入っていた。しかし、手紙などは何も入っておらず、この差出人はまるで異界からの使いであるかの様な、そんな不気味な予感を私に覚えさせた。

しかし、事を慎重に考えるには私はあまりにも未熟だった。そもそも私は本当に鶴子に恋心を抱いていたのだし、歌舞伎を一階で観られるという事も願ったりである。何一つ意に染まぬ事を強要されているのでもなく、自らの願いに適う行動をする事が即ち謎の人物の喜びとなるのであ

れば、そこに悪い事など何一つない——私は呑気にそう思っていた。

次の観劇以降、私の歌舞伎座での定位置は「三階東ろ十番」から「一階と三十七番」へと出世した。最初鶴子は驚きはしたものの、彼女自身も人に切符を用意してもらっているからなのか、私の切符の出所にそれほど頓着はしなかった。それ以上に、遠く離れていたお互いの距離と人生がぐんと近づいた事を、彼女は単純に喜んでくれている様だった。

それから劇場での逢瀬を重ね、私たちははっきりと互いに愛し合うようになった。

私の醜い外見ではなく、私の感性に着目してくれる人間はこの世に彼女の他になかった。美しく知的であるものの、なんとなく淋しげな影を背負っている鶴子の孤独に気付き、精神の共鳴によって彼女に寄り添う事が出来るのは、私の他にこの世にはない——私もそう確信していた。歌右衛門と勘三郎の『吉野川』を観た帰り、私たちは晴れて恋人同士と認め合う関係となった。


とはいえ、鶴子と観劇の予定を決めると、その日の鶴子の隣の切符が自動的に私の許に送られてくるのは何とも不思議な事だった。いつもの定位置だけならまだしも、襲名や顔見世など、大入完売で定位置は到底不可能、席を押さえる事すら難しいという興行の時でさえ、鶴子と並びの席の切符が必ず私に送られてきた。定位置でない時の席は、何故か決まって一階後方「な」列の席だった。

その座席の手配の遺漏のなさは、まるで『四谷怪談』、伊右衛門を見初めたお梅のため、金にあかせて諸事細心《こまごころ》をつける伊藤家乳母おまきの様で、私はその謎の人物の事を「乳母殿」と心の

中で呼んでいた。しかし、その人物が「乳母殿」であるとするなら鶴子はお岩か、はたまたお梅か、私は醜男ながらも民谷伊右衛門。最後には思い掛けない破滅が待っているのではないか……という予感は少なからずあった。

結局その予感どおり、誘惑に乗せられた愚かさと浅ましさから、私は自らの手で愚かな破滅を招く事になってしまった。

四

我が人生最良の日々が続いていたそんなある日、いつもとは中身の違う封筒が私の下宿に届いた。

封筒の中にはいつもの一等席の切符と現金ではなく、私の元の定位置「三階東ろ十番」の切符一枚だけが入っていた。それは乳母殿からの呼び出しの合図に間違いなかった。不吉な予感を覚えながらも、切符に書かれたその日、私は魔の力に吸い寄せられる様に指定の席に足を運んだ。

謎の人物はまた新たな支援を用意してくれるというのだろうか？　あるいは、支援の打ち切りを宣言するのだろうか？——千々に心を乱しながら、芝居の内容も全く頭に入らぬまま、私は終幕まで硬い座席に身を沈め続けた。

幕が閉じ、しばらくそのまま椅子に座って待っていた私の背後に、予想通りあの声が囁いた。

「……そのまま、振り向かずにお聞き下さい」

前回と違い、その声には魔性を超えた鬼気迫る何かが宿っていた。

俯いた私の目に、背後に立つ女の足元が見えた。その黒い着物の裾には独特の色鮮やかな柄が描かれていた。その人物の目印となるであろうその柄は、今でも私の記憶にはっきりと焼き付いている。

そんな事はともかく、女は訥々《とつとつ》と語り始めた。

「ちゃんと私の意図を理解し、あなたが契約を守ってここに来てくれた事を、私は嬉しく思います。……本日は重要なお話が御座います」

契約という言葉に私は違和感を覚えた。しかし、一方的な利益を提供され、それを抗わずに受納し続けていたという事は契約と言われれば契約なのかもしれない。私は黙って女の話を聞いた。

声をひそめ、女は言った。

「鶴子は別の幸せの道に進む事になりました。あなたは即刻、あの娘から手を引かなければなりません」

驚いて振り向こうとした私の気配を察したのか、女は私の肩を異様な力で押さえつけた。

「……お気持ちは解ります。しかし、あなたは私の指示と支援によって、あの娘に近づきました。あなたが私の支援を享受していた以上、あなたには私の指示に従う義務が御座います。……勿論、もしあなたがこの指示にちゃんと従って下さるなら、あなたの将来の為に、私には相応の事をして差し上げる用意が御座います」

女がそう言ったと同時に、煉瓦ほど厚みのある茶封筒が私の膝の上に落ちてきた。

話の経緯と今までの経験上、その中身が何なのかは容易に想像が出来た。しかし、その封筒の異常な厚みと重さからその金額がいかばかりか、貧しい家に生まれた私に到底想像出来るものではなかった。

まるで私の心を読む様に、声は言った。

「その中には、きっとあなたが見た事もない程の大金が入っています。三日以内に今の下宿を引き払い、家財道具もそのまま処分し、本州以外、どこか地方のホテルにお引越し下さい。そしてひと月以内、どこなりとお好きな海外の大学に二年か三年ご留学遊ばせ。資料は封筒に入れています。……封筒の中身はそのための経費。従って下さるなら、御礼のお金はこれ、別に――」

私の視界の端、膝の上の封筒と同じ位の厚みがある封筒を女はちらりとのぞかせた。

そもそも最初から夢の様な話であったが、それまでとは比べものにならぬ程の大きな話を仄《ほの》めかされ、私の判断力は完全に麻痺してしまった。

「……御礼をお受け取り下さいますね？」

女の婉曲的な命令に、私は黙って頷いてしまった。

その後今に至るまで、生涯その影を探し求める事となった鶴子との未来、そして自分自身の色彩ある人生を、私は高々二年ばかりの怠惰で孤独な生活の資金と引き換えに謎の女に売り渡してしまった。民谷伊右衛門を気取っていた私は、悪事のおこぼれにあずかろうと賤しく振る舞う直助権兵衛――目先の欲に目がくらんで道を誤る憐れな道化に過ぎなかったのだ。

浅ましい直助の膝の上に、もう一つの封筒が落とされた。

以後、その謎の女が私の人生に姿を現す事はなかった。

五

謎の女の命令を私は律儀に守った。

故なき金を受け取ってしまった私の精神は女の呪いに支配されてしまったのである。フランス語どころか英語すら碌《ろく》に出来ぬくせに私はパリへ行き、元より根暗な私は言葉の壁と黄色人種への蔑視により一層孤独を深め、二年の月日を唯々《ただただ》無為に過ごした。そして現地で交通事故に遭い、二本の杖なしでは歩けない四足歩行の獣に身を落としてしまった。報酬で得た金もその治療のためにすべて失い、私は唯々失意のうちに日本に帰った。しかし勿論、国に帰ったところで私の孤独と失意が解消される事はなかった。むしろ帰国した事によって、鶴子を失った己の愚かさ、金に目が眩んで彼女を裏切ってしまった己の罪深さがはっきりと自覚され、その絶望的な孤独と罪悪感が寝ても覚めても私の精神を苛《さいな》んだ。

謎の女との契約を守って二年の務めを果たした以上、もし鶴子と再会し、もし彼女が私の罪を赦してさえくれるならば、私は本来生きるべきだった鶴子との人生を生き直す事が出来るかもしれない——身勝手な希望を胸に、私は鶴子の姿を探して再び歌舞伎座に通った。

しかし最早、劇場のどこにも鶴子の姿はなかった。三階から見下ろす一階の客席にも、目を凝らして彷徨《さまよ》う幕間のロビーにも、そして、思い出深い歌舞伎座の各場所にも、彼女の姿はどこに

もなかった。

私は彼女の下宿にも足を運んだ。しかし、そこは二年の時の流れの間に更地になり、彼女は勿論、彼女の痕跡を追う手掛かりすら何一つ残されていなかった。幸せな日々、鶴子とのその日その日に浮かれて過ごしていた私は、彼女の過去、彼女の実家や家族の事も何一つ知らぬまま彼女との縁を絶ち切ってしまっていたのだ。


忠臣蔵の建前の「義」の世界からこぼれ落ち、本音の色と欲、「不義」の世界に身を滅ぼした民谷伊右衛門。その男女の情欲の世界にすらもとる畜生道、悪事を尽くして手に入れて交わった女が血を分けた実の妹だった直助権兵衛。

四谷怪談の男たちはおぞましい悲劇の中に身を滅した。

しかし、私は身を滅す事すら叶わなかった。

人生を売って得た金を結局無駄に使い果たし、生涯唯一人愛した鶴子との関係の決着もつけられず、そして、伊右衛門の様に討たれる事も、直助の様に自害する事も叶わず、私は今、死霊に等しい虚しい後悔の余生を唯々無為に生き続けている。

もしいつの日か、鶴子と再会する事が出来れば、その時こそ私は本当に死ぬ事が出来るのかもしれない。

唯々その日を待ち続け、成仏できぬ死霊の私は、未だこの世に在り続けている。

四段目
異邦の御曹司

一

十二月三日、木曜日。年末の都内の気忙しさから逃れるように、天之助の車は二人の同乗者とともに一路諏訪を目指した。

サングラスを掛けて運転する天之助。後部座席の真ん中に陣取り、フロントガラスの向こうに北アルプスの峰を見晴らす弦二郎。そして助手席の窓に肘を突き、遠くに流れる山脈《やまなみ》を眺める惣右介。

彩羽は明日、午前の講義に出席してから電車で帰って来て合流する予定だという。

「……海神さん、諏訪ってどんな場所なんですか？」

運転手からの不意の質問に、惣右介はまるで詩でも詠ずるかのようにゆったりと応えた。

「諏訪湖のほとり。諏訪大社と温泉がある穏やかな観光地。その昔、生糸産業で栄えた町。そして、忠臣蔵、最後の無念が封じ込められた場所……」

ん？——弦二郎は思わず首を傾げる。

「諏訪って忠臣蔵に縁《ゆかり》があるんかいな？　そんなの僕、初耳やで？」

惣右介は後部座席の弦二郎にちらりと視線を向けた。

「吉良左兵衛督義周《きらさひょうえのかみよしちか》——吉良上野介の孫で、父が継いだ上杉家から吉良家の跡取として戻っていた御曹司のことはご存知ですか？」

「ああ、討入の時には軽傷で助かったけど、助かったのが罪とされて御家断絶にされた若殿やな」

「……そうです。その義周が改易後にお預けとなり幽閉されていたのが諏訪の高島城なんです。彼は本当に気の毒な人で、配流の三年後、二十一歳の若さで病没してしまい、足利に次ぐ源氏の名門は諏訪の地に絶えてしまいます」

「へぇー。でも、たしか……」昔何かの漫画で読んだ記憶を、弦二郎は思い出した。

「徳川家康の息子、松平忠輝が幽閉されて死んだのも諏訪なんやなかったっけ？」

「そうですね」

こくりと頷き、惣右介は続けた。

「けど神話にまで遡れば、大国主命《おおくにぬしのみこと》の子、建御名方命《たけみなかたのみこと》は天孫族との戦いに敗れて諏訪に逃れ、この地から二度と出ないという約束で諏訪大社の祭神になったといいます。悲運の御曹司が最後に辿り着く場所……そんな因縁が、まるでこの土地にはあるようですね」

悲運の御曹司——芳岡家の御曹司、天之助が敏感にその言葉に反応してはいまいかと弦二郎は

運転席を見遣った。幸い、天之助は気にする様子もなく平然と運転を続けている。

祖父を失い、自らの出生に秘密があることを知ってしまった御曹司が、これ以上の悲運に見舞われなければいいが……。弦二郎は心密かに願った。

インターの下りカーブのハンドルを操作しながら、天之助は惣右介に言った。

「芝居の『仮名手本忠臣蔵』、大序で開口一番幕を開くのが足利左兵衛督直義。実際の忠臣蔵、責任を負わされて事件の幕を閉じたのが吉良左兵衛督義周……。芝居の始まりと現実の終わりが同じ官位でリンクしていて、なんだか不思議な感じですね。偶然なんでしょうか？」

「高家筆頭の吉良と高師直の高家。塩の産地、赤穂の浅野と塩冶判官の塩の字——。その辺りは作者が巧妙にイメージをだぶらせたんでしょうが、左兵衛督はさすがに偶然でしょうね。……いや、偶然というよりも、現実と虚構が共鳴し合った『因縁』あるいは運命……なのかもしれません」

惣右介の言葉と同時に車は高速を降り、一行は諏訪盆地の南端に到着した。


諏訪。


八ヶ岳連峰と南アルプス連峰、二つの山稜に挟まれた南北に細長い盆地。

その中央には諏訪湖があり、湖北の下諏訪と岡谷、湖南の上諏訪、盆地を二つの岸に分けている。

目的の温泉旅館がある上諏訪の湖岸方面を目指して進み、天之助は湖岸より少し手前、小さな天守がぽつんと建つ高島公園の駐車場に車を停めた。チェックインにはまだ少し時間があったため、三人は投宿前に少し観光することにしたのだ。

真ん中に泉水がある小さな公園の隅、三層の天守閣に入館し、三人は無人の最上層に上って欄干から外を眺めた。少し向こうに諏訪湖の湖面は見えるものの、湖岸まではまだいささかの距離がある。

遠くの湖を眺め、惣右介は言った。

「昔は『諏訪の浮き城』といって、諏訪湖のほとり、まるで湖面に浮かんでいるかのような美しいお城だったそうですが、今は湖岸が進んでしまって、随分町中になってしまったようですね」

「とはいえ、綺麗な眺めですね」

しんみりと言う天之助に、惣右介はゆっくりと顔を向けた。

「天之助さん、この景色に見覚えはありますか？」

「……」

しばらく黙って諏訪湖を眺め、天之助は小さな顔を左右に振った。

「いいえ、特に覚えは……。海神さん、もしかすると、私は芳岡の家に引き取られるまでこの諏訪にいたんでしょうか？」

「天之助さん、予断はいけません。諏訪と同じ信州の『松本かるた』。生糸で栄えた諏訪、その生糸の原料の繭で作られた『死の繭』。そして、あの日西二階桟敷に招待されていた『諏訪の

母娘《おやこ》』。色々な手掛かりを辿って、僕らはようやくこの地に辿り着きました。調査して、判断するのはこれからです」

「わかりました」

「……高森さんの小説に登場した鶴子という女性とこの諏訪に関係があるのかどうかも、慎重に調べなければならない問題の一つです」

「あの鶴子という人は、もしかすると……」

それが予断だと気付いたのか、天之助は言いかけた言葉を呑み込んだ。

その沈黙を埋めようと、弦二郎は天之助に語り掛けた。

「どこかに預けられてたっていう三歳までの間、何か、記憶に残っていることはあれへんのかな？」

「はっきりした記憶は、ほとんどないです。が……」

しばし黙り、天之助は湖を眺めながら言葉を続けた。

「芝居小屋の楽屋のような場所で遊んでいた記憶がうっすらとあるんです。けど、それが少し不思議な記憶で、その小屋には役者もお客さんもいなくて、なんだか幽霊屋敷のような怖い場所で……」

一息ついて天之助は続けた。

「あと、昔見ていた悪夢、私に繭を食べさせようとする怖い女の人――あれも、もしかすると子どもの頃に体験した記憶なのかもしれません」

惣右介は天之助の顔を真っ直ぐに見つめた。

「天之助さん、あなたは花形の頃、二年ほど舞台に出ていなかった時期がありますね？　そのきっかけは心因性の発作だったとお聞きしましたが、それは本当のことなのでしょうか？」

「はい……本当です。実は子どもの頃、芝居の楽屋に連れて行かれる度に私は原因不明のひきつけを起こしていたらしいんです。けど、成長して発作を起こさなくなって、もう大丈夫だと思っていたら、花形最初の勉強会の舞台で倒れてしまって……。さすがに廃業も覚悟しました。けどその頃にはもう、芝居が本当に好きになっていて、二年かけて治療して、それでどうにか廃業せずに済んだんです」

言い終えた天之助は淋しげに微笑んだ。「歌舞伎界のプリンス」と呼ばれるいつもの輝きは失せ、そこにあるのは自信を失いかけた繊細な青年の顔だった。

しばらくして惣右介は言った。

「……ちなみに、その倒れてしまった舞台というのは何の芝居だったんでしょうか？」

「『俊寛』です。私の役は丹波少将成経でした」

「……」

しばし考え、惣右介は口を開く。

「あなたが発作を起こしたのは、都からの船が鬼界島に到着した直後の場面ではありませんでしたか？」

言われた天之助は考え込み、そして驚いたように目を見開いた。

「確かにそうです！　それに間違いありません……でも、どうして……？」

「今までのお話から、発作の原因はなんとなく見えてきました。しかしそれは、まさに今から実地で確認しなければならないことです。この件については、その確認を終えた上で続きを話すことにさせて下さいませんか？」

じっと惣右介の目を見つめ返し、天之助は神妙に頷く。

惣右介は微かな笑みを口元に浮かべた。

「ところで天之助さん、一つご提案があるのですが」

「はい……なんでしょう？」

「ここから先、観光地のこの諏訪で『天之助さん』と声を出してお呼びしては、せっかくのあなたのサングラスや伊達眼鏡の変装の努力が台無しになってしまいます。……諏訪にいる間、もしよろしければ、あなたのことをご本名で『和也さん』とお呼びしたいと思うのですが、構いませんか？」

「ええ、もちろんそうして下さい。……じゃあ、私も、海神さんのこと、惣右介さんとお呼びしても？」

憂いを振りはらうように微笑む和也に、惣右介は笑顔で肯いた。

＊

高島公園を出発した車は間もなく諏訪湖畔、目的地『諏訪ホテル』へと到着した。

高層のホテルや旅館が並ぶ湖岸通りの中でも、その五階建てのホテルは敷地も建物も優雅に広々としていて、一見して老舗と分かる貫禄が漂っている。

サングラスを伊達眼鏡に掛け替えた和也を先頭に、三人は旅行鞄を手にホテルの玄関へと向かった。

開いた自動ドアの中、フロントの男性と脇に控える仲居の女性たちの笑顔が出迎える。

居並ぶその中に来訪の目的、饗庭妙子という女性はいはしまいか——と、弦二郎は仲居たちの顔をつぶさに眺める。色無地のユニフォームを着た女性たちは皆均等な笑顔で客を出迎え、特に誰と印象の違う顔はない。

ロビーの厚い絨毯を進み、和也たちはフロントの前に立った。

「お世話になります、今日から二泊の予約をお願いしている芳岡和也と申します」

「芳岡様ですね、お待ちしておりました。この度は当館をお選びいただき、誠に光栄でございます。私、当館支配人の平山と申します」

支配人の満面の笑み、わざわざ名を名乗っての挨拶……和也の伊達眼鏡の変装は、どうやら全く意味をなしていないようだ。

支配人は機嫌良く続けた。

「本日は当館自慢の離れ『菊の間』をご用意しております。専用の内湯もございますが、館内の大浴場はもちろん、お隣にあります重要文化財の洋館『片倉館』の温泉もお楽しみいただけます。

ご利用の際は何なりとご遠慮なくお申し付け下さい」

「ありがとうございます。あの――」和也はわずかに身を乗り出した。

「実は、うちの祖父の古いお知り合いのお嬢さんがこちらにお勤めになっているとお聞きして、今回こちらでお世話になることを決めたんです。もし今日ご出勤のようでしたら、少しご挨拶なさせて頂けると嬉しいのですが……」

「そうでございますか！　もちろん、今すぐに呼んでまいります。……当館の、何という者でございましょう？」

「饗庭妙子《たえこ》さんという方です」

「ああ！　饗庭でございますか。今は裏にいると思いますので、少々お待ち下さい」

カウンターの電話に手を伸ばす支配人に、和也は咄嗟に声を掛けた。

「あの……ご連絡もお約束もしていないものですから、ひとまず、知り合いが訪ねてきたとだけお伝え願えませんか？」

「かしこまりました。少々お待ち下さい」

支配人は笑顔で受話器を持ち上げた。

しばらくして、フロント脇の廊下の向こうから色無地姿の女性が一人、こちらに歩いてくる姿が見えた。誰だろう？――とばかりにフロント前の三人の姿を遠目に眺めながら、その女性はロビーへ到着した。

カウンターの中から出てきた支配人は女性の隣に立ち、にこやかに紹介の労をとる。

「お待たせしました。こちらが饗庭妙子さんです。……饗庭さん、こちら、今日からご逗留下さる芳岡様。あなたのおうちとのご縁で、芳岡様は本日当館をお選び頂いたそうで、それで、是非あなたにご挨拶なさりたいと――」

驚きの表情を浮かべ、饗庭妙子は和也たちと対面している。

色無地がユニフォームには見えないほど上品な風情が漂い、しかし、かといって女将・若女将というほど華やかな押し出しはない。控えめな美しさを芯にもつ和服美人――妙子にはそんな雰囲気が漂っている。

和也は頭を下げ、いささかの早口で挨拶した。

「お仕事中にお呼び立てしてしまって大変申し訳ありません。芳岡天之助という名前で役者をいたしております、芳岡和也と申します。先日は祖父、芳岡仁右衛門の最後の舞台においで下さり、誠にありがとうございました」

和也は一層深々と頭を下げた。

先日の歌舞伎観劇が訪問理由と理解した様子で、妙子も慌てて頭を下げた。

辞儀をしたまま、和也は続けた。

「せっかくおいで頂いたのに、最後はあんなことになってしまい、祖父に代わって心よりお詫び申します。……そして、今日は諏訪に来る用があったものですから、あらかじめご連絡もせず、お約束もせず、突然お訪ねしてしまった非礼の段々、重ねてお詫び申し上げます」

互いに頭を下げ合う二人。

その様子を観察する惣右介と弦二郎。

笑顔で立ったままの支配人。

フロント前の広いロビーの空間に、静かな沈黙のひと時が流れる。

しばらくして和也は頭を上げた。しかし妙子は辞儀をしたまま、まるでこの場でただ一人、時間が止まってしまったかのように動きを失い続けている。

和也は妙子に声を掛ける。

「あの……饗庭さん？」

弦二郎は妙子の観察を続ける。

深々と辞儀をする色無地の肩山が微かに上下に揺れている。調査の手が迫ったことへの動揺を隠しきれず、頭を上げるのをためらっているのだろうか――？

「あの――」和也が再び言葉を掛けた時、妙子は勢いよく頭を上げた。

両手で胸元を押さえ、目を輝かせ、妙子は言った。

「私、天之助さんの大、大、大ファンなんです！　舞台で拝見しただけでも感動しちゃったのに、まさか直接お顔を拝見出来るなんて……。わざわざおいで頂いて、本当にありがとうございます！」

落ち着きのある第一印象からは想像出来ないほど興奮した様子で、妙子は再び深々と頭を下げた。

部屋への案内に荷物を運ぼうとする妙子から半ば強引に旅行鞄を取り戻し、三人は離れへ続く廊下を歩いた。

「……お客さまご自身にお荷物を持って頂いて、本当に申し訳ありません」

「いやいや、祖父が最後にご招待したお客さまに荷物を持って頂く訳には……。そもそも私たちが好きで持ってるだけのことですから、どうか気にしないで下さい。ねえ？　惣右介さん」

「ええ、本当に。むしろお仕事を奪うような形になってしまって、大変申し訳ありません」

「まぁ――」妙子は笑った。

「お荷物を持って頂いて、その上お詫びを言われるなんて、こんなの初めてだわ」

にこやかに話しているうち、一行は特別室の離れ『菊の間』へと到着した。

ロビーから見えていた日本庭園を別の方向から見晴らせる十畳の和室が並んだ二間続き、障子が開け放たれた和室と庭の間には広々とした畳敷きの廊下が延びている。

「うわぁー。豪勢やなぁ……。さすが、歌舞伎の人は泊まる部屋が違うなー」

廊下から部屋と庭を見渡し、弦二郎は呟いた。

「いやいや……。今回はお世話になってるお二人にも、せっかくだから羽を伸ばしてもらおうと思いまして」

照れたように言う和也に、妙子は明るく声を掛ける。

「皆さん、どういったお仲間なんですか？」

「……こちらは文楽の三味線方で、私が小さい頃からお世話になっている冨澤弦二郎さん。あちらは、今は私のマネージャーのようなことをして下さっている海神惣右介さんです」

「そうですか――」

紹介された二人に静かに頭を下げ、妙子は手前の間、座卓の脇に座って茶の用意を始めた。

盆に湯呑を並べながら、妙子は部屋をきょろきょろ見回す三人に語りかける。

「昭和初期まで、諏訪は生糸で随分栄えていた町なんですよ。元々は、この離れはシルク王と呼ばれた片倉家の迎賓館として使われていた建物だったんです。ホテルの隣の洋館、『片倉館』も製糸業者の憩いの場、工場で働く工員さんたちが入浴するための大浴場だったんです」

妙子と向き合う座布団に腰を下ろし、和也は笑顔で言った。

「歴史のある町なんですね。……ところで、饗庭さんとうちの家には、一体どんな歴史があるんでしょうか？　祖父があんなことになってしまったものですから、その辺りもよくわからないままでご挨拶に伺ってしまって……」

「ああ、そうでしたわね。私ったら、天之助さんにお会い出来た嬉しさに舞い上がっちゃって……」

姿勢を正して和也に向き直り、妙子は深々と頭を下げた。「この度のお祖父さまのご不幸、心よりお悔やみ申し上げます。ご胸中お察ししますが、ご旅行中ばかりは、どうぞお心穏やかに……」

「ご丁寧に恐れ入ります。仰言って下さる通り、諏訪ではひと時諸事を忘れ、のんびり過ごすこ

とが出来ればと思っております。お世話をお掛けしますが、どうぞお力をお貸し下さい」

姿勢正しく挨拶を返す天之助の隣、弦二郎と惣右介も座卓の前に腰を下ろした。

和也は穏やかに繰り返す。

「……それで、饗庭さんとうちのご縁は、一体？」

「ああ、そうでしたわね――」

姿勢を戻し、湯冷ましから急須に湯を移しながら妙子は言った。

「なんでも、生糸業者としてそれなりに成功していた祖父が、シルクの景気で賑わっていたこの町に芳岡さんの一座を巡業にお招きしていたことがあったそうで……。そんな古いご縁で、今回は私なんかがお声を掛けて頂いて……。先祖の恩はありがたいものですわね」

「そうですか。でも、それはこちらにとってこそありがたいご縁です。上方歌舞伎が廃れかけて風前の灯と言われていた昔、巡業に招いて下さった皆さんの温かいご支援のおかげもあって、我々は滅びずに生き永らえることが出来たと祖父は常々話していました。幕切れはあんなことになってしまいましたが……そんな祖父の最後の舞台、お連れ様もご一緒にご堪能頂けましたでしょうか？」

答えに戸惑った様子で一瞬息を呑み、妙子は黙禱《もくとう》するように頭を下げて応えた。

「ええ、同行した友人共々、素晴らしい舞台を楽しませて頂きました」

「――？」

同行したのを娘ではなく友人と言う違和感に、三人は瞬時に視線を交わした。

今は何も言わないでおきましょう――とばかりに小さく首を左右に動かす惣右介に、和也は戸惑いながらも目で頷く。

頭を上げた妙子に惣右介は語りかけた。

「あの日、仁右衛門さんはお招きした饗庭さんにお会いすることが出来たんでしょうか？　饗庭さんは楽屋をお訪ね下さったんでしょうか？」

「いえいえ、私みたいな一般人がとんでもない……。ご招待頂いた理由もわからないまま、せめて客席からお芝居を拝見できればと思って出掛けただけですから……」

俯き加減で微笑む妙子に、和也は明朗な声を掛ける。

「そんなことないですよ。お招きしたお客さまが楽屋にお顔を見せて下さるのは役者にとってすごく嬉しいことなんです。またお招きさせて頂く折は、是非楽屋に遊びにいらして下さい」

ちらりと和也の顔を見て、妙子は無言で会釈する。

静かな空気が流れる中、惣右介が仕切り直すように会話を引き継いだ。

「実は今回、天之助は一家に縁のある土地を巡る番組の下調べのため諏訪に来ました。上方歌舞伎と諏訪の縁、諏訪の歴史、生糸産業のこと……是非饗庭さんから色々とお話をお聞かせ願えればと思うのですが……」

「いえ、私なんかがお話しできるようなことは、何も……」

控えめに頭を下げる妙子に、和也は座卓に身を乗り出して熱く語り掛ける。

「どうかお願いします。不遇の時代に温かく支えて下さった諏訪のこと、まだよくは知りません

が、なんとなく、まるで第二の故郷のように懐かしく感じてます……。昔の話を祖父から聞くことはできなくなってしまいましたが、うちの家とご縁のある饗庭さんからお話を聞くことが出来れば、私は本当に嬉しく思います」

「でも、芳岡さんとご縁があったのは祖父の代のことで、私は何も……」

控えめに微笑む妙子に、和也は尚真っ直ぐな眼差しを向けた。

「歌舞伎のこと、芳岡のことでなくて全然構わないんです。この諏訪について、どんなことでも、こうして古いご縁が繋がった饗庭さんから、是非お話を伺うこと出来れば――」

一切の動作を止め、妙子は和也の人なつっこい眼差しを正面から受け止めた。

しばらくしてふっと力を抜き、妙子は観念した様子で言った。

「……わかりました。大したお話はできないと思いますけど、今日は仕事が七時までですから、その後でもよろしければ」

「ありがとうございます！　どうぞよろしくお願いいたします！」

溌剌と言い、和也は深々頭を下げた。

二

「お待たせしました」

約束の時間、ロビーで待つ三人の前に私服に着替えた饗庭妙子が姿を現した。千鳥格子のツ

イード、かっちりしたシルエットのセット・アップ姿の妙子には、和服の時とはまた違った落ち着いた雰囲気が漂っている。

ソファーから立ち上がった天之助は礼儀正しく挨拶をする。

「お疲れのところ申し訳ありません。どうぞよろしくお願いします」

「いえいえ、こちらこそよろしくお願いします。……お食事はいかがでした？」

「ええ、とても美味しかったです。おかげさまで久しぶりにのんびりと楽しませて頂いてます」

「それは良かった」

にこやかに微笑む妙子に、弦二郎は脇から声を掛けた。

「随分きっちりした格好でご出勤なさってるんですね。シャネルですか？」

「そんなバカな――」妙子は笑った。「田舎ではあんまり服が売ってなくて、こんな古くさい服ぐらいしか着るものがないんです。……さて、どうしましょうか？　もしよければ、私がよく行く喫茶店にご案内しますけど」

「ありがとうございます、是非よろしくお願いします！」

妙子の車で案内されたのは上諏訪駅の近く、アンティークな雰囲気漂う小さな喫茶店だった。古い糸巻きを流用したオブジェやランプが飾り棚に並べられ、壁にはいくつもの柱時計がカチカチと振り子を振って個々の時間を刻んでいる。

妙子と弦二郎、和也と惣右介がそれぞれ並び、他に客のいない店内、四人はダークブラウンの

テーブルを挟んで腰を下ろした。

惣右介は興味津々に店内を見回した。

「とても素敵なお店ですね。近所にあったら是非通いたいぐらいです」

妙子は穏やかに微笑む。

惣右介は微笑を返して言った。

「あらためまして、僕は海神惣右介と申します。今は天之助さんの諸々のお手伝いをさせて頂いていて、諏訪についてのお話も、彼本人からだけでなく僕からも質問などさせて頂ければと思います」

肩書のない名前と連絡先だけの名刺を惣右介は差し出した。

妙子は名刺をまじまじと眺めた。

「そうですか。海神さん……珍しいお名前ですわね」

「よく言われます。でも、饗庭さんのお名前も随分珍しいですよね。諏訪のお名前なんですか？」

「諏訪の名前といえば諏訪の名前らしいですけど、そうではないといえばそうでないような……」

「というと？」

名刺に視線を落としながらしばらく思案し、妙子は笑って顔を上げた。

「親が昔色々と話してましたけど、もう、よく覚えていませんわ」

隣の惣右介に顔を向け、和也は言った。

「……たしか、『太平記』に出てくる源氏の名家のお名前なんですよね？」

言い終えた和也は得意げな笑顔を妙子に向ける。

しばらく黙って和也の顔を見つめ、妙子は微笑んだ。

「よくご存じですね。確かに、親はそんなことを言っていました。……でも今の世の中、源氏だとか名家だとか、そんなのはお芝居の中だけのお話。遠い昔の幻。なんの意味もないことです」

壁の古時計を見上げ、妙子はしみじみと言った。

しばし沈黙の時を過ごし、惣右介は時計の文字盤を見比べて呟く。

「ここの柱時計、すべて精工舎のものなんですね。さすが諏訪の町ですね」

「セイコウシャ？」

首を傾げる弦二郎に惣右介は答える。

「日本を代表する時計メーカーです。標高が高く、美しい水に恵まれた『日本のスイス』と言われるこの諏訪に工場があった諏訪精工。今のセイコー、セイコーエプソンの前身ですね」

「ああ、セイコーのことかいな！」

こくりと頷き、惣右介は妙子に顔を向けた。

「精密機器産業にこの土地が適しているのはなんとなく想像がつくんですが、製糸業が栄えていたことには、一体どういった理由があったんでしょうか？」

「さぁ……。私も詳しくは知りませんけど、この辺りに養蚕農家が多かったこと、工場で使う水

が豊富だったこと、天竜川の水車で動力をまかなえたこと……そんなことが理由だって聞いたことはあります。岡谷の図書館の郷土史コーナーに色んな資料が揃ってるみたいですから、ご興味があればお出掛けになってみてもいいんじゃないかしら？」

「そうですか、ありがとうございます――」惣右介は微笑む。

「饗庭さんのお祖父さまは製糸業で成功なさったというお話ですが、どんな事業をなさっていたんでしょう？」

「家のある岡谷の方で工場を経営していたそうです。……今では観光地の上諏訪の方が賑やかだけど、当時は下諏訪・岡谷の方が工場や関連会社、工員さんの生活や娯楽のための施設で賑わっていたそうです。シフト制で二十四時間操業していた工場の工員さんたちのため、夜市の明かりが一晩中湖面を照らしていたとか……。今じゃ想像もできませんけど」

肩をすくめ、妙子は笑った。

妙子につられるように和也も微笑む。

「その工員さんたちのための劇場に、上方歌舞伎の一座はお招き頂いていた訳ですね」

「そうみたいですね。……当時の工員さんたちは酷《ひど》い労働環境で大変だったたってよく言われるけど、町も賑わっていて、田舎にいながら歌舞伎やお芝居も観られて、もしかしたら今よりもずっと楽しくて幸せだったかもしれませんね」

しんみりと見つめ合う妙子と和也の隣、惣右介が静かに口を挟む。

「饗庭さんがお生まれになった頃には、そういった賑わいはもうなくなっていたんですか？」

「ええ、もうとっくの昔に」

「養蚕業の方はどうだったんでしょう？　生糸産業の衰退とともに、やっぱり一緒に廃れてしまったんでしょうか？」

「そうですね……。多分そうだと思います。うちの家は、なんだか執念のように蚕を飼い続けていましたけど」

「いつ頃まで続けていらしたんです？」

「母が亡くなる少し前、二十年前ぐらいまでじゃないかしら？」

「どうして続けていらしたんでしょう？」

続く惣右介の質問に、妙子はしばし考え込んで答えた。

「さぁ……。それはよくわかりません。けど、とにかく昔を懐かしんでばかりいるような親でしたから、自分たちが栄えていた頃の思い出を捨てられなかったんじゃないかしら。多分、きっとそうね」

自分の言葉に納得するように、妙子は一人頷いた。


時間をかけてドリップされたコーヒーの芳香を愉しみながら、弦二郎は和也と妙子の会話に耳を傾け続けていた。まるで本当に思い出の人と再会する旅番組の一場面のように、諏訪について、互いの仕事について、二人は心底楽しそうに会話を続けている。

諏訪の生糸の話に話題が戻った時、惣右介がふと言葉を挟んだ。

「……ところで饗庭さん、繭をそのまま食べる風習は、この信州にあるものでしょうか？」

「繭、ですか？」

不思議そうに言いながら、妙子はグラスの水に口を付ける。

「そう、蚕の繭です。繭を丸ごとそのまま食べるというんです」

「繭と言っても、中にはお蚕さんが入ってますから、それを丸ごとというのは、ちょっとあり得ないんじゃないかしら？　でも、どうして？」

妙子の疑問を中継するように、惣右介は和也に顔を向けた。

全員の視線を受け、和也は柔らかだった表情を徐々に硬くする。

しばしの沈黙を挟み、和也はゆっくりと口を開いた。

「実は昔、時々怖い夢を見ていたんです。炎の前に立った女の人が、私に繭を食べさせようとしてくるんです。その夢を見ると、なんだか胸が苦しくって、恐ろしくって……。以前、私は原因不明の発作で何度か倒れたことがあるんですが、もしかしたら、その思い出が何か原因に繋がっているんじゃないかって……」

和也は膝の上でぎゅっと両掌を結んだ。

テーブルに沈黙が続き、柱時計の振り子の音だけがしばらく店内に響き続ける。

妙子が静かに口を開いた。

「天之助さん、もしかして、その夢の中の女の人は木の棒のようなものを持っていなかった？」

「木の棒……ですか？」

「そう、木の棒」

コーヒーカップに視線を落とし、和也はしばらく考え込む。

「確かに、言われてみれば、繭と反対の手にそんなものを持っていたような気もします」

と突然、妙子は口に手を添えて「アハハハハ――」と大きな声で笑った。

しばし笑い続けた妙子は息を整え、涙を拭きながら言った。

「天之助さん、それは怖い思い出でも何でもないわ。それは『左義長《さぎちょう》』。それは繭じゃなくて、ただのお餅よ」

「おもち？」

首を傾げる和也に、平静に戻った妙子は説明する。

「……笑っちゃってごめんなさいね。『左義長』っていうのは小正月にお正月飾りを積み上げて燃やすお祭りのことなんだけど、その時、木の棒に刺した丸いお餅をその火で炙《あぶ》って食べるの。だから大丈夫、もう何も怖がらなくていいのよ」

昔話を聞かせてもらう子どものように、和也は黙って話に聞き入っている。

惣右介が口を開いた。

「いわゆる『どんど焼き』ですね。……しかし、彼はどうしてその餅を繭だと思い込んでいたんでしょう？」

「ああ、それは、諏訪ではそのお餅のことを『繭』って言うんです」

「じゃあ、それは諏訪の思い出ということなんでしょうか？」

妙子は少し考える。

「うーん……。そこまでは、私にはわからないです。どんど焼きはどこの地方でもやっているだろうし、お餅を『繭』って呼ぶ地域は諏訪の他にもあるかもしれないし……」

和也に向き直り、妙子は優しく話を締めくくった。

「大したことは何もお話しできなかったけど、怖い思い出の謎を解くことが出来てよかったわ……。じゃあ、そろそろ失礼してもいいかしら？」

「はい、ありがとうございました」

素直に頷く和也の隣、惣右介が妙子に言葉を掛けた。

「あの、最後に一つだけよろしいでしょうか？」

「はい、何でしょう？」

「饗庭さんがご存知の方に、鶴子という名前の女性はいらっしゃいますか？」

「鶴子？」

その名を繰り返し、妙子はしばし沈黙する。

「……それは私の妹の名前ですけど、どうして？」

それまで和やかだったテーブルに緊張が走る。弦二郎は息を呑んで惣右介の続く言葉を待った。

惣右介は言った。

「歌舞伎座の事件の日、仁右衛門さんだけではなく一般のお客さんも客席で亡くなっていたこと

はご存知ですよね？」

何も応えず、妙子は惣右介の顔を凝視し続けている。

惣右介は続けた。

「その高森さんという人が書いた私小説の中に、以前歌舞伎座で出会った鶴子さんという名の女性についての記述が見つかったんです。それで、何かご存知ないかと思ったんですが……。そうですか、妹さんが鶴子さんでしたか」

黙ったままの妙子に、惣右介は続けて問うた。

「高森さんが歌舞伎座で出会った鶴子さんは、饗庭さんの妹さんの鶴子さんだったんでしょうか？」

「……妹は先代の天之助さんの大ファンでしたから、その可能性はあるかもしれませんわね」

「そうですか。……厚かましいお願いかとは思いますが、鶴子さんにご紹介頂くことはできませんか？」

口元に淋しげな笑みを浮かべ、妙子は俯いた。

「残念ですけど、そのお願いをお聞きすることは出来ません」

「どうしてでしょう？」

「妹はもうこの世にはいません。二十五年前、妹は死にました。……申し訳ないけど、このお話はここまでにして頂けますか？　ご旅行の楽しい思い出になるような話じゃありませんから」

伝票を手に取り、妙子は静かに席を立った。

重い空気が漂う短いドライブを経て、三人はホテルに戻った。

車寄せに並び、和也は運転席の妙子に頭を下げた。

「今日は本当にありがとうございました。その上、コーヒーまでご馳走になって……」

「いいえ、こちらこそありがとうございました。別世界の憧れの方とお話が出来て、田舎のおばさんにとって一生の思い出が出来ました。……けど、最後はおかしな空気にしてしまって申し訳ありませんでしたわね。悲しいことを思い出してしまいそうだったから、つい」

「いえ、こちらこそ立ち入ったことをお聞きしてしまって――」和也は必死に言葉を継いだ。

「あの、饗庭さん、もしよろしければ、明日お食事なんか、ご一緒できませんか？　今日のお礼に、今度は私にご馳走させて頂ければ……」

妙子は淋しげにふっと笑った。

「ありがとうございます。でも私は明日も仕事ですし、仕事中にお客様とご一緒にお食事をする訳にはいかないですから……。お気持ちだけ、ありがとうございます。……じゃあ、おやすみなさい」

運転席の窓を閉め、妙子の車はホテルの敷地から湖畔の道へと出ていった。

遠ざかるテールランプを見送りながら、和也は淋しげに囁いた。

「鶴子さんは亡くなっていたんですね。やっぱり、私は昔諏訪にいて、鶴子さんというのは

「……」

「……」

黙ってじっと前方を見つめ、しばらくして惣右介は言った。

「あなたが諏訪にいたのかどうかの確認に、明日、彩羽さんの到着前に岡谷の方へ出掛けてみましょう。……判断するのは、それからです」

惣右介がじっと見つめる視線の先、目の前の諏訪湖を弦二郎も眺めた。

真っ黒な夜の向こう、対岸の灯りが狐火のように湖面にぼんやり煌めいている。

三

翌朝。朝食を済ませ、三人は和也の車でホテルを出発した。

右手に煉瓦造りの洋館『片倉館』や立ち並ぶ湖岸のホテル群、左手に朝の諏訪湖を眺めながら進み、車は湖の北側、岡谷の市立図書館に到着した。

図書館の入口脇のガラスケースに展示された市民のクラフト作品——兎や鼠の小さな繭人形を並んで眺め、弦二郎はしみじみと言った。

「こうしてお人形《にんぎょ》さんにすれば可愛らしいのに、繭の中に毒を詰めるなんて……。よくもまぁ、物騒なことを考えついたもんやなぁ」

「繭の件もそうですが——」繭細工を見ながら、惣右介は呟く。「イチイの木の種、トリカブト

の根から毒を自家精製するというのも、まるで偏執的な死への憧憬を『死の繭』として結晶化するかのようで、なんとも怖ろしいデカダンスを感じさせますね」

「なんとも怖ろしいデカダンス――」

惣右介の言葉を神妙に繰り返し、弦二郎は言った。

「その意味はさっぱり分からへんけれど、さて、僕らは今から何を調べたらええんかいな？」

「諏訪と岡谷にあった劇場の位置、芳岡家と諏訪の接点などを調べたいと思います。手分けして資料を当たりましょう。和也さんはレファレンスで芳岡関連の資料を探して下さい。僕は郷土史コーナーで以前この地域に存在した劇場について探します」

「僕は何を調べたらええのかいな？」

「美術書のコーナーでデカダンスの意味でも調べてて下さい」

「えっ？」

「冗談ですよ。一緒に郷土史コーナーをお願いします」

ニコリと笑い、惣右介は先頭を切って図書館へと入っていった。


それぞれに検索した資料を持ち寄り、三人は窓際のミーティングテーブルに集合した。

古い二冊の冊子、諏訪市と岡谷市の市報を和也はテーブルの上に置いた。

「『芳岡』の名前で調べたところ、古いものでこの二冊が見つかりました。一冊は三十年前の諏訪市報、父たちが諏訪市民会館で久々の巡業を行ったという情報。そしてもう一冊は五十七年前

の岡谷市報、岡谷の芝居小屋の閉館公演に祖父が巡業するという情報です」

和也は古い方の冊子をテーブルの上に開く。弦二郎と惣右介は頭を寄せて覗き込む。

「『天之助、思い出の劇場に別れの巡業』……ああ、仁右衛門さんがまだ天之助やった頃の話か。

……若い頃の仁右衛門さん、これまたハンサムやなぁ」

開かれたページには「岡谷へと出発する天之助さんと鴈堂さん」と説明が書かれた白黒写真が掲載されている。自宅の前、背広姿で微笑む二人の青年。少し下がって二人を見送る妊娠中の菊乃夫人。当然の事ながら皆若い。

しばらく記事を黙読し、惣右介は文章を読み上げるように言った。

「……以前から定期的に巡業に訪れていた岡谷、奥庭座の閉幕興行に芳岡天之助一座が来訪――とありますね。もう一冊はどうでしょうか？」

惣右介に尋ねられ、和也は古い諏訪市報を開いて言う。

「こっちは父たちが公民館で巡業を行うという紹介が書かれているだけです。……演目は諏訪にゆかりの八重垣姫。本朝廿四孝。十種香《じゅっしゅこう》から奥庭狐火まで」

テーブルに広げられたそのページには、和也の言うように先代天之助の巡業がシンプルなニュース記事として書かれている。

「芳岡家が代々諏訪を訪れていたことは、やはり間違いないようですね」

惣右介は言い、引き続き手元に置いていた分厚い資料『岡谷の演劇・歌舞伎史』のページをめくり始めた。

「……ありました。岡谷地区劇場一覧」

惣右介が開いて見せたページには岡谷座、三沢座、都座、電影座、諏訪湖館、奥庭座と、以前諏訪湖のほとりに存在した劇場の名前と所在地が記されていた。

「この小さな町にこんなにも劇場があったんかいな！　これは、たしかに昔が羨《うらや》ましいなぁ……」

驚きぼやく弦二郎の隣、惣右介は一覧表の隣の本文を音読する。

「……これらの劇場のうち、主に歌舞伎が上演されていた劇場は三沢座、諏訪湖館、奥庭座。三沢座の柿落《こけらおと》しには、上方の人気役者、實川延若《じつかわえんじゃく》の一座が招かれた。同じく上方の芳岡一門は奥庭座を主に活躍の舞台とした。……やはり、芳岡家は奥庭座との縁が深かったようですね」

と、並んで劇場の所在地一覧を見ていた和也が「あっ」と小さな声を漏らした。

「どうしました？」

問われた和也は見比べるように惣右介と弦二郎の顔を眺める。

「……この奥庭座の住所、彩羽さんに教えてもらったご自宅の住所と同じ町名です」

惣右介は満足げに頷いた。

「劇場の住所をすべて回らないといけないかと思いましたが、上手くいけば一件だけで済むかもしれませんね。……まずは奥庭座跡に向かいましょう」

＊

湖の北西、浜松方面へと流れてゆく天竜川源流の橋を渡り、車は諏訪湖の西岸、山と湖に挟まれた斜面がちな住宅地へと進んだ。

湖畔の路肩に停めた車中、惣右介は窓の外、湖岸道路に接する公園を指さした。

「あの一角が、昔奥庭座があったという場所です。そして、その脇の坂を上った道の突き当たりが饗庭さんのお家のようです。……和也さん、この眺めに覚えはありますか？」

「……」

奥庭座跡の公園とその脇の坂道をしばらく黙って眺め、和也は静かに口を開いた。

「饗庭さんのお宅の前まで、行ってみてもいいでしょうか？」

「ええ、もちろん」

運転席を降り、和也は目の前の坂道を黙って進んだ。惣右介と弦二郎はその数歩後ろに続く。

坂道の上、高めの黒塀と木戸門に囲まれた饗庭邸の門前に立ち止まり、和也は振り返って眼下の湖を眺めた。

「……」

惣右介たちは静かに和也を見守る。

しばらくして、和也は上って来た坂道をゆっくりと下り始める。斜面に促されるように徐々にスピードを速め、和也はそのまま奥庭座跡の公園に駆け込んだ。

公園の真ん中で足を止め、和也は膝に両手を当てて俯いた。しばらくして身を起こし、和也は

悲痛な笑顔を浮かべて振り返った。

「惣右介さん、弦二郎さん……人間というのは不思議なものですね。きれいさっぱり忘れていた記憶を、今更はっきりと思い出してしまうんですから……。ここにあった小さな劇場、いつも一緒にいた女性の顔を、今、私は完全に思い出しました。私が昔いたのはこの場所に間違いありません」

一歩前に進み、惣右介は静かに尋ねた。

「いつも一緒にいた女性というのは、夢の中と同じ女性ですね？」

和也は黙って頷く。

「ちなみに、それはあの人……饗庭妙子さんに似た顔でしたか？」

「……いいえ。多分、あの人ではないと思います」


惣右介に誘われ、和也は公園のベンチに惣右介と並んで腰を下ろした。

弦二郎はベンチの脇に立って二人の様子を見守っている。

公園の果て、きらきらと輝く湖面を眺めながら惣右介は静かに口を開いた。

「和也さん、あなたの発作の理由についての推論を、もうお話ししてもいいだろうと思います。……今、お話ししても構いませんか？」

「はい。お願いします」

重々しく応えた和也の隣、惣右介は声低く語り始めた。

「幼い頃のあなたは、蚕と繭、そして孵化した蛾の関係を、恐らく体験的に知っていたのではないかと考えられます」

「蚕と繭と、蛾、ですか？」

「ええ――」惣右介は頷いて続ける。

「諏訪で『左義長』の餅を『繭』と呼ぶとしても、それが蚕という虫が作るものだと知らなければ、幼い子どもが繭に恐怖を感じることはないと思います。そして恐らく、あなたは繭から孵化する蚕蛾も見たことがあり、その変態する虫への幼い頃の恐怖心が、潜在的にあなたの精神を苦しめていたのではないか――そう僕は考えています」

「それは……一体どういうことなんでしょう？」

困惑の表情で和也は惣右介を見つめる。

「和也さん、あなたは絹糸を取るための蚕――家蚕《かさん》というものがどんな虫かご存知ですか？」

「芋虫みたいな見た目は知っていますが、それ以外のことは、何も……」

小さく頷き、惣右介は語る。

「家蚕というのは人間が交配させて作った、絹糸を吐くためだけに『生み出された』人工の命なんです。繭を破る前、繭を茹でて糸を取るため家蚕は孵化することなく死んでしまう。たとえ繭から孵化しても、口や羽が退化しているため、ものを食べることも、飛ぶことも出来ない……。その、ほとんど生きる力を持たない蛾の成虫は、羽も体も、絹糸と同じく白い色をしているんです――」

「……」

「播磨屋さんの『揚羽蝶』のような横から描いた蝶の図象と違って、あなたのお家の紋『芳岡胡蝶』は羽を開げた蝶が左右対称に描かれた紋章です。大抵、蝶は羽を休める時は羽を閉じるものです。しかし蛾というのは羽を休める時、羽を広げるのが常です。あの紋は『胡蝶』という知識がなければ、視覚的に『蛾』と認識されてもおかしくはない――」

惣右介は続けた。

「黒地に『芳岡胡蝶』が白く染め抜かれたあなたのお家の暖簾、それが、芝居の楽屋に行く度、幼いあなたにショックを与えていた。そして、花形公演の通し稽古であなたにショックを与えたものもまた、蛾に似た図象だった……」

和也は困惑の表情を浮かべる。

「けど、『俊寛』の舞台の上に、うちの紋は出てきません……」

「上使の船から、最初に降りてくる平家の侍は誰ですか?」

「瀬尾《せのお》太郎《たろう》です。……あっ!」

和也は湖を見つめて呟いた。

「瀬尾の長素襖《ながすおう》の袖……左右対称の、蝶の紋だ……」

惣右介は静かに頷いた。

「あなたは成長するにつれ、ご自分の家の紋に関しては抵抗力――心療医学の世界でこんな言葉を使うのかどうかはわかりませんが、つまり、そのような慣れを体得していった。しかし、瀬尾

の袖に描かれた大きな蝶の図象は、これまた一風変わった独特な形をしています。その大きな蛾に似た紋が、目の前で瀬尾の動きに合わせてゆらゆら揺れる。大舞台の緊張と、心の底の恐怖の記憶が相乗効果となって、あなたは再び発作を起こしてしまった。……おそらく、そういうことだったのではないでしょうか」

説明を終えた惣右介の顔を、和也はまじまじと見つめた。

「惣右介さん、やっぱり、あなたは凄い人だ……」

胸のつかえが取れたかのように大きなため息を吐く和也に、惣右介は説くように語り掛ける。

「もちろん、僕は専門家でも何でもありません。あなたのお話を分析的に考えて、一つの仮説を立てたまでです。それに、これは発作の原因に関する仮説でしかない……。幼い頃のあなたと蚕、そして鶴子さんとの関わりを、どうにかして探らなければなりません」

「私は、一体どうすれば……？」

「饗庭妙子さんは心を開いてくれているようでいて、明らかに何かを隠しています。ここは、午後に合流する彩羽さんから情報を得るしかないでしょう」

「饗庭妙子さんは――」息を呑み、和也は続けた。

「歌舞伎座での事件に、何か関わっているんでしょうか？」

惣右介はしばらく黙った。そして静かに首を横に振った。

「妙子さんは楽屋側に入っていません。仁右衛門さんの事件には関係ないでしょう。高森さんの件に関しても、真上の桟敷に座っていたあの人は高森さんの存在に気付きようもなかったはずで

す。……事件が起きた『なぜ』に関わる過去の何かを知っていても、きっと、今回の事件への直接の関わりはないはずです」

「良かった……」

惣右介の答えに安心したように、和也はほっとため息を洩らした。

惣右介は脇に立つ弦二郎の顔を見上げた。

「一旦食事でもしながら、これからの動きについて考えましょう」

「せやな。このまま上諏訪に戻る感じかな？」

「いえ、ここに着く少し手前、天竜川の橋の近くに古いそば屋が一軒ありました。とりあえず、近場のそこに行ってみましょう」

＊

古びた木造二階建て、『天竜庵』と染め抜かれた色褪せた暖簾を三人はくぐった。

広めの店内には無人のテーブルが五、六台並び、客は無論、店員の姿も見えない。ただ配膳口の小さなカウンターの向こうにうっすらと見える湯気だけが、店内に流れる時間を感じさせている。

惣右介の隣、和也は不安そうに囁いた。

「私は巡業先でそばを食べるのが好きなんですけど、昼時にこれじゃ……多分、ここは」

「いやいや、案外。……すいませーん」

「はーい」

少し高めの女性の声が店の奥に響いた。数秒後、ふくよかな割烹着の中年女性が店奥の暖簾の向こうに姿を見せた。

弦二郎たちの顔を見て、女性は意外そうに言った。

「まぁ、お客さんですか！　ようこそいらっしゃい。どうぞどうぞ、こちらの席に。……三名様、二番テーブルにごあんなーい」

他に人のいない店内で、女性は元気な声を張り上げた。


配膳口の向こうに注文を伝え、そのまま店奥で所在なさげに立つ女性に惣右介は顔を向ける。

「あのー」

「はい、何でしょうか？」

「このお店は、随分古くから営業なさっているんでしょうか？」

「ええ、曾祖父の代、明治の頃から、ここでやってるそうです」

「ああ、こちらのお嬢さんでしたか……。じゃあ、ここから少し先にあった『奥庭座』という劇場を覚えていらっしゃいますか？」

「奥庭座？　ああ、あの元劇場だった古い建物ね。随分前に取り壊されましたけど、それが、何か？」

「こちらの彼が、小さい頃にその劇場を見た記憶があるって言うんです。何年前くらいまで、その建物は残っていたんでしょうか？」

「さぁ……どうかしら。……ちょっと待って下さいね」

暖簾の端をひょいと持ち上げ、娘は中の調理場に顔を向けた。

「お父さん、饗庭さんとこの劇場、何年前くらいに取り壊されたんだっけー？」

しばらくして、調理場からぶっきらぼうな老人の声が響く。

「二十年前だよ」

客の方に顔を向け、娘はにっこり微笑む。

「——ですって」

「あの……今、『饗庭さんとこの劇場』っておっしゃいましたね？」

「ええ、そうですよ」

「饗庭さんというのは、あの坂を上がったところにお家のある饗庭さんのことですか？」

「ええ」

「つまり、奥庭座というのは饗庭家の持ち物だったと？」

「持ち物……って訳でもなかったみたいですけど、製糸工場がお金を出し合って劇場をつくる時、饗庭さんが土地を提供してあそこに建てたって話を聞いたことがありますねぇ」

「奥庭座ではいつごろまでお芝居をやっていたか、覚えていらっしゃいますか？」

「あそこでお芝居は……。どうだったかしら？」

娘は再び暖簾の端を持ち上げる。

「――ねぇ、お父さん、いつ頃まであそこでお芝居をやってたか覚えてる？」

「うるさい！　今、仕上げのとじなんだ、黙ってろ！」

奥から返ってきた怒声に娘と三人は顔を見合わせた。娘は申し訳なさそうな微笑を浮かべた。

「ごめんなさいね。『玉子とじはそば職人の一番の腕の見せ所』って、父はいつもその時だけは気合いを入れるんですよ」

「――玉子とじ、天せいろ、天そば上がりー」

奥から大きな声が聞こえ、配膳口のカウンターにせいろと器がドンと置かれた。

そして三人の前に運ばれたそば。

湯気の下、ふっくらと盛り上がった玉子とじを惣右介は眺める。和也と弦二郎はそれぞれ天ぷらを観察する。割り箸でそばを持ち上げ、三人は温冷それぞれのそばを恐る恐るすすった。

「うまい……」

三人が声を上げたその時、配膳口の小窓から板前姿の老人が機嫌良さげな表情を覗かせた。

「だろ？　……五十七年前だよ」

二口目をすすり終え、惣右介は配膳口に顔を向けた。

「何がです？」

「何って……お兄さんたち、奥庭座でいつまで芝居をやってたか知りたかったんだろ？」

「ああ！　そうなんです。……ご主人、よくご存知なんですね」

「ご存知も何も、その最後の公演の一幕、子ども歌舞伎に俺は出てたからね」

驚いた表情の三人を余所に、娘は呆れ顔で父親を見る。

「またその長話を始める気？　人をつかまえてはそんな話ばっかりするもんだから、お客さんが逃げちゃうのよ」

「何を！　今日はお客さんが知りたがってるから、こうしてわざわざ話してるんじゃないか。……なぁ、お兄さんたち」

「はい！　是非聞かせて下さい」

不服げな娘を無視して、主人は続けた。

「あの時俺はまだ十二で、若衆の中では一番年下だったけど、端役じゃなくて名付きの役を割り当てられたんだ。凄いだろ？」

「……ほんとかねぇ」娘はぽつりと呟く。

主人は配膳口からにゅっと首を突き出して娘をにらむ。

「ほんとだよ！　浪士・竹森《たけもり》喜《き》多《た》八《はち》って役で、ちゃんと台詞もあったんだ」

エヘンと咳払いして、主人は歌舞伎風の口ぶりで言う。

「『三千年の、優曇華《うどんげ》の』……ってな」

娘は呆れたような薄笑いを弦二郎たちに向けた。

「いっつもこの話ばっかり……。三千年だか四千年だか知らないけど、そば屋がうどん、うどんって……。いい加減にして欲しいもんですよ……」

「バカ！　優曇華ってのは蕎麦や饂飩のうどんのことじゃないんだよ」

「じゃあ何なのよ？　三千年のうどんがどうのこうのって――そんなバカな台詞があるもんですか」

「これは渡り台詞って言ってな、何人かで続けて言うと意味が通るんだよ。……あーやだね、教養のない娘は」

親子の遣り取りをぽかんと見ていた惣右介と和也は顔を見合わせ、悪戯っぽい笑顔を浮かべた。

まず和也、次に惣右介が『十一段目』討入を終えた浪士たちの晴れやかな渡り台詞を口にした。

「今日はいかなる吉日にて」

「浮木《ふぼく》に会える盲亀《もうき》はこれ」

驚いた顔で、主人は慌てて台詞を続ける。

「三千年の、優曇華の」

和也と惣右介の視線を受け、弦二郎も続く渡り台詞を懸命に思い出す。

「えーっと……花を見たりや？」

正解――とばかりに和也は頷き、そして、店内の四人が声を揃えて締める。

「嬉しやなぁ」

娘は目を丸くして驚いている。

配膳口の老人は惣右介たちに満面の笑みを向けた。

「お兄さんたち、インテリだねぇ。帝大生かい？　……まぁ、まずは食べてくれよ。話の続きはそれからだ」

食事を終えた惣右介たちの隣のテーブルに座り、天竜庵の主人はしみじみと言った。

「……あれは五十七年前、奇しくも東京の歌舞伎座が落成したのと同じ年、この田舎の劇場は芝居の幕を下ろしたんだな」

惣右介は尋ねた。

「どうして、幕を下ろしたんですか？」

「市街の方の劇場、大きいホールや文化会館には、それからもたまに芝居は来てたよ。けど、その頃にはもう、幾つもの劇場を抱えるくらいの力を、生糸の町はなくしてた……ただそれだけのことさ」

娘が出した湯呑に口をつけ、主人はしみじみと続けた。

「俺の生まれる前の世界恐慌とナイロンの発明を境に、糸の値段も、岡谷の賑わいも、右肩下がりに下がっていった。その最後の灯が消えたのが、だいたい奥庭座の終わりの頃だったんだろうなぁ……」

「その最後の舞台に、ご主人は出られたんですね？」

主人はばつの悪そうな顔で湯呑をテーブルに置き、奥の娘を気にしながら三人に顔を近づけて答えた。

「……いや、役は決まって稽古もしてたんだけどさ、若衆のチャンバラを見せる仮名手本忠臣蔵十一段目『高家討入の場』――その演目だけ、番組から外されちゃったんだよ」

「どうしてですか？」

「饗庭の姫様が、うちの敷地で『忠臣蔵』なんかやってくれるなって、すごい剣幕で横槍を入れたのさ」

「饗庭の姫様？」

「饗庭の姫様――ってのは今あの家にいるお嬢さんの母親のことさ。俺より七つほど年上だったんだけど、そりゃ、子ども心にもゾッとするほどの別嬪《べっぴん》でね。なんせ、向こう岸の上諏訪の財閥の御曹司たちや避暑に来る金持ち、有名人が、あの人を一目見ようって通い詰めて、芝居が来なくなってからもあの人の踊りの会の会場のために奥庭座は取り壊さずに残されてたって訳なのさ」

「踊り、ですか？」

「そう、踊り。あの人は美人なだけじゃなくて踊りも抜群に上手かった。特に『狐火の段』の八重垣姫なんかは、目の前が舞台の諏訪湖ってだけに、もう、鬼気迫る妖気が漂うのなんのって。客席にいる連中は息をするのも忘れて見入ってたもんさ」

主人は兜を持ったつもりで右手を高く掲げ、首を揺らしながら八重垣姫の浄瑠璃を口にした。

「『翅《つばさ》が欲しい。羽が欲しい。飛んで行きたい、知らせたい』――ってね」

「けど、どうして、『忠臣蔵』を演ってくれるなと饗庭の姫様は言ったんでしょう？」

八重垣姫の姿態《しな》を止め、主人は声低く応えた。

「あの人は信じてたのさ。饗庭家の先祖は昔この諏訪に流されてきた、さる高貴な血筋の秘密の御落胤《ごらくいん》……だから由緒ある源氏の名家の名を名乗ることを許された――そんな自分の家の言い伝えをね。あんたたちならわかるだろ？　元禄時代諏訪に流されてきた、源氏の名家、足利直系最後の殿様……」

しばらく黙って、三人は天竜庵主人の顔を見つめ続けた。

吉良義周――思いがけない『忠臣蔵』との因縁に、弦二郎は呆然として言葉を失う。

和也はぽつりと呟いた。

「本当なんでしょうか？」

主人は腕を組んで静かに応える。

「さぁ、そればっかりは、何ともなぁ……。けど、そう信じてたあの人の気持ちも解らなくもないんだよな。時代の流れで生糸の町がどんどん寂れ、栄えていた家運も傾いてゆく中、自分の血筋の伝説にすがって、あの人は異常なほど高かったプライドを保ち続けてたんだと思うんだよ、きっと」

「異常なほど高かったプライド？」

「あの人は饗庭家の一人娘だったんだけどさ、自分に流れる源氏の嫡流の血を、なるべく純粋な形で守り伝えられる方法はないものか、それに応えられる男じゃなきゃ婿には取らない――って、山のように押し掛ける名士、金持ちの求婚者を片っ端から袖にしてたんだわ」

何かを思い出すようにフッと笑い、主人は続けた。

「美智子さまが皇太子殿下に見初められた時なんか、そりゃ、地団駄踏んで悔しがって『同じ信州、殿下は何で諏訪じゃなくて軽井沢なんかに行ったんだ！』って、異常なほど取り乱して騒いでたって、随分噂になったもんさ」

「しかし、結局はどなたかとご結婚されて、お嬢さんをお産みになっているんですよね？」

「ああ――」主人は頷く。

「美智子さまのご成婚から二、三年して、ごく普通の男を婿養子にしたもんだから、周りの連中は首を傾げたもんだよ。その頃にはもう、人が変わったように血筋の事で騒がなくなってたね……」

「そのご夫婦は、今はどうしていらっしゃるんでしょう？」

「美人薄命――って言っても、そんなに早くって訳じゃない、二十年ほど前に五十代で亡くなったよ。婿養子のご主人の方は十年前くらいだったかなぁ」

「ご病気か何かで？」

「ああ、どっちともそうだよ」

しばらくの沈黙を挟み、惣右介は主人に尋ねた。

「……その二十年ほど前、あちらのお家《うち》に今のご一家の他、鶴子さんという女性と小さな男の子がいましたよね？」

「ああ、確かにいたね。……けど、あの男の子、どこに行っちゃったんだろうなぁ。あの後」

「あの後？」

惣右介の言葉に一瞬「あ――」と口をつぐみ、主人は三人のテーブルに顔を近づけて言った。

「その男の子ってのは、その鶴子って娘が一人で育ててたんだけどさ、その娘が死んじゃって、その日からふいと姿を消しちゃったんだわ」

呆然と話を聞く和也の隣、惣右介は噛みしめるように主人に問うた。

「どういった経緯で、その鶴子さんは亡くなったんでしょう？」

今までとは違う種類の話に、主人はためらいがちに口を開く。

「……いや、俺も詳しくは知らないんだけどね。何でも、東京でこしらえた内緒の子をこっちに帰って育ててたんだけど、その子を手放さなきゃならないことになって世を儚んで自殺した……そんな噂が流れてたな」

遠く昔を思い出すように、主人は宙を見つめた。

「思えば可哀想な娘さんだったなぁ……。元々気の弱い儚げなお嬢さんだったのが、進学してた東京から帰って来てからは、もう、気が触れたみたいになっちまって、養蚕してた繭から糸を取らずに孵化させて、白い蛾に囲まれて暮らしてたらしいんだな。すぐ死んじゃうのにな。近所からは『饗庭の姫様の娘は虫愛ずる姫様だ』なんて言われちゃってさ。男の子を育てるようになってからは少しは落ち着いてたみたいなんだけどな……。多分、あの子が心の支えだったんだろうなぁ」

蒼褪めた顔。和也は静かに目を閉じた。

しばらくためらって後、惣右介は身を乗り出して言った。

「そのお嬢さんは、どんな風にお亡くなりになったんでしょう?」

「ん……。詳しくは知らないけど、たしか服毒自殺とかいう話だったな」

「そのお嬢さんが亡くなったのはいつのことだか、覚えていらっしゃいますか?」

惣右介の顔を見て、主人はあっさり答える。

「覚えちゃいないけど、そんなの、お兄さんのスマホで調べりゃ一発でわかるだろうよ」

「……いや、さすがに地方の古い事件のことまでは」

口ごもる惣右介に、主人はさらりと言った。

「あんたたちは知らないかもしれないけど、古い映画スターで佐野川千之進ってのがいたんだけどさ、その佐野川が山梨で自動車事故で死んだのと同じ年、同じ日だったから、それを調べりゃ一発でわかるはずだよ」

佐野川啓一の父——佐野川千之進の思わぬ登場に、三人は驚きの表情を見合わせた。

五段目

狐火の段

一

湖周を時計と逆回りに、天竜庵を出発した和也の車は上諏訪を目指した。

明るく輝く湖面とは対蹠的に、和也は陰鬱な表情でハンドルを握っている。

「もしかすると、鶴子さんと千之進の叔父さんが、私の実の両親なんでしょうか……」

暗く呟く和也に、後部座席の弦二郎は掛ける言葉もなく黙った。助手席の惣右介もしばらく黙り続けている。

長い沈黙を挟み、惣右介は小さく呟いた。

「あなたは父上、先代天之助さんに瓜二つ。そんなことはないと思うのですが……」

「けど、叔父さんと父は従兄弟同士の親戚です。同じ血が流れているから、たまたま似てしまうってことも……」

「さすがに、そういった遺伝の問題は僕にはさっぱりわかりません。それよりも、千之進さんの

自動車事故というのは、確か単身の自損事故でしたよね？」

「はい。映画の撮影で山梨に入っていた叔父さんは国道二十号の下り車線を走行中、誤って橋の欄干に車を衝突させて亡くなりました。どうして東京とは逆方面に車を走らせていたのか、結局理由は分からずじまいだったと聞いています」

湖岸に沿ってハンドルを切りながら、和也は言った。「……鶴子さんと叔父さんの間には、一体どんな関係があったんでしょうか？」

「……」

しばらく黙って、惣右介は応えた。

「今のところ、まだそこまでは解りません。今解っていること――それは、饗庭の家で育てられていた男の子があなただと考えて、まず間違いないであろうということ。そして、その誕生の前段階に何らかの複雑な事情があり、それが今回、お祖父さまの件と高森さんの件を『死の繭』で結び付けるに至ったということ――。予断は禁物ですが、その方向で考えを進めて、まず間違いはないでしょう」

「鶴子さんは、やっぱり私の母親なんでしょうか……」

独り言のように呟く和也に、惣右介も静かに呟きを返す。

「和也さん、焦ってはいけません……。なんとかして彩羽さんに鶴子さんの写真を見せてもらって、あなたが思い出した夢の中の女性が鶴子さんなのかどうかを確認しましょう。ひとまずそこが、今日の着地目標です」

「はい……わかりました」

和也は頷き、彩羽を乗せた特急が到着する上諏訪駅の方向にハンドルを切った。


「こんにちはー！」

薄桃色のコートの袖を振りながら、彩羽は上諏訪駅前のロータリーに停めた車に駆け寄った。車から出た和也は今日一番の笑顔を彩羽に向ける。

助手席を彩羽に譲るため後部座席に移動していた惣右介と弦二郎も、それぞれに車外に出て彩羽を出迎えた。

「こんにちは、先日はありがとうございました。——よくこの車だって判りましたね」

「フロントガラス越しにオーラが漂ってましたから……。田舎で天之助さんに出迎えてもらえるなんて、こんなに幸せな帰省、私、初めてですよ」

恥ずかしそうに頭を下げる彩羽に、和也も照れるように俯く。

「まぁ、立ち話もなんですから、どうぞ、車に——」


「諏訪はいかがですか？　もう色々と廻りました？」

とりあえずロータリーから発進した車内、ルームミラー越しに彩羽と視線が合った弦二郎は不器用に微笑んだ。

「いや、まだそんなには……。高島城とホテルの温泉、諏訪湖を車で一周したぐらいで……」

「あ、でも――」運転席の和也が楽しそうに会話に加わる。

「昨日、お仕事後のお母さまに喫茶店でコーヒーをご馳走になりましたよ。そして今日は天竜庵ってお店でそばを食べました」

「天竜庵？　岡谷の？」

「はい」

素直に応える和也に、彩羽は驚いたように顔を向けた。

「随分マニアックな所に行きましたねー。……美味しかったでしょ？」

後部座席に顔を向けた彩羽に、弦二郎は大きく頷いて見せる。

彩羽は笑った。

「つまり、超マニアックな穴場でおそばは食べたけど、諏訪に来たにもかかわらず、まだ諏訪大社にお参りもしていないってことですね。せっかくなら、せめて下社の秋宮ぐらいは行っておいた方がいいと思いますよ」

「しもしゃのあきみや？」

首を傾げ、和也は助手席に顔を向けた。その眼差しをもろに受け、彩羽はそれまでの余裕を失いしどろもどろに説明する。

「す、諏訪大社には上諏訪側の上社の前宮《まえみや》と本宮《ほんみや》、下諏訪側の下社の春宮と秋宮の四つの神社があるんですよ。一応、上社の前宮からスタートして下社の秋宮まで回るのがいいって言われてるんですけど……全部回ってみます？」

和也は後部座席の惣右介に顔を向けた。

少し考え、惣右介は言った。

「できれば全社に詣でたいところですが、今日はまず、彩羽さんお勧めの下社の秋宮に行ってみることにしませんか?」

「……ということでどうでしょう? ご案内お願いできますか?」

「ええ、喜んで!」彩羽は明るく頷いた。


再び下諏訪方面へと進んだ車は湖岸から少し離れた山裾、諏訪大社下社の秋宮に到着した。

広々とした境内、冬の寒さだけではないピリリと張りつめた空気が漂う木々の間、四人は拝殿への緩やかな石段を上る。

微かに白い息を吐いて歩きながら、彩羽は隣を歩く和也に言った。

「御神渡《おみわた》りは、ご存じですよね?」

「凍った諏訪湖に亀裂が走る……あれですね?」

「亀裂って言うとヒビが入っただけみたいにイメージされるかもしれませんけど、鏡みたいに凍った湖の上に、盛り上がった氷の塊が一直線に続いていて、実際に見るとすごく神秘的な景色なんですよ。……その御神渡りっていうのは、上社に祀られている男の神様が、下社の女の神様に会い行くために通った足跡だっていうお話もあるんです。何だかロマンチックですよね」

「綺麗な湖に相応しい神話ですね。諏訪大社はなんていう神様をお祀りしているんですか?」

「上社が建御名方神、八坂刀売神《やさかとめのかみ》。下社がその二柱と、八重事代主神《やえことしろぬしのかみ》です」

「詳しいですね」

「地元ですから。小学校で教わったんですよ。……あと、下社では秋宮と春宮、それぞれ木がご神体として祀られているんです」

「へー。それぞれ、どんな木がご神体なんです？」

「春宮は杉の木、そして、今からお参りする秋宮はイチイの木です」

「イチイの木……ですか」

その木の名前に和也は笑顔を失い、並んで歩く惣右介と弦二郎に視線を送った。前屈みに石段を上る彩羽は、頭上で男たちの視線が交錯していることに気付いていない。

話題を変えるように、惣右介は階段の先に見える神楽殿の巨大な注連縄を眺めて呟く。

「八重事代主神、八重垣姫……諏訪は『八重』という言葉に色々縁があるんですね」

「あ――」と言って歩みを止め、彩羽は惣右介の顔を見上げた。

「ほんとですね。言われるまで全然気付きませんでした。……実は、うちのお祖母ちゃんの名前も八重なんですよ。神様やお姫さまと同じだなんて、強いネーミングだなぁー」

「八重さん……。お祖母様のお名前は饗庭八重さんとおっしゃるんですね……」

惣右介は噛みしめるように繰り返した。

和也は穏やかな微笑を彩羽に向ける。

「けど、彩羽さんのお名前も、随分珍しくて素敵なお名前ですよね」

照れたように俯いて石段を上り切り、彩羽はくるりと三人に体を向けた。

「私の名前は、私の叔母さんが考えてくれた名前なんです」

「叔母さん？」

「ええ。若くして亡くなっちゃったらしいんですけど、もしいつか女の子が生まれたら、蛾と違って蝶々のように彩《いろ》のある羽――彩羽って名付けたいって、ずっと言ってたんだそうです。そんな蝶々のイメージと、諏訪湖のお話、八重垣姫の台詞のイメージを重ね合わせて考えてくれたんですって」

正面に向き直り、目の前、大きな注連縄の吊り下がる神楽殿の前まで彩羽は進んだ。そしてくるりと振り返り、『狐火の段』八重垣姫の浄瑠璃を詩を誦むように口ずさんだ。

「――翅が欲しい。羽が欲しい。飛んで行きたい、知らせたい」

冷たい空気の中、凜とした彩羽の声が軽やかに響いた。


神楽殿の脇を抜けて、四人は幣拝殿の前まで進んだ。

幣拝殿の階《きざはし》の向こうには四方を塀で囲まれた神域があり、神域内の遥か先、神殿の背後に御神体らしきイチイの木の一部が見えている。

先に参拝を済ませてその場を去っていく和也と彩羽を見送り、弦二郎は惣右介に囁く。

「……いよいよ『死の繭』の核心に迫って来たみたいやけど、塀で囲まれたこの御神域、イチイの種を拾うのは、ちょっと難しいかもしれへんな」

惣右介は木の格子の隙間から御神域の中を眺める。

「そうですね。しかし、この地域にイチイの木が自生可能だということは分かりました。トリカブトも信州に自生していますから、『死の繭』の材料はここに揃ったと考えて、まず問題はないでしょう」

「これからどうするんや？」

「饗庭家にお邪魔して、鶴子さんの写真を拝見できれば……」

「ああ、天之助君と車中で打ち合わせてた作戦やな。うまくいくやろか？」

「きっと問題ないでしょう」

惣右介は言った。

まるでカップルのように楽しそうに歩く和也と彩羽の背中を眺め、弦二郎は少なからぬ後ろめたさを感じた。


「今夜は、上諏訪に出てお母さまと合流するんですか？」

境内の散策を終え、戻った駐車場で和也は彩羽に尋ねた。

「いえ、一旦家に帰っちゃうと上諏訪に出るのは大変なんで、家で母が帰ってくるのを待つことになると思います」

「もしよかったら、みんなで夕食でもご一緒にいかがですか？　一度お家まで車でお送りして、そのまま上諏訪まで乗せて行ってあげますよ」

「えっ？　いいんですか？」

彩羽は心底嬉しそうな声を上げる。

「もちろんですとも。けど、昨日お母さまを食事にお誘いして断られてしまったんで……」

頭を掻きながら、和也はいたずらを打ち明けるように微笑む。

「ちょっと強引だけど、お仕事終わりの時間にまちぶせて、もう一度お誘いしてみようと思います。……なので、我々が一緒なのは内緒にしておいて下さい」

「わかりました」

「じゃあ、まずは一旦お家までお送りしましょう」

「すいません、ありがとうございます」

彩羽は嬉しそうに頭を下げた。

＊

午前中に走ったのと同じ道を通り、和也の車は再び岡谷の饗庭邸に到着した。

「せっかくですから寄っていって下さい――」期待通りの彩羽の言葉に、三人は饗庭邸の門内へと入った。

高い黒塀に囲まれた敷地内には古めかしい平屋の母屋があり、少し離れて小さな小屋が建っている。そして、その母屋と小屋の間の奥庭、古びた注連縄が巻かれた一本の針葉樹――諏訪大社

で見たのと同じイチイの木がひっそりと立っていた。

「あの木……」

玄関前で立ち止まり、弦二郎は呆然と呟く。

惣右介と和也も立ち止まり、その木をじっと眺めた。

三人の様子に気付き、彩羽はにこやかに説明する。

「私が生まれる前からある、我が家の御神木のイチイの木です。冠位が一位の貴族の笏《しゃく》に使われた木だからイチイって言うそうで、諏訪大社のマネをして、お祖母ちゃんが注連縄を張って大事に拝んでいたらしいんです。最近根が腐り始めて、枯れるのはもう時間の問題なんだそうですけど……」

大社の神域を冒すまでもなく、人の命を奪う力を持つ神の木は、饗庭家の奥庭に鎮座していた——。

呆然とする弦二郎の隣、惣右介は小屋に目を向けて言った。

「あの小屋は？」

「今は納屋ですけど、昔は養蚕小屋だったそうです」

「そうですか」

惣右介は頷き、それをきっかけに彩羽は母屋の玄関を開けた。

玄関の板の間の向こうに続く畳の間、いかにも年代物の乳白色の電暈《でんがさ》が各部屋の天井に下がっ

ている。黒ずんだ柱の影は濃く暗く、障子の向こうにぼんやりと浮かぶ冬の光と見事な陰影を生み出している。

田舎の旧家然とした広い間取りを見渡し、惣右介は感嘆の声を上げた。

「素晴らしく時代を感じさせるお家ですね」

「何だか時間が止まってしまったみたいな家で、私はあんまり好きじゃないんですけどね。……どうぞ、そちらにお座りになって下さい」

奥の和室に通され、三人は黒檀のテーブルを囲んで座った。

「今お茶を用意しますから、ちょっと待ってて下さいね」

「いや、どうぞお気遣いなく……」

和也が言う隣、惣右介が彩羽に声を掛ける。

「彩羽さん、お茶よりも是非お願いしたいことがあるのですが――」

「はい？　なんでしょう？」

「東京でもお話ししたように、今回は芳岡家と諏訪の繋がりの調査のためにやってきたんですが、今のところめぼしい成果がありません。……聞くところによると、お祖母さまは踊りの上手な方だったそうですから、もしかしたら、諏訪に巡業していた芳岡の一座と何か交流があったかもしれません。饗庭さんのご一家の昔のアルバムだとか、写真だとか、そういったものを、もし拝見できれば嬉しいのですが……」

少し考え、彩羽は頷いた。

「多分、古いアルバムなんかはあると思います。ちょっと探してみますから、待ってて下さいね」

十数冊のアルバムを抱え、彩羽は座敷に戻って来た。

「お待たせしました。これがうちのアルバム全部です」

「拝見してもいいですか？」

「どうぞどうぞ」

惣右介は目礼し、和也、弦二郎とともにテーブルに置かれたアルバムに手を伸ばす。

「――私と母、父の家族写真がほとんどで、古い写真はあんまりないと思いますけど……。どうですか？」

三人は手にしたアルバムのページをめくり、それぞれに切り取られた時代を辿る。

鶴子の写真が目的であることを気取られないよう、弦二郎は一ページずつ丁寧にアルバムをめくった。和也は彩羽に気を遣うように写真の場所や時代を一々尋ね、二人並んでアルバムをのぞき込んでいる。

丁寧に、しかし速いペースで惣右介はページをめくり、次のアルバムへと手を伸ばす。

弦二郎も次のアルバムへと進む。前のアルバムでは高校生だった彩羽が小学生となり、写真の色味もなんとなくレトロな風合いへと変化する。

和也も次のアルバムに進み、彩羽と並んでページを開く。

とその時、和也が「あ――」と小さな声を上げた。

弦二郎と惣右介は黙る和也へ視線を向ける。

「……ああ、これが神社でお話しした、私の名前を考えてくれた私の叔母さん、鶴子叔母さんです」

「……とても、チャーミングな方ですね」

淡々と言いながら顔を上げ、和也は弦二郎たちに視線を向けた。

そのシリアスな眼差し、頷くように瞼を閉じる仕草――「記憶の女性に間違いない」和也は無言ではっきり表現していた。

「……このペースじゃ、なかなかお祖母ちゃんの時代の写真に辿り着かないですね」

和也たちのアイコンタクトに気付くことなく、彩羽は積まれたアルバムの一番下、小口が茶色く変色した時代物のアルバムに手を伸ばした。

「お祖母ちゃんが若い頃、踊りの写真は多分一番古いこのアルバム……」

テーブルの上に開いた古いアルバムのページをめくり、彩羽は「あったあった」と声を上げた。

和也の記憶の確認を終えた今、偽の調査に意味はない。弦二郎は申し訳程度に彩羽が開いたアルバムに視線を向けた。

突然、隣でアルバムに視線を向けた和也が大きな声を上げた。

「あっ！」

「あっ！」写真を見た惣右介も声を上げた。

二人の声に驚き、弦二郎は慌ててアルバムに顔を近づける。

かろうじて声を上げずに済んだものの、驚きのあまり、弦二郎も思わず両目を見開いた——。

そのページにはたった一枚、大判に焼かれたブロマイドのようなセピア色の写真が貼られていた。

狐の霊力を表す火焔宝珠《かえんほうじゅ》柄の着物姿。鬼の前立、白毛《びゃくもう》飾りが付いた諏訪法性の兜を右手で掲げた白塗りの姫君——それは『奥庭狐火の段』八重垣姫の扮装をした女性の堂々たる舞台写真だった。キッと口角の上がった表情、意思の籠ったその眼差しにはとてつもない存在感があり、時を超え、まるで弦二郎たちと直《じか》に視線を交わしているかのようだ——。

茫然と写真に見入る弦二郎たちの顔を不思議そうに見廻し、彩羽は無邪気な様子で言った。

「これが、うちの八重お祖母ちゃんです。……孫の私が言うのもなんですけど、ほんと、凄い迫力の美人ですよねー」

和也と惣右介、そして弦二郎は黙って顔を見合わせた。

和也と視線を交わしたまま、惣右介は囁くように言った。

「これは……舞台の上の、あなたの姿にそっくりだ……」

＊

驚きを隠しながらしばらく雑談し、四人は饗庭邸を出発して上諏訪へと向かった。様々な出来

事や発見があった一日は瞬く間に流れ、諏訪盆地を囲む山際は早くも黄昏の茜色から深い瑠璃色へと変化しようとしている。

　助手席から湖面を眺める彩羽に、斜め後ろの惣右介が声を掛けた。

「饗庭さんのおうちは、松本にも何かご縁はあるんですか？」

「松本ですか？」

　後部座席に顔を向け、彩羽は少し考えてから答えた。

「――婿養子に来たお祖父ちゃんの実家が松本で、親戚付き合いが少しはありますけど、どうしてですか？」

「いや……ここまで来たなら、芳岡と松本の縁も調べようかと思いましてね……。あと、話は変わるんですが――」

「はい、なんでしょう？」

「歌舞伎座においでになったあの日、彩羽さんとお母さまは休憩時間、どのようにお過ごしになられていました？」

「ああ、客席の動向調査ですね――」妙に納得したように彩羽は微笑む。

「休憩時間は二回あったんですよね。……たしか、最初の休憩は極端に短くて、他のお客さんたちもほとんど席を立っていなかったから、私たちも席を離れずに座ったままでした」

「お母さまも席を離れていない……それは間違いないことでしょうか？」

「ええ、間違いないです」

きっぱりと肯き、彩羽は続けた。

「……そして、次の長い休憩時間はお芝居が終わってすぐにお弁当を届けてもらったんで、そのまま席でお弁当を食べてました。だから、休憩時間はほとんど二階の桟敷に座っていて、場内の売店とかには全然行かなかったんです……。すいません」

「いえ、そんなことは構わないんですよ。お手洗いにも行かなかったんですか？」

「え？　お手洗いですか？　それは行きましたよ。お弁当を食べ終わったあと」

「お母さまも？」

「はい。……あ、でもそう言えば――」

何かを思い出したように、彩羽は顎に手を添えた。

「お手洗いに行く前、『一階の客席に知り合いを見つけたから』って言って、母は私より少し前にロビーに出て行きました」

「見つけたお知り合いについて、お母さまは何か仰言っていましたか？」

「いいえ、お互い席に戻ったのはお芝居が始まる直前だったし、終わったあとはそれどころじゃなかったし……」

後部座席に向けていた顔を元に戻し、彩羽はルームミラー越しに惣右介と向き合った。

「マネージャーさんも、あの日お芝居を観ていたんですか？」

「いいえ。あの日、僕は日本にいなかったもので……。こちらの弦二郎さんに預けたオペラグラスに代わりに舞台を観てもらっていました。……彩羽さんとお母さまはオペラグラスをお使いに

なっていましたか？」

彩羽は左右に首を振る。

「いいえ、私はあんまり。肉眼でも全然見える席だったし。……でも、母はよく使ってましたね。天之助さんが出る場面と意地悪なおじいさんが出る場面、その時は特に一生懸命オペラグラスを覗いてましたよ」

彩羽は隣の和也に微笑んだ。

ちらりと笑顔を見せ、和也は運転しながら言った。

「意地悪なおじいさん……高師直のことかな？」

「そうそう、そんな名前の人」

運転席と助手席には和やかな空気が流れている。

後部座席、惣右介は窓の外、暗い山際を静かに眺めている。

あの日の幕間、饗庭母娘の行動を急に確認し始めた惣右介には、一体どんな考えがあるのだろうか――沈思する惣右介の姿を、弦二郎はじっと見つめた。


車は諏訪ホテルへと戻った。

四人はロビーのソファーに座って妙子の退勤時間を待った。彩羽は和也たちのことについては触れず、ロビーで待っているとだけ母にメールを送っていた。

しばらくして、私服姿の妙子が廊下の奥に姿を現した。

彩羽はソファーから立ち上がって手を振り、母親も笑顔で近づいてくる。

しかし、隣の和也が立ち上がった時、妙子は不意にその場に立ち止まった。

しばらく無表情で立ち止まったままの母の元に、彩羽は小走りで駆けていく。その後ろから弦二郎たちも妙子に近づく。

「お母さん、お疲れさま。ただいま」

声を掛ける彩羽に、妙子は声を殺すように言った。

「おかえり。……この人たちとは？　ここで、偶然出くわしたの？」

「うふふ――」彩羽はいたずらっぽく微笑んだ。

「実はね、東京でも仲良くしてもらってるんだ」

娘の応えを聞き、妙子は顔色《がんしょく》を失って和也の顔をじっと見つめた。

しばらく呆然と立ち続け、そして、妙子は小さな声で呟いた。

「母の……呪いだわ……」

能面のような表情で凝視する妙子に、和也は申し訳なさそうに言った。

「あの……。黙っていてすいません。実は東京で彩羽さんともお会いしてたんですが、訪問をあまり大袈裟にしたくなくて内緒にしててもらったんです。よかったら、皆でお食事でもいかがでしょうか？」

表情の一切ない顔を和也に向け、妙子は冷たい声で言い放った。

「芳岡さん、お誘いは昨日お断りしましたよね？　相手の意思を無視して、黙って人の娘に近づ

いて、芸能人っていうのはそんなにもお偉いんですか？　とても不愉快です。彩羽、行きますよ！」

言うより早く彩羽の手首をつかみ、妙子は驚くほどの勢いで娘の腕を玄関の方へと引っ張った。彩羽は後ろを振り返り振り返り、しかし母の異常な力に抗うことができず、開いて閉じた自動ドアの向こうの夜の闇に呑まれてしまった。

あまりの出来事に茫然と立ち尽くし、三人はドアガラス越しの闇をしばらく無言で眺め続けた。

二

饗庭母娘と同行しようと和也が予約していた料理屋に向かい、三人は暗い食卓を囲んだ。

和也はショックを隠し切れない様子で俯き、惣右介は思考に没頭するように黙り、そして弦二郎は三人分の料理を減らすためとにかく箸を動かした。

どうして妙子はあれほど激しく怒ったのか？　妙子が小さく呟いた「母の呪い」とは一体何のことなのか？――今日得た様々な情報に加え、惣右介に聞きたいことが弦二郎にはいくつもあった。しかし、沈思黙考する幼なじみには気安い会話を受け付けない深刻な気配が漂っていた。

和也の落ち込みも相当なもので、半端な慰めや雑談は到底通用しそうもない様子である。ほとんど会話らしい会話もなく、三人はホテルへ戻った。

部屋に帰ってからも会話は少なく、布団が三組並べて敷かれた方の一間、和也は浴衣に着替えて壁際の布団に早々に潜り込んでしまった。惣右介は一人で考えたいことがあると言って風呂に行ってしまった。一人残った弦二郎は布団が敷かれていない方の部屋の座椅子に座り、買っておいた地酒をちびりちびりと呑みながら庭の夜景を眺め続けた。

しばらくして浴衣姿に濡れた髪の惣右介が部屋に戻った。

弦二郎の目の前の畳の上、惣右介は大の字に寝そべって濁った声を上げた。

「あー。ダメだ。どうしても解らない……」

黙って考え続けた反動のような大きな声の独り言に、弦二郎は労《ねぎら》いの思いを込めて応じる。

「君にでも解らへんことは、誰にもきっと大抵解ることやない。それはもう仕方ないことやで。後のことはあのベートーベンの刑事さんに任せて、さぁ、湯上がりの一杯でも呑んで……」

用意しておいたグラスに弦二郎は酒を注ぐ。

弦二郎をちらりと見遣り、惣右介は寝転んだまま首を左右に振った。

「いいえ、違うんです。大抵のことは解ったんです。複雑にして怪奇、この事件の動機と犯人に関しては……」

「えっ！」

弦二郎は驚き、グラスの脇に酒を注ぎこぼしてしまう。慌てて瓶を立て直し、弦二郎は惣右介に語り掛けた。

「ほな、事件は解決……刑事さんに答えを教えてあげたらええだけなんと違うんかいな？」

惣右介は寝転んだまま再び大きく首を振った。

「違うんです。複雑に絡み合った経糸《たていと》を解くことは出来たけれど、それを一つの織物として完成させるための最後の緯糸《よこいと》を、どうしても通すことが出来ないんです……。この仕上げが出来なければ、舞台の上と客席、それぞれの事件は同じ一つの事件としての像を結ぶことが出来ないんです……」

「……ということは、それぞれ別の事件やった……ということではあかんのかいな？」

「いや、そうじゃないんですよ。この二つの事件は、それぞれがそれぞれの原因、発端として、互いに反射し合うような構造になっているんです。ですから、この最後の緯糸を通すことが出来なければ、この事件はそもそも事件として成り立たないんです……」

「難し過ぎて、僕には何を言っているのかさっぱり解らへんけど、つまり君は、今何をそんなに一所懸命考え続けてるんや？」

惣右介は身を起こし、胡坐をかいて弦二郎と向き合った。

弦二郎の目をじっと見つめて、惣右介は言った。

「劇場と客席、二つの事件の接点となった人物は、いかにして仇の居場所を知ったのか――」

「それは、つまり……？」

「西二階桟敷の饗庭妙子さんは、真下の西一階桟敷の高森氏の存在を、一体どうやって知ることが出来たのか――ということです」

再び畳の上に寝そべり、惣右介は濁った声を上げた。

「あー。ダメだー……。どうしても解らない……」

＊

翌朝。朝食会場から菊の間へ戻る途中のロビー、浴衣姿の三人の前に支配人がフロントを飛び出して駆け寄って来た。

「芳岡さま、おはようございます。昨晩は当館の従業員が大変失礼なことをしてしまったようで……誠に申し訳ございませんでした」

直角に近い角度で頭を下げる支配人に、和也は目を丸くして首を振った。

「いや、あれは私が悪いことなんです、むしろお詫びしなきゃいけないのは私の方です。どうか頭を上げて下さい。お騒がせして、大変申し訳ありませんでした――」

わずかに姿勢を戻した支配人に、和也は言葉を続けた。「ちゃんと饗庭さんにお詫びを申し上げなければと思うんですが、あの人は今日、どちらにいらっしゃいますでしょうか？」

「それが……」支配人は姿勢を戻し困惑の顔を見せた。

「自分の個人的な感情でお客様に失礼を働いてしまった責任を取ると申しまして、退職したいと、今朝連絡が……」

「えっ！」

息を呑む和也の隣、弦二郎が咄嗟に言った。

「支配人さん、その話、受けてしもたんですか？」

「いえ、芳岡さまには申し訳のないこととはいえ、彼女も長年勤めてくれた大切なスタッフですから慰留はしたんでございます……。しかし、皆さまがご滞在中は、とにかく合わせる顔がないから謹慎したいと……」

「支配人さん――」和也は支配人の目を真っ直ぐに見つめた。

「さっきも申し上げた通り、昨日のことは本当に私に一方的に非があるんです。あと二時間もしないうちにチェックアウトです。それから後、饗庭さんが私に会うことはもう二度とないはずです。ですからどうか、あの人にご迷惑が掛からないように配慮して頂けるよう、何卒お願いいたします」

その真剣さがひしひしと伝わるほど熱弁し、和也は深く頭を下げた。

「芳岡さまにそう仰言って頂けるなら、それはもう……。どうかご安心下さい」

支配人も再び深く頭を下げた。


部屋に戻って洋服に着替え、和也は荷造りをしながら淋しげに呟いた。

「惣右介さん、私が諏訪に来た結果は、結局饗庭さんにご迷惑をかけてしまっただけのことだったんでしょうか……。事件の解決にはつながらない自分の過去について、私はただ調べていただけだったんでしょうか……」

「そんなことはありませんよ。諏訪に来たおかげで、事件の全貌はほぼ解明しました」

穏やかに言う惣右介に、和也は驚きの表情を向けた。

惣右介は言った。

「しかし、どうしても解らない謎が一つ残っているんです。それが解けなければ、事件を論理的に説明することが出来ないという大きな謎です。さて、困ったものです……」

ふーっとため息をつき、惣右介は旅行鞄のジッパーを閉めた。

「……それは、殺人事件の犯人が判ったということですか？」

目を閉じて、惣右介はこくりと頷く。

「それは……誰なんですか？　一体、何故あんなことを？」

惣右介は和也に顔を向けた。

「『誰なのか』『何故なのか』――それはそれぞれ解ったんです。しかし、その因果関係を説明するために必要な『どうやって』という謎が一つ解けないために、それをきっちり説明することがどうしても不可能なんです」

「じゃあ、これから私たちはどうすれば……」

「実は今、土御門刑事にお願いして調べてもらっていることもあります。その土御門さんに今回解った情報を全て提供して捜査を進めてもらうという方法もあるにはあります。……しかし、そのやり方では最終的にご本人の自白に頼ることになってしまい、解決するかどうかはご本人次第ということになってしまいます。ギリギリまで考え続けてみますが、さて、どうなるか……」

「そうですか――」和也は言い、姿勢を正して惣右介に頭を下げた。

「頼ってばかりで申し訳ありませんが、どうかよろしくお願いします。惣右介さんだけが頼りです」

しんと静まり返った菊の間、しばらくして惣右介が口を開いた。

「和也さん、色んなことがあった諏訪の旅でしたが、東京に戻る前、最後に一カ所だけ寄り道して行きませんか？」

「どこでしょう？　どこにでも運転してお連れしますよ」

「いいえ、運転の必要はないんです。お隣、片倉館の温泉に入って、旅の最後の思い出にしませんか？――ということです。……どうでしょう？　弦二郎さん」

「ああ。それはいい考えやな。……うん、そうしよ」

惣右介に合わせ、弦二郎も笑って見せた。


昼の光がステンドグラスから射し込む広々とした西洋風の大浴場。

片倉館の底の深い浴槽に、惣右介と和也、弦二郎は並んで浸かった。

うっすらと湯船に立ち上る湯気を眺めながら、和也はぽつりと言った。

「惣右介さん、事件とは関係ないことなんですが、一つ、ご意見を伺ってもいいですか？」

「なんですか？」

「もし私の先祖が、本当に吉良左兵衛督だったとしたら……。高家を、吉良を、散々悪役にして歌舞伎が演じ続けて来た芝居、歌舞伎役者として決して避けて通れない『仮名手本忠臣蔵』……

私はこれから、あの芝居と一体どうやって向き合っていけばいいんでしょうか……」

「……」

　しばらくじっと湯船の波紋を見つめ、惣右介は静かに応えた。

「答えは簡単ですよ。もし、『仮名手本』が断絶した吉良家を辱《はずかし》め、浪士たちを英雄視し、仇討ちを賛美するだけのプロパガンダのようなつまらない芝居だとあなたが判断するのなら、あなたはその芝居に出なければいい――ただそれだけのことです」

「……」

　湯船の縁にもたれ、高い天井を黙って見つめる和也に、惣右介は穏やかに続けた。

「しかし、あなたなら解るはずです。『仮名手本忠臣蔵』という芝居は、そんな底の浅いものではありません。大序から喧嘩場、通さん場、城明け渡しまで、完璧なまでに完成された前半の様式美と儀式性。そして、その前半の『公《おおやけ》の悲劇』によって引き起こされてしまう後半の『個の悲劇』――勘平とおかるの五段目六段目、おかると平右衛門の七段目。加古川本蔵一家の九段目。『公の悲劇』が『個の悲劇』へ、避けがたい宿命として影響を及ぼすこの芝居は、表面的な仇討ち賛美のプロパガンダ芝居などでは決してありません。ギリシャ悲劇からシェイクスピア、ラシーヌ、そして現代へと続く『悲劇』の本質にしっかりと根ざした、古今稀に見る大傑作だと、僕は思います」

　嚙みしめるように、惣右介は続けた。

「そんな傑作にあなたは出演し、役に命を吹き込むことが出来るんです。凄いことです」

「……」

和也は黙って湯船にたゆたう波紋を眺める。

手元の水面をピンと指で弾き、惣右介は新しい大きな波紋を作った。

「……あなたは今、ご自身の出生の謎のせいで、自分自身の存在理由を見失いかけているのかもしれません。しかし、舞台芸術としてここまで優れた作品に、あなたは命を吹き込むことができる。物語に新たな形を与えることが出来る……。それは誰にだって出来ることじゃありません。そんな自分自身の存在に、あなたは堂々と自信をもって大丈夫なはずですよ」

穏やかに響く惣右介の声――。

それは和也の心にも、確かに届いたようだった。


湯を上がった三人は片倉館の二階、長テーブルがずらりと床に並んだ休憩室へと上がった。

がらんとしたその広い空間に知った顔の老人が一人、胡坐をかいて湯上がりの盃を傾けていた。

「おぉ！　お兄さんたち、奇遇だねぇ」

手を上げる天竜庵主人に近づき、三人はその正面に腰を下ろした。

「こんにちは、ご主人。地元の方も、ここに来るんですね」

「地元の人間が来るってことは、ここが本当に良い所だって証明だよ」

「たしかに道理だ」

惣右介は笑った。

「お兄さんたちも、一杯どうだい？」

盃を持ち上げて言う主人に、惣右介は残念そうに微笑む。

「僕たちは今から車で出発しないといけないので……」

「もう帰っちゃうの？」

「ええ」

「そうかー。寂しいなぁ。また、来てくれよ」

「はい、是非」

「ところでお兄さんたち、帝大生なの？」

惣右介と顔を見合わせ、和也が応えた。

「いいえ、違います」

「じゃあ、何してる人たちなんだい」

「まぁ、その……役者です」

「あー、だから……。お兄さんたち、あの渡り台詞、なかなかのもんだったよ」

「ありがとうございます」

「名前、何ていうの？」

くいと盃を干した主人に、和也は徳利を持ち上げて酌をする。

「申し遅れました。芳岡天之助と申します。どうぞご贔屓に」

「あ！」

主人は目を丸くして言った。「じゃあ、こないだ亡くなった仁右衛門さんとこの？」

「そうなんです」

「参ったなぁー」頭を掻き、主人はバツが悪そうに笑った。

「道理で上手い訳だ……。けど、色々大変な時分だろうに、一体何の用で諏訪に来たんだい？」

惣右介と顔を見合わせ、和也は詳しい話をするのをためらう。

助け舟を出すように、弦二郎は冗談めかして口を挟んだ。

「ちょっと、謎解きをしに来たんですよ」

「謎？　どんな？」

「芝居小屋の二階桟敷席にいる客が、真下の一階桟敷にいる客の姿を見ることが出来るかどうか――ご主人はどう思わはりますか？」

盃を口に付け、主人はしばらく考え込む。

「そりゃ、どうしたって無理だね」

「ですよねぇ……」

テーブルに肘を突き、弦二郎は窓の外に目を遣った。

「ちなみに、その時の芝居の演目は何なんだい？」

尋ねる主人に、惣右介がぽつりと応える。

「『仮名手本忠臣蔵』です」

「何段目？」

「三段目から四段目です」

主人は腕を組んで考え込む。

「うーん。そうか……。七段目だったら良かったんだけどな……」

惣右介は主人の顔に視線を向けた。

「どうしてです？」

「だってほら、おかるがこうやって……二階から一階の由良之助の手紙を裏から盗み読みするだろ？」

主人は右手を持ちあげ、その手を見上げるような仕草を見せた。

「あっ！」

小さく声を上げ、惣右介は一切の動きを失う。

和也と弦二郎、そして天竜庵主人は沈黙する惣右介の顔をじっと見つめ続けた。

しばらくして、惣右介はゆっくりと口を開いた。

「和也さん……」

「はい……何でしょう？」

「今回の喧嘩場は、いつも通りの型ではなかった……。そうですね？」

「はい。今回は祖父の意向で、色々と珍しい型を復活する趣向でした」

「そういうことでしたか……」

目を閉じて黙り込み、しばらくして惣右介は独り言のように呟いた。

「喧嘩場の台詞を諳んじてしまうぐらい、僕はあの場面を何度も観ていた……。それが逆に、僕の目を塞ぐことになってしまった。この目で舞台を観ていれば、これは考えるまでもないことだった――」

目を開いた惣右介は、正面の主人に背筋を伸ばして頭を下げた。

「ご主人、あなたのおかげで謎が解けました。色々と、本当にありがとうございました。……和也さん、弦二郎さん、さぁ、出発です」

惣右介は立ち上がった。

湯上がりのせいだけではない熱気が、その体からは立ち昇っていた。

大詰　歌舞伎座貴賓室

一

〈さよなら歌舞伎座　十二月大歌舞伎〉――赤い垂幕が軒に下がる歌舞伎座。

昼の部上演中の午後二時。夜の部にはまだ早いこの時間帯、歌舞伎座前に人影は少ない。

劇場の前を通り過ぎる人のうち何人かが歩みをを止め、『あと１０３日』とカウントダウンする電光看板を眺め、感慨深げに劇場を見上げて去って行く――。くり返されるそんな動作を弦二郎と惣右介は看板脇に立って眺め続けていた。

惣右介が事件の謎を解いて聞かせると通達したこの日、芳岡家の関係者は既にその部屋に集まっている。

その会合に参加する残りの客を、二人はこの場所で待っているのだ。

「あ、ベートーベンの……」

銀座方向から歩いて来るトレンチコートの二人組の姿を見留め、弦二郎はぽつりと言った。

惣右介も刑事たちに目を向けて目礼を送る。

片手を上げながら近づき、土御門刑事は神妙な様子で惣右介に声を掛けた。

「どうも。皆さん、もうお集まりですか？」

「遠方からの方があとお一人……。他の皆さんはもうお揃いです。僕らがここで待っていますから、土御門さんたちは先に中に入っていて下さい。玄関の係の方に言えば二階の部屋に案内してくれると思います」

「わかりました」

細田刑事と視線を交わし、ドアが閉じられた歌舞伎座の正面玄関に向かって土御門は歩き出した。惣右介はその背中に声を掛ける。

「土御門さん、例のお願いの件ですが……」

首だけで振り返り、土御門は頷く。

「わかってます。我々はあくまでも立会人。もし、どなたかが自首をしたいというのなら、桜田門までお送りする。我々はそのために部屋の隅で黙って座って待っている……。ちゃんとそのつもりでいます。安心して下さい」

「ありがとうございます」

頭を下げる惣右介に片手を上げ、土御門はそのまま進んで歌舞伎座の中へと入っていった。

土御門たちの後ろ姿をぼんやりと見送る弦二郎の背後、惣右介が声を上げた。

「あ、お見えになりましたよ……」

弦二郎は車道の方に視線を戻した。

歌舞伎座正面に停まったタクシーを降り、饗庭妙子は劇場の上空を見上げていた。

仕事着の色無地でもなく、年代物のツイードでもなく、グレーのスーツにクラッチタイプのハンドバッグを手にしたその姿には、今までになく風格ある気品が漂っている。

惣右介と弦二郎の前まで進み、妙子は静かに頭を下げた。

「こんにちは。遅くなりました」

「いいえ、約束のお時間丁度です。今日はわざわざありがとうございます」

「私なんかが、本当にご一緒してよかったんでしょうか？　天之助さんにも、本当に私のことを……」

「饗庭さん――」惣右介は真剣に妙子の目を見つめた。「あなたの存在と、あなたのあの日の行動が明かされなければ、この事件の全貌は謎に包まれたまま終わってしまいます。今日、あなたは大切なキーパーソンなんです。そして、天之助さんのことも……」

わずかな沈黙を挟み、惣右介は続けた。

「真実を伝え、彼がそれを乗り越えて未来に前進することこそが、あなたのお母さまの『呪い』を解く唯一の方法だと、僕は信じています」

しばし惣右介と見つめ合い、妙子は黙って頷いた。

惣右介と妙子、そして一歩下がって弦二郎。三人は歌舞伎座の正面玄関に向かって歩き出した。

玄関前でコートを脱ぎ、惣右介は黒いジャケット姿になる。

係員が開くドア、大間の吹き抜け、そして、川端龍子の大絵『青獅子』が睨む踊り場を抜け、三人は歌舞伎座の二階へと上がった。

〽　鐘に恨みは数々ござる　初夜の鐘を撞く時は　諸行無常と響くなり——

上演中の娘道成寺、『鐘づくし』の長唄が漏れ聞こえる西廊下を進み、三人は廊下の隅にひっそりと隠れるように佇む両開きのドアの前に辿り着いた。

「さぁ、こちらです——」

ノブに手を掛け、惣右介はその部屋——歌舞伎座貴賓室の扉を開いた。

＊

ドアの中は白亜の壁、二間続きの洋室。

ドアを入ってすぐの控えの間、正面の窓際に並んだ椅子の片隅に、土御門と細田、二人の刑事はまるで気配を殺すかのようにひっそりと座っている。

刑事たちに小さく目礼し、惣右介は妙子と弦二郎を先導して控えの間の中央に進んだ。そして右手に仕切りなく続く奥の間、円卓を囲んで座る芳岡家の人々に体の正面を向けた。

俯き加減の妙子、そして弦二郎も惣右介に倣って奥の間に体を向ける。

続く奥の間の豪華なシャンデリアの下、低い円卓とそれを囲む一人掛けソファーが八脚。

正面、横山大観の『富士山』を背に、向かって右から白いワンピースの秋月悠里、黒紋付姿の藤岡環。

続く左手、フランス窓のレースのカーテンを背に、奥に銀鼠紋付の菊乃夫人、手前に紋付袴の鴈堂。

向かって右手、壁側には洋装の佐野川啓一と楠城玲子の夫妻。

そして手前、窓側のソファーに座るスーツ姿の天之助。

その右隣の一脚は空席――。


三人の入室に気付いた天之助が妙子のもとに駆け寄った。

「先日は本当に申し訳ありませんでした……。今日はわざわざ、ありがとうございます」

「いいえ、こちらこそ……」

「饗庭さん、さぁ、あちらの、私の隣の席に――」

天之助の誘導に、妙子は貴賓室の人々に黙礼して一つ残った空席に進んだ。

その間に弦二郎はそっと退き、土御門たちの隣の椅子に腰を下ろした。

控えの間の隅の椅子は、まるで貴賓室の舞台を見渡す観客席だ。今から刑事たちと自分は、この複雑にして壮大な事件の結末を見届ける生き証人となるのである。

弦二郎は緊張し、大きく息を吸い込んだ――。

控えの間の中央、一人佇む惣右介は貴賓室に座る人々をゆっくりと見渡した。

煌々と輝くシャンデリアの下、円卓の人々はそれぞれに惣右介の様子をうかがっている。

惣右介は静かに口を開いた。

「お集まり頂きありがとうございます。今日は天之助さんから支配人にご依頼頂き、この貴賓室を使わせて頂ける運びとなりました――」

一拍置いて惣右介は続ける。

「この事件の根本には『忠臣蔵』の芝居と史実、舞台と客席、そして、歌舞伎界ならではの因習とそれを利用しようとしたある人物の恐るべき計画が分かち難く、深く絡み合っています。……それゆえに、この虚実入り混じった事件の真相を皆さんに確かに見届けて頂くため、この日本一の劇場の一角、芝居と現実の境界を、僕は事件の解決の場所としてお借りしました」

ゆっくりと前進し、惣右介は控えの間と貴賓室の境界に近づいてゆく。

「……あの日劇場にいらした方の中で、今回の一連の事件に特に関係のある方々に、今日はおいで頂いています。舞台にいらした鴈堂さん、天之助さん。西一階桟敷に並んでいた環さん、悠里さん、佐野川啓一さんご夫妻、菊乃夫人。そして西二階五番桟敷、仁右衛門さんの招待客として座っていらした、こちらの饗庭妙子さん――」

控えの間から貴賓室の側に入り、惣右介は妙子が座るソファーの背後に立った。

「この方のお家、諏訪の旧家・饗庭家と芳岡家にはいくつかの浅からぬ縁があります」

結んだ掌を顔の横に上げ、惣右介は言いながら一本ずつ指を立ててゆく。

「……一つ、饗庭家ゆかりの劇場に芳岡家が巡業していたという縁。二つ、妙子さんの母上、八重さんと仁右衛門さんの道ならぬ縁。そして三つ、一九八七年九月一日、諏訪のご自宅で自ら命を絶った妙子さんの妹、鶴子さんと佐野川千之進さんの奇妙な縁……」

佐野川啓一のバリトンが惣右介の話を遮る。

「一九八七年九月一日？　俺の親父が山梨で事故死した命日じゃないか」

黙って啓一に頷いて見せ、惣右介は再び貴賓室に凛《りん》とした声を響かせた。

「千之進さんの事故については、後ほど改めてお話しさせて頂きます。まずは鶴子さんについて、お話しさせて頂ければと思います」

ゆっくりと人々の顔を見渡し、惣右介は続けた。

「お亡くなりになる直前まで、鶴子さんは諏訪のご実家で一人の男の子を育てていました。鶴子さんが亡くなった直後、当時三歳だったその男の子はどこかに姿を消してしまいました」

奥に座る環が蒼白な顔で惣右介の視線をとらえ、震える声で言った。

「じゃあ……和也さんの産みの母親は……」

しばらく環の目をじっと見つめ続けた後、惣右介は円卓の人々を見渡す。

「天之助さんと弦二郎さんと諏訪に行き、確認して来ました。確かに、その男の子は天之助さん……和也さんに間違いありませんでした」

レースのカーテン越しに射し込む白い光を背に、鴈堂が大声を上げた。

「海神さん、ちょっと待っとくんなはれ。……確かに和也は三歳まで芳岡の家にはおらなんだ。けど、それは体の弱い環さんに代わって環さんの実家のご両親が育ててくれてたという話のはず。諏訪にいたなんて、そんなアホな……」

奥の環に顔を向け、鴈堂は語調を強めて問い質した。

「環さん、海神さんの話はコリャ、一体どういうことなんや……」

「……」

黙って俯く環に代わり、惣右介が口を開く。

「和也さんは環さんの実の子ではなかったんです。舅の仁右衛門さんと夫、先代天之助――周太郎さんの強い希望に押された環さんは口裏を合わせ、そして、知人の医師に依頼して、仁右衛門さんは周太郎さんと環さんの実子として、和也さんの出生届を捏造しました」

「出生届の捏造……やて？　養子縁組なんて全然珍しくあらへん歌舞伎の世界で、何でそんな怪態なことを……」

言葉を失い呆然とする鴈堂をじっと見つめ、惣右介はかみしめるように言った。

「自分たちが生きている芝居の中、物語の世界の中の絶対的な倫理観に縛られて、仁右衛門さんと周太郎さんは、その子の出生の痕跡を何としても隠さなければならないとお思いになったんです。……『三人吉三《きちさ》』や『四谷怪談』の三角屋敷、歌舞伎芝居の世界の中、真実を知って兄が妹を殺したり、あるいは自害する理由となる、芝居の中で人として最も忌むべきとされる男女の交わり……鴈堂さん、それが何か、あなたは当然お解りですね？」

「……畜生道……ということか」蒼ざめた顔で言い、鴈堂は俯く妙子を恐る恐る眺めた。

「……ということは、そちらの女性の妹さん、鶴子さんと周太郎君は血を分けた腹違いの兄妹……。それは、つまり——」

惣右介の顔を茫然と見上げ、鴈堂は言った。

「鶴子さんは仁右衛門兄貴の隠し子、諏訪の女性に産ませた子やった……という訳か」

惣右介は静かに首を横に振る。

「いいえ、そちらではないんです」

「へ？　そちらやないって……。ほな、どちらや？」

頓狂な声で尋ねる鴈堂に、惣右介は目を閉じて応えた。

「先代天之助——芳岡周太郎さんは、仁右衛門さんと大奥様との間ではなく、仁右衛門さんと饗庭八重さんの間に生まれた子どもだったんです」


深い沈黙が貴賓室を覆った。

言葉もなく惣右介を見上げる鴈堂。

顔色を失う環と悠里。

困惑の色を隠せぬ佐野川啓一夫妻。

黙って俯く菊乃夫人と妙子。

そして、じっと宙を見つめる天之助——。

激しく首を振り、鴈堂は貴賓室の沈黙を破った。

「いや、そんなことは絶対にないはずや。周太郎君が生まれる前、菊乃さんはちゃんと身籠った。……妊娠してる菊乃さんの写真は家にあるはずやし、あの頃の雑誌か何かにも、探せばきっと、そんな写真は載ってるはずや……」

「たしかに僕は図書館の資料で妊娠なさっている大奥様の写真を見ました。だからこそ、僕は事件の根底にある人間関係の真相に気付くことが出来ました」

俯き続ける菊乃夫人に惣右介は穏やかに語り掛ける。

「……今からお話しすることは、その後の顚末《てんまつ》から推測される仮説に過ぎません。もし誤りがあれば、大奥様ご自身でご訂正頂ければと思います」

惣右介の言葉に、人々の視線は菊乃夫人に集中した。

しかし、夫人は俯いたまま動かない。

惣右介は静かに語り出した。


「仁右衛門さんは以前から巡業で世話になっていた諏訪の饗庭家の令嬢、八重さんと親密な関係になり、八重さんは男児を産みました。仁右衛門さんはその婚外子を芳岡家に迎える一方、同じ時期に生まれた芳岡家の嫡子を、あろうことか他家に養子に出してしまった――」

控えの間の土御門にちらりと視線を向け、惣右介は続けた。

「刑事さんに戸籍を調査して頂いたところ、和也さんの場合と違い、この戸籍の移動は正しく謄本に残されていました。周太郎さんの母親は饗庭八重さんに間違いなく、周太郎さんは実父・芳岡仁右衛門家の戸籍に養子として編入されていました。そして、仁右衛門家に生まれた嫡子はまるで押し出されるように千代蔵家の養子として迎えられていた……。本来七世天之助としての人生を歩むはずだった仁右衛門家の嫡子、菊乃夫人のお子さんは、どうしたことか千代蔵家の一子となり、映画スター・佐野川千之進としての人生を生きることになったんです」

自らの父親の意外な血筋に、佐野川啓一は驚きを隠せない様子で惣右介を見上げ、そしてそのまま菊乃夫人に見開いた眼を向けた。

菊乃夫人は黙って顔を伏せ続けている。

惣右介は続けた。

「しかし、どうやらそれは円満な親族間の養子縁組という訳ではなかったようです。周太郎さん、千之進さん、それぞれの一子の誕生以降、仁右衛門さんと千代蔵さんの関係は断絶に近いほど険悪な状態となり、それは千之進さんが自動車事故で亡くなられるまで続きました。ここから推測されること……それは、仁右衛門さんと饗庭八重さんが諏訪で道ならぬ恋に耽っている頃、大奥様が身籠ったのは仁右衛門さんとの間の子ではなく、千代蔵さんとの子だったのではないかということです。大奥様、いかがでしょう？」

惣右介はじっと菊乃夫人を見つめた。

貴賓室の人々も、息を呑んで俯く夫人に注目する。

しばらくして、菊乃夫人は小さく肯き、俯いたまま淡々と語り出した。

「……うちの人は、親に無理やり結婚させられた私のことなんか見向きもせず、諏訪のあの人のとこへ、時間が許したら夜汽車に乗って、車を飛ばして、まるで憑《つ》きものにでも憑かれたように通ってました――。気の弱い私はそんなあの人に何も言えず、周りの人も『役者なんてそんなもんや』って笑うだけ、誰も私に同情なんてしてくれませんでした。そんな時、あの人が諏訪に行ってる間、私の辛い気持ちをただ一人解って、相談に乗ってくれる優しい千代さんに、私は……」

菊乃夫人は顔を上げた。

それまでの静かな口調からは想像できないほど、夫人の顔には深い怒りが浮かんでいた。

天井に釣り下がるシャンデリアを見上げ、夫人は低い声を貴賓室に響かせた。

「仁右衛門は自分の不義は棚に上げて、私らのことは烈火のごとく怒りました。けど、あの人のやり方はえげつなかった……。あの人は一旦矛《ほこ》を収めたふりをして私に子どもを産ませて、その子が生まれた途端、追い出すようにして弟の家に養子に出してしもたんです。そして、千代蔵家との付き合いを一切絶ってしまいました。その代わり、丁度その時生まれた諏訪の子どもを家に引き取って、その子……周太郎さんを自分の子として育てるようにと私に命じました。あの仕打ちは、ほんまに残酷やった――」

「……」

貴賓室の人たちも、控えの間の弦二郎たちも、言葉なく夫人の姿を見つめ続けた。

沈黙がどれほど続いたのかわからなくなった頃、惣右介は声を小さく夫人に尋ねた。

「……周太郎さんが生まれた後も、仁右衛門さんは諏訪に通われていましたか？」

「いいえ。それからは、もうぱったりと足は止まったようでした」

「やはり、そうでしたか」

ふいに黙り込んだ惣右介と菊乃夫人の顔を見比べ、鴈堂は一人納得した様子で呟く。

「さすがに、兄貴も反省したのやろうな……」

「いいえ、鴈堂さん。そうではないんです」

視線を床に落とし、惣右介は一段声を低めて応えた。

「周太郎さんの誕生で、八重さんは第一の目的を果たし、仁右衛門さんとの関係を続ける必要がなくなった——それがお二人の関係が終わった本当の理由だったのではないかと思われます」

「第一の……目的？」

続く惣右介の言葉を恐れるように、鴈堂は声を震わせる。

貴賓室の人々の顔を、惣右介は改めてゆっくりと見渡した。

「饗庭家はある家伝をもった諏訪の旧家でした。元禄事件——『忠臣蔵』の史実において、事件の政治的な幕引きのために家を潰され、諏訪に流された吉良家の御曹司、左兵衛督義周の秘密の末裔であり、それゆえ源氏の名家の名を名乗ることを許されたという家伝」

遠く過去を眺めるように、惣右介は貴賓室の天井を見上げる。

「……それが本当のことだったのか、あるいは先祖の伝来にまつわるよくあるファンタジーに過ぎないものだったのか、今となっては知るすべもありません。しかし、自らのプライドの拠り所

だった過去の栄華——製糸業、諏訪の繁栄が昔日のこととなりゆく中、名家の令嬢は『血筋』という幻想、自分に流れる名門の純血を保守せねばならないという異常な夢想にとらわれるようになってしまった——」

一拍置いて、惣右介は続けた。

「当時、踊りの名手として評判だった八重さんは、なみいる求婚者、名家・名門と呼ばれる相手でさえ自分にとっては不足だと拒絶し続けていたそうです。しかし、皇太子殿下が軽井沢で美智子さまをお見初めになった時、八重さんは地団駄を踏んで悔しがったといいます。……つまり、八重さんの『血筋』に対する妄執は、単に子孫の繁栄ということではなく、歴史に立脚した系図上に自らの血筋を流入させ、その保守を担保すること——そこにあったのだと考えられます。現在日本で皇室以外、公式に血筋血統が絶対視され、今後も系図が守られてゆくと考えられる稀少な世界——『歌舞伎』の家に、八重さんは狙いを定めたんです」

鴈堂、環、悠里、啓一——芳岡の芸能系図に連なる人々は声を失い目を見開いた。

貴賓室に張りつめる沈黙を、悠里の激しい声が破る。

「……そんなバカな！　そんな異常な話があるもんですか！　そんなことに、一体何の意味があるというのよ？　異常だわ。あまりにも異常よ……」

小さく頷き、惣右介は変わらぬ冷静さで応じる。

「ええ、その通り。これは何の意味もない、愚かで虚しい企みです。変わりゆく現実、時の流れを受け入れることが出来なかった一人の女性の狂気の企みが、今回の事件の第一の発端にあった

んです……。『忠臣蔵』最大の被害者、自らの先祖と信じる吉良の御曹司の血筋を、その芝居を今も続ける『歌舞伎』の世界の御曹司として復活させる――その異常で歪《いびつ》な復讐は、並外れた彼女の美貌によって、実際に果たされてしまったんです……」

雁堂は深刻な表情を惣右介に向けた。

とても信じられない――とばかりに首を左右に大きく振り、雁堂は蒼ざめた顔で言った。

「たしかに、結果的にはそうなったのかもしれん。しかし、兄貴と八重さんは単に不倫の恋に耽ってただけ……。そうやろ？　海神さん、そうやと言うとくんなはれ……」

雁堂の懇願に、惣右介は気の毒そうに目を伏せた。そして再び顔を上げ、雁堂の目をじっと見つめた。

「周太郎さんを芳岡家に送り込んだ後、八重さんはまるで憑き物が落ちたように『血筋』のことで騒がなくなったといい、こう言ってはなんですが、ごく平凡な一般男性と結婚し、こちらの妙子さんと鶴子さん、二人の姉妹をお産みになっています。その豹変ぶりは、恐るべき計画の第一段階が成功したからこそのことだった――僕にはそうとしか思えないんです」

「計画の第一段階？……ということは、つまり、第二段階というのは……」

「周太郎さんが生まれた時点で、果たして八重さんがその次の計画まで考えていたかどうかは判りません。しかし、その血縁の事実を知っていたはずの八重さんは、あろうことか二人の我が子、父親の違う兄妹同士を交際の関係に導き、二代にわたって饗庭の血を芳岡家の血筋に流入させることに成功しました。まさに狂気としか言いようのない企みです」

小さく首を左右に振り、惣右介は目を閉じた。

「……しかし、その計画の第二段階において、芳岡家側もただ黙ってはいませんでした。八重さんの悪魔的な計画に対抗して、これもまた残酷な計画でそれを阻止しようとした人物が、この歌舞伎座の客席に姿を現します」

貴賓室をゆっくりと見渡し、惣右介は言った。

「八重さんの『血筋』への妄執と恐るべき計画。そして、『歌舞伎』に根差した、畜生道を心底恐れる芳岡家の倫理観。——その二者の暗闘に巻き込まれてしまったのが、片や精神を病んで自ら命を絶った饗庭鶴子さん、片や今回の事件、花道の下で亡くなっていた高森靖さんでした」

「高森さんやて？——」大声で言い、鴈堂は眉根を寄せる。

「仁右衛門の兄貴の昔の過ち、八重さんのおぞましい計画。……これは兄貴が殺された理由についての話やったんと違うんかいな？　なんでここで、客席で亡くなってたお客さんの話が出て来るんや？」

惣右介は黙ったまま身を翻して控えの間へと進み、弦二郎の前に立って合図を送った。

ユミから預かった古い雑誌を鞄から取り出し、弦二郎は惣右介に手渡した。

二

控えの間の一隅に居所を替え、惣右介は貴賓室に向かって雑誌を掲げて見せた。

「環さん。高森氏は二カ月ほど前、小説家と称してあなたに面会を求めた……そうですね？」

惣右介の質問に、貴賓室の奥正面、環は驚いたように顔を上げた。

「はい、そうです……」

「その情報をもとに探した結果、高森さん自身の体験を綴ったと思われる古い小説が見つかりました。そこには書かれていました――」

強調するように雑誌を一層高く掲げ、惣右介は語る。

「芝居の感想の遣り取りを契機に、高森氏と鶴子さんの交流は始まった。先代天之助さんのファンだった鶴子さんは誰かの手配によって歌舞伎座の花道横の席を自らの定位置としていた。高森氏の席、三階バルコニーの背後に現れた謎の女が鶴子さんとの恋仲の支援を申し出て、以後、多額の現金と鶴子さんの隣の席の切符が高森氏のもとに送られてくるようになった。しかしある日、その女は突然高森氏に鶴子さんとの関係の解消を命じ、高森氏を海外留学に追い払ってしまった……」

雑誌を掲げていた手を下ろし、惣右介は振り返って弦二郎にそれを返した。続いて弦二郎の隣、土御門から別の一冊を受け取り、惣右介は再び貴賓室に向き直った。

「今までの話から考えて、その謎の女性は高森氏を利用して兄妹の恋仲を裂くことを試み、しかし、その試みが失敗してしまったため、事態をそれ以上複雑化させないために高森氏を厄介払いした――そう考えてよいのではないかと思います。……では、その謎の女性は誰だったのでしょう？　振り向くことを禁じられ、結局その顔を確認できなかった謎の女性の目印として、高森氏

は独特な着物の裾模様をはっきりと記憶している――小説にはそう書かれていました。残念ながらどんな柄かということまで書かれていなかったため、その着物をすぐに特定することは出来ませんでした。しかし、警察による高森氏の自宅の捜索でこの雑誌が発見され、その着物は無事特定することが出来ました」

土御門から受け取った雑誌の表紙を、惣右介は貴賓室に向けて掲げた。

「『演劇世界』九月号、三カ月前に刊行された最近の雑誌です。この雑誌のあるページに、付箋が一枚貼られていました」

付箋に指を掛けてページを繰り、惣右介は貴賓室へと開いて見せた。

「あっ――！」

惣右介の手元に目を向けた悠里と楠城玲子が驚きの声を上げる。

惣右介は振り返り、弦二郎にも開いたページを見せた。

それは日舞に関する特集、藤岡環の全身が写ったカラーのグラビアページだった。環は幾何学的な極彩色の蝶の柄が裾に描かれた、独特な黒い訪問着を着ていた。

妖しげな美しさ漂うその写真を、弦二郎はじっと見つめる。

この姿を見て、高森は謎の女を環と特定した訳か……。

土御門に雑誌を返し、惣右介は貴賓室に向き直った。

「目印の着物を雑誌の中に発見し、高森さんは環さんのもとを訪ねました。自らの愚かさゆえに

裏切ってしまった最愛の女性――鶴子さんが今、一体どこでどうしているのか教えて欲しいと言って」

貴賓室の人々の視線が環に集中する。

環は驚いたように目を丸くして惣右介の顔を見つめている。

「……いいえ、違うんです、皆さん。環さんではないんです」

ふっ――と息を継ぎ、惣右介は続けた。

「着物というものはその年代に相応しい女性に代々受け継がれてゆくものです。この貫禄ある作家物の加賀友禅は、当時二十代だった環さんには到底相応しいものとは考えられません。環さん……」

惣右介はじっと環の目を見つめた。

「この訪問着は、お義母さまから譲り受けたもの……それに間違いありませんね？」

「……はい」

環は辛そうに肯いた。

人々の視線が環から菊乃夫人へと移動する。夫人はじっと黙って俯いている。

俯く夫人の姿を見つめ、惣右介は再び静かに語り始める。

「鶴子さんに歌舞伎座の切符を手配をしてあげていたのは周太郎さんだったのでしょう。おそらく周太郎さんは番頭さんに手配を依頼していて、それで、大奥様は毎回その隣の席を高森氏に手配することが出来た。……あるいはそもそも、番頭さんの手配一覧に『饗庭』という珍しい名前を見つけ、周太郎さんが決して近づいてはいけないその名前に、あなたは敏感に危険を察知した

のかもしれません。あなたはその『饗庭鶴子』という女性の住所に出向き、そしておそらく、郵便受けに届いていた高森氏の手紙を盗み読んで彼の座る座席を知った。手紙の内容から、あるいは鶴子さんの切符手配の日に客席に出向いて二人の様子を観察し、二人の仲を取り持つことによって『饗庭のお嬢さん』を周太郎さんから遠ざけようと立ち回った――そうだったのではないでしょうか？」

投げ掛けた言葉の返事を待つように、惣右介は俯く菊乃夫人を見つめ続けた。

誰もが息を殺す貴賓室、菊乃夫人は消え入るような小声で言った。

「……はい。海神さんの仰言る通り。それに間違いありません」

わずかに声を強め、しかし淡々と、惣右介は菊乃夫人に語り続ける。

「しかし、あなたの意に背き、周太郎さんと『饗庭のお嬢さん』は結ばれてしまった。計画の失敗に気付いたあなたは事態をこれ以上複雑にせぬよう、高森さんと鶴子さんの関係を終わらせるように仕向けた――そうですね？」

「……」

菊乃夫人は無言で頷く。

「しかし、あなたは何をもって計画の失敗と認識なさったのでしょう？　饗庭のお嬢さんが周太郎さんの子どもを身籠ったことだったのでしょうか？　それとも、その時点で根本的な人違いにお気付きになられたのでしょうか？」

「へ――？」喉の奥で小さな声を発し、菊乃夫人はゆっくりと顔を上げた。

根本的な人違い――その説明を置いたまま、惣右介は壁際の啓一に顔を向けた。

「ここで一旦、佐野川千之進さんについて話を戻します。……和也さんを芳岡家に引き渡し、鶴子さんが自ら命を絶たれた日、千之進さんは山梨から長野方面に車を走らせて事故を起こして亡くなりました。記録によるとその日の事故が起きる以前の時間帯、中央線の上り列車は踏切故障のため長時間不通になっていました。つまり、諏訪に和也さんを引き取りに行った人物を急遽迎えに向かったために、千之進さんは事故に遭ってしまったのだと推測されます。……関係が断絶していた仁右衛門家と千代蔵家、しかも、戸籍まで捏造した子どもの極秘の引き取り――そんなデリケートな場面で千之進さんに助けを求められるのは、実の母親である大奥様、あなたしかいないはずです」

惣右介は菊乃夫人をじっと見つめた。

「あなたと千之進さんは、内密に母子の名乗りを果たしていた。あの日、諏訪に和也さんを迎えに行ったのはあなただった……それに間違いはありませんね？」

菊乃夫人は眉間に深い皺を刻み、惣右介の顔を悲しげに見つめている。啓一はまるで父親の面影を探るように、菊乃の顔に悲愴な眼差しを向け続けている。

貴賓室に進み、妙子の背後に立った惣右介は淡々と夫人に語り続けた。

「あの日、あなたは鶴子さんと面会し、彼女から和也さんを預かった。そしてその時、彼女が自殺のために用意していた『死の繭』を何らかの成り行きで入手した――」

言葉を区切り、惣右介は言った。

「しかし、あなたはその時もまだ和也さんの母親は鶴子さんだと思っていらしたのでしょうか？　それとも、高森さんとの一件で精神を病んでしまった鶴子さんが、姉上……妙子さんの子どもを心の拠り所にして手放すことを拒んでいたという真相を、すでにご存知だったのでしょうか？」

「え――？」

菊乃夫人はゆっくりと妙子に視線を向けた。

それまでずっと俯いていた顔を上げ、妙子は黙って夫人の眼差しを受け止めた。

隣の天之助も、他の貴賓室の人々も、驚いたように妙子の顔をまじまじと見つめた。

「あなたは、ご存知ではなかったんですね……」惣右介は悲しげに目を伏せた。

悲愴な表情を浮かべ、夫人は惣右介と妙子の顔を見比べた。

「私が会いに行った時、あのお嬢さんは、たしかに『私の大事な子ども』と言うて……」

「……」

惣右介は妙子のソファーの背もたれにそっと手を置く。

目の前の菊乃夫人を真っ直ぐに見つめ、妙子は静かに口を開いた。

「元々おとなしかった妹は、強権的な母の支配に翻弄されて随分神経を細らせていました。そんな妹が、ようやく母から解放された進学先の東京で出会った高森さん……。その心の拠り所だった人を失って、妹は私の赤ちゃんを……和也さんを自分の子どもと思って育てることで、崩れる直前の精神を保っていました」

「そしたら……周太郎さんが結婚を認めて欲しいと仁右衛門に頼んでた、『饗庭のお嬢さん』と

いうのは、あの劇場に来てたお嬢さんやなくて……」

顔色を失って呟く菊乃夫人に、妙子は静かに語り続けた。

「諏訪へ歌舞伎が巡業に来た時、母に連れられて、私たちはあの人の楽屋を訪問しました。妹は天之助のファンでした。しかし、周太郎さんと恋に落ちてしまったのは私でした……。二人の仲は芳岡家には秘密にするようにと、母は親切めかして言い、子どもが生まれる直前になって、母は私に真実を告げました。二人は兄妹だから結婚は出来ない。子どもは芳岡家で育ててもらう。自分の血筋が歌舞伎の家の中で末永く守られ続ける――幸せでしょ？　母は嬉しそうに言いました……」

両掌で顔を覆い、妙子は深々と俯いた。

妙子の姿を眺めていた悠里が蒼い顔で呟く。

「狂ってるわ……。八重さんという人は、本当に狂ってる……」

穏やかながらも鋭い眼差しを、惣右介は菊乃夫人に向けた。

「八重さんの狂気の企みを防ごうとしたあなたの努力は、虚しくも無駄に終わってしまった。いや、無駄に終わっただけではなかった……。菖蒲《あやめ》と杜若《かきつばた》、姉と妹を思い違えたばっかりに、あなたは鶴子さんと高森さん、一組のカップルに取り返しのつかない悲劇をもたらしてしまったんです。忠臣蔵、『公の悲劇』に翻弄されたおかると勘平のような悲劇に、二人は巻き込まれてしまった……。八重さんの企みも邪悪だった。しかし、それに対抗したあなたの企みもまた、鶴子さんの純粋な心を踏みにじる非道なものだった……」

蒼白になって見上げる菊乃夫人の顔をじっと見つめ、惣右介は続けた。

「今回起きたのが舞台側、仁右衛門さんの事件だけだったなら、毒物混入犯の特定は困難だったかもしれません。仁右衛門さんが西二階桟敷に妙子さんを招待し、高森さんが偶然西一階桟敷に座り、そして、運命の悪戯のような巡り合わせで妙子さんが高森さんの姿を客席に発見した――客席側、高森さんの一件が同時に起きたからこそ、我々はこの事件の発端、過去の出来事に辿り着くことが出来ました。あるいは、今回の客席側の一件は人知の及ばぬ運命の力に導かれた、時を超えた鶴子さんの一念の為せるわざだったのかもしれません」

妙子の隣、天之助は悲愴な眼差しで惣右介を見上げた。

「惣右介さん、饗庭さんは――」言葉を詰まらせ、天之助は言い直す。

「……母は、高森さんの死に、何か関係しているんでしょうか？」

しばし天之助の目を見つめ、惣右介は静かに口を開いた。

「末期の重病で、鶴子さんのことだけが人生最後の心残りだった高森さんは、死の直前まで環さんを菊乃夫人と思い違って鶴子さんの行方を尋ね続けていました。その彼が自ら命を絶ったということは、つまり、『通さん場』の間に鶴子さんの死の事実を知ったのだろうと推測されます。二人の思い出の座席を暗示する三枚のかるた、そして、鶴子さんが自ら命を絶つために作った死の繭――遺留品から考えて、恐らくそれらが同封された鶴子さんの遺書のようなものが二階の妙子さんから一階の高森さんのもとに渡ったのだろうと考えられます。……妙子さん、いかがでしょうか？」

「……」

しばらく黙り、妙子は静かに肯いた。

「けど――」天之助は食い下がる。「西二階桟敷から西一階桟敷を見ることは絶対に不可能だって……そう言っていたのは惣右介さん自身じゃないですか！」

「普通ならその通りなんです。しかし、今回の『仮名手本』の特殊な舞台、復活された珍しい『型』が、奇しくも二階の客に一階の客の姿を見せてしまったんです――」

惣右介は目を閉じた。

「あの日、自分自身の目で舞台を観ていれば、これは思い悩む迄もないことでした。舞台の上に、堂々と答えは存在していたんです。……喧嘩場、桃井若狭之助が去った後、師直が着衣の乱れを整えながら背後の花道を通る大名と言葉を交わす珍しい型。上方の役者、三代目中村歌右衛門が考案した『姿見の師直』――師直が覗き込む大きな鏡が、西桟敷を向いて舞台の上に置かれていたんです。その鏡の中に、妙子さんは高森さんの姿を見つけてしまったんです……」

「……！」

言葉を失い、天之助は惣右介の顔を呆然と眺めた。

貴賓室の人々も唖然として惣右介を凝視する。

「そんな、ばかな……」

天之助は絞り出すような声で呟いた。

惣右介は振り返って控えの間の弦二郎に約束の合図を送る。

弦二郎は席を立ち、控えの間を挟んで貴賓室とは反対側、小さな予備部屋のドアの前まで進ん

だ。そしてドアを開いて中に入り、あらかじめそこに運んでおいてもらったあの日の芝居の装置を控えの間へと運び出した。

畳一枚ほどの大きさ、ずっしりと重い黒塗り枠の師直の姿見――鏡面が貴賓室に向くように、弦二郎は控えの間の中央にそれを置いた。

姿見の中にはっきりと映る自分たちの顔を、貴賓室の人々は茫然と眺めた。


自席に戻る弦二郎と入れ替わるように、惣右介は貴賓室から控えの間へと移動する。

姿見の前に立ち、惣右介は鏡の中、貴賓室の人々の顔を見渡した。

「舞台と客席、過去と現在、そして、芝居と現実――それぞれが互いに映し合うようにして起きた今回の事件、その謎の中心にあったのがこの芝居の装置、『師直の姿見』だったんです。……偶然といえば偶然、運命といえば運命。西二階桟敷、オペラグラスで舞台を観ていた妙子さんは、この姿見の中に妹さんの死のきっかけになった人物の顔を見つけてしまった――」

振り返り、惣右介は妙子の背中に語りかけた。

「あなたは、そして何をしたのか……妙子さん、お話しして下さいますね？」

俯いていた顔を上げ、妙子は貴賓室の人々、そして天之助の顔を悲しげに見渡した。

再び膝元に視線を落とし、妙子は静かに語り出した。

「海神さんの仰言る通り、私は舞台の上、鏡の中にあの人の顔を見つけました。東京から諏訪に戻ってきてから、妹がずっと大切にし続けていたあの人の写真。頬の痣の独特な形で、私は間違いなくあの人だと確信しました。そして、恐ろしい運命の巡り合わせに呆然としました。妹は、もし歌舞伎座であの人と会ったなら渡して欲しいと、一通の封筒を残して死んだんです。天之助さん……」

一瞬言葉を呑み、妙子は続けた。

「……天之助さんが出ている歌舞伎座に、私はとても足を運ぶことなんて出来なかった。だから、妹の最後の願いを果たしてあげることも当然出来なかった。けど今回、仁右衛門さんからの招待状が届いて、私は一度だけ、一目だけでも天之助さんの姿を見たいと思って東京に出てきてしまった……。せめてもの妹への供養と思って、私はその封筒を歌舞伎座に持参しました。けど、まさかあの日、あの人の姿を本当に客席に――舞台の上の鏡の中に見つけることになるなんて、夢にも思っていなかった……」

背後を振り返り、妙子は控えの間の姿見を見つめた。

しばし鏡越しに貴賓室の人々の顔を眺め、妙子は姿勢を戻した。

「舞台を観ながら、お弁当を食べながら、どうするべきか私は必死に考えました。何と言ってあの人に封筒を渡せばいいのか……。あの人は悪意があって妹の心を弄んだのか？　それとも妹の心が脆かっただけで、それは単なる恋人同士の別れに過ぎなかったのか？　あるいはそもそも、

あの人は妹のことを覚えているのか……。どんな感情で妹の封筒を渡せば良いのかさっぱり判らずに、私は長幕が終わる直前、まだ誰も席に戻っていない一階の桟敷席、客席側からあの人の桟敷のテーブルに封筒を置きました。まずはあの人に手紙を見てもらい、その上で、幕が下りてから改めて桟敷に会いに行って、あの人の正直な気持ちを聞こう――そう思って……」

妙子は黙った。

惣右介は言った。

「『通さん場』で高森さんが桟敷のカーテンの向こうに姿を消したのは、客席の外に出るためではなく、桟敷の沓脱場でその封筒を一刻も早く開きたいがためだった……。そして妙子さん、あなたは『城明け渡し』が終わった後、仁右衛門さんの異変で騒然とする客席とロビーを横目に、高森さんの桟敷を訪ねた。……そうですね」

静かに頷き、妙子は再び語り出す。

「姿見が置かれていた時間以外、真下の桟敷の様子は全くわかりませんでした。席を間違えてはいなかったか、あの人は途中で帰ってはいないか……。不安を胸に、私はお手洗いに行くと言って娘を残し、一階のあの人の桟敷のドアを開けました――」

膝の上のハンドバッグをぎゅっと握り、悲しげに目を閉じ、そして妙子は話を続けた。

「沓脱場の床の上に座り込み、あの人はがっくりと項垂れていました。ドアを開けた私を見上げ、あの人は『鶴子……』と小さく囁きました。薄暗い沓脱場、廊下の光の逆光で、私の影が、きっとあの人には妹の影に見えた――。あの人は妹を忘れてはいなかったんです。それどころ

か、一人寂しく死んだ妹のことを、あの人は探し続けてくれていた……。私は全てを理解しました。私の目の前で泣いている高森さんと二十五年前に死んだ妹は、今、歌舞伎座で時を超えた再会を果たした――。それに間違いないんだと」

「アァ！」菊乃夫人は嗚咽《おえつ》を漏らし、両掌で顔を覆って俯いた。

「私はなんて阿保なことを……。堪忍、ほんまに堪忍です……」

芳岡家の人々は痛ましげに夫人の姿を見つめている。妙子は一人、いかなる感情もこもらぬ眼差しでじっと夫人を眺めている。

惣右介は言った。

「妙子さん、続きをお願いします」

夫人に視線を向けたまま、妙子は続けた。

「渡した時よりも厚みのなくなった封筒を、あの人は私に差し出しました。そして言いました。『客席の最前列、花道の下の通路に連れて行って欲しい』と。……その昔、妹から聞いたことがありました。休憩時間の終わり、座席に戻る途中に幕が開いてしまって、そこで二人、舞台の音を聞いていたことがある。それはとてもロマンチックで、今でも忘れられない幸せな時間だったと……。今、再びその場所に行きたいというあの人の願いを、私は聞いてあげなければならないと強く思いました。差し出す手から手紙を受け取り、私はそのまま腕を引いてあの人が立ち上がるのを手助けしました。あの人の足が不自由なことを、私はその時初めて知りました。でも、あの人は杖を使わず、腕を組むようにして私にもたれ、力を振り絞って廊下に向かって歩き始めま

した。そして、おそらく人生最後の瞬発的な力で、単に私と腕を組んで歩いているとしか感じられない程しっかりとした足取りで、前方の扉から一階客席に進み、花道下の通り抜け通路まで辿り着きました。その場所で、あの人はふっと魂が抜けたように体を崩して座り込みました。……今から思えば、『通さん場』の間に呑んでいた繭が、丁度あの人の胃で溶けたんだろうと思います。崩れ落ちたあの人の表情は穏やかで、なんだかとても幸せそうでした。私はそのまま通路を抜け、花道を駆けて行く天之助さんの背中を追うようにして、混乱に紛れて自分の席に戻りました。……これが、あの日の全ての顚末です」

＊

「妙子さん、あなたは――」惣右介は妙子に問い掛けた。

「鶴子さんの手紙の内容をあらかじめ知っていたんでしょうか？」

「いいえ。封がしてありましたから、高森さんから返された後、私も初めてそれを読みました」

「どんなことが書いてあったんでしょう？」

膝の上のハンドバッグを開き、妙子は萌黄色の封筒を取り出して円卓の上に置いた。

封筒をじっと見つめながら、妙子はその内容を諳んじた。

「……かるたのいろはを思い出の座席に見立て、あの頃の歌舞伎座の美しい記憶だけを心の支えに生きてきた。でも、やっぱりあまりにも淋しくて、呑めばいつでも死ねると思って作った毒入りの

蘭玉を、いよいよ呑んで死のうと思う。……この世に生まれなかった哀れな蛾の棺、翅も羽もない白い繭は私の魂。この形見がいつの日かあなたに届くことを願って、私は一人死んでゆく……」

語り終え、妙子はがっくりと項垂れた。

「——そんなことが、書かれていました」

話に区切りをつけるように頷き、惣右介は静かに貴賓室の人々の顔を見渡した。

「客席の事件——高森さんの過去を遡り、我々は舞台の上の事件——仁右衛門さんを死に至らしめた毒の出どころに辿り着きました……」

淋しげに、惣右介は菊乃夫人に目を向けた。

「どうやって、大奥様はその繭を手に入れられたのでしょうか？」

「……」

惣右介の顔を茫然と見上げ、菊乃夫人はしばし黙った。

貴賓室の重い空気に押し潰されるかのように、夫人は弱々しく項垂れる。

「和也さんを迎えに行った時、お嬢さんは死ぬことばかり考えていると言うて、私に毒入りの繭を見せてくれました。私は私なりに心を尽くして、死んだらあかんと説得をして、その繭が入った瓶を預からせてもらいました。——けど、繭はまだあったみたいで、お嬢さんは結局思いを遂げてしもた……。そしてその同じ日、お嬢さんの生きる望みを取り上げた私も、大切な実の息子、千ちゃん……千之進を事故で失くしました……。因果です……何もかもが、因果……」

「お義姉さん――」雁堂は辛そうに声を絞り出す。

「そんな昔に預かった毒を、なんで今更使《つこ》てしもたんや」

道成寺の鐘を睨むように、菊乃夫人は屹と頭上のシャンデリアを見上げた。

「元々は仁右衛門と八重さんの不義が契機。その尻拭いで私は高森さんを不幸にし、鶴子さんを死に追いやり、そして、自分の息子を失った……。仁右衛門も『悪いことをした』と少しは思っているのかと、私は信じて今の今まで堪忍してきた。……けど、あの人は、己の罪をちっとも悪いとは思ってへんかった――」

深いため息をつき、鴈堂は言った。

「逢之助に千之進を継がせて、啓一君に千代蔵の名前を継がせへんように立ち回った……。お義姉さんと千代蔵の兄貴の血筋を、仁右衛門の兄貴は歌舞伎に入れるのを拒んだ……つまりは、それが動機やったということか……。お義姉さんも、結局は八重さんと同じように、自分の『血筋』のことで……」

雁堂の先走りを制止するように、惣右介は大きく首を左右に振った。

「雁堂さん、違います。今回の事件の動機はそれだけではないんです。大奥様はそれ以上に許し難い裏切りを、ご自宅の応接室で見つけてしまったんです――」

妙子の背中に、惣右介は視線を向けた。

「饗庭さん、お願いしたもの、お持ち下さいましたか？」

「……」

惣右介に背を向けたまま小さく頷き、妙子は膝の上のハンドバッグを再び開いた。

中から取り出した大判の白黒写真を、妙子は円卓の中央にそっと置いた――。

「あっ！」

写真を覗き込んだ雁堂、環、悠里、啓一、玲子――菊乃夫人と天之助以外、芳岡家の全員が一斉に驚きの声を上げた。

それは弦二郎たちが饗庭家のアルバムに見つけた饗庭八重『狐火の段』の舞台写真だった。

この場の真の主役は自分だと、まるで過去から主張するかのような、その強烈な美しさと強い眼差し――。

手で口を押さえて驚きをこらえる悠里の隣、環は顔を蒼くして呟く。

「お義父さんが描いた周太郎さん……応接室に飾っていた絵と、まったく同じ構図と顔……」

人々は驚きの顔を惣右介に向ける。

惣右介は悲しげに言った。

「長年応接間に飾っていた絵が天之助さんの演じ姿ではなく、その母、八重さんの絵姿だということに、大奥様はつい最近気付いてしまった。……そうですね？」

惣右介の視線を受け、菊乃夫人は力なく頷いた。

「ええ……。周太郎さんが亡くなってしばらくして飾り始めた絵やったから、私はてっきり、ずっと周太郎さんを描いた絵やとばっかり思ってました。けど、あの追善公演の日の三日前、血は繋がってへんかったけど大事な息子、周太郎さんを偲んで一人応接間であの絵を眺めてた時、絵の隅

に小さく書かれてる『八重』という文字を見て、私は諏訪のあの女《ひと》の名前をふと思い出したんです。それまでずっと『八重垣姫』の意味やと思ってたその文字は、もしかしたら、まさか――」

円卓の上の写真を、菊乃夫人は憎々しげに睨んだ。

「額から外した絵の裏を見たら、そこには周太郎さんが生まれるより二年も昔の日付が書かれてました。仁右衛門は、お客さんに対して我が家の顔となる場所に、二十年以上も、堂々とあの女《ひと》の絵姿を飾ってた――それは、もう絶対に許されへん、これまでの私の堪忍の人生全てを覆す裏切りでした。せやから、せやから……せめて役者の最期に相応しい裁きの場、そして、周太郎さんの追善芝居を皆さんの記憶にしかと残してもらうため、私はあの人を、舞台の上で殺しました……」

写真を睨みながら語り終え、菊乃夫人は心の梁を失ったように弱々しく俯いた。

小さく首を振りながら、環は憐れむように義母を見つめた。

「役者に相応しい裁きの場……。周太郎さんの追善を皆さんの記憶に残すため……。それで舞台の上でお義父さんを殺すなんて、そんなの異常です……。八重さんも狂ってるけど、お義母さんも狂ってます……」

蒼白になった顔を上げ、菊乃夫人は自嘲するように微笑んだ。

「そやねぇ……。堪忍。皆さん、ほんま堪忍……」

隣室の惣右介に顔を向け、夫人は弱々しく言った。

「海神さん、饗庭のお嬢さんは、高森さんの件で何かの罪に問われますやろか？」

しばし考え、惣右介は応える。

「鶴子さんの手紙の内容をあらかじめ知っていた訳ではなかった、そして、その内容もあくまで遺書の範囲のものだった……。自殺教唆や幇助《ほうじょ》の罪にはまず該当しないと思います。しかし、花道の下に高森さんを一人残したことに関しては、保護責任者遺棄と審判される可能性はあるかもしれません」

確認するような惣右介の目配せに、部屋の隅の土御門は同意を示すように小さく頷く。

「そうですか……」

菊乃夫人は辛そうに妙子に視線を向けた。

「妹さんの件に関しては、私の愚かな企みが総ての発端。お嬢さん、堪忍です……。あなたは今の時代の人、法律のもと、自分の罪はちゃんと償って、これからも、生きて……」

菊乃夫人はふいに言葉を詰まらせ「ウッ――」と呻いて喉を押さえた。そして不自然なほど背筋を伸ばし、天を仰ぐように細い顎を前方に突き出した。

「まさか！」

惣右介は声を上げ、窓際の夫人の席へ駆け寄る。

夫人の脇に跪き、惣右介は崩れ落ちるように俯いた夫人の顔を見上げた。

「大奥様、あなたは……既に死の繭を……」

芳岡家の人々はソファーから腰を浮かし、驚きの表情で夫人の姿を凝視する。

「土御門さん！」振り向いて叫ぶ惣右介の視線を受けて土御門は夫人に駆け寄り、細田刑事はドアの外に向かって駆け出てゆく。

『道成寺』最後の鐘入り、激しい長唄が開いたドアの向こうから漏れ聞こえてくる。

〽　思えば思えば　恨めしや――

背後の土御門と脇の惣右介に支えられ、菊乃夫人はソファーの背もたれに倒れるように身を起こした。その拍子に簪《かんざし》が外れ、美しくまとめられていた夫人の髪はバサリと着物の両肩に乱れ落ちた。苦悶を耐えるように歯を食いしばり、両肩を大きく揺らして呼吸し、夫人は惣右介に定まらぬ視線を向けた。

「海神さん、刑事さん、堪忍です……。お嬢さんと違って、私は古い時代の人間、古い方法で、自分の罪に、決着を……」

夫人の口元に赤い血の筋が流れる。

「……啓一さん」

虚空を摑むように片手を前に突き出し、夫人は苦しそうに実の孫の名を呼んだ。

夫人の正面の席、呆然としていた啓一はハッとして妻と顔を見合わせ、蹴るようにして席を立って祖母のもとに駆け寄る。惣右介は立ち上がって佐野川夫妻に場所を譲る。

二人は夫人の斜め前、ソファーと円卓の間に跪いた。

「お祖母さん……俺のお祖母さん……。もうすぐひ孫も生まれるのに……。どうか、死なないで」

肘掛に投げ出された夫人の手を握り、啓一は悲愴な表情を浮かべる。

血を流す口元に幽かな微笑みを浮かべ、夫人は背もたれにあずけた首をわずかに持ち上げた。

「……啓一さん。千代さん、千ちゃん……堪忍。……愚かな私を、どうか赦して。……啓一さん、私の、今生の、最後のお願い――」

「何ですか？　お祖母さん、何でも俺に言って下さい」

握った手に力を込め、啓一は腰を上げて祖母の口元に顔を近づけた。

貴賓室の人々も席を立ち、取り囲んで夫人の末期《まつご》を見守っている。

夫人の強い一念に吸い寄せられるように、弦二郎も貴賓室、夫人の傍らまで近寄った。

虚ろな目でシャンデリアを睨み、夫人は苦しそうに言った。

「私の骸《むくろ》は打ち棄ててくれてもいい。仁右衛門と同じ墓にだけは、絶対に入れんとって――」

それだけを言い遺し、菊乃はがくりと落ち入った。

開いたドアの外、廊下を挟んだ客席から、奇しくも丁度終わった『道成寺』――鐘入りを果たした女への盛大な拍手が、静かな貴賓室に虚しく響いた。

終　幕

解体前夜

〈さよなら歌舞伎座興行〉はすべての芝居の幕を閉じた。

垂幕、絵看板、劇場前広場にたむろする人々の賑わい……そんなすべてが過去の夢と消えた東銀座の古い擬古典建築は、まるでそれ自体撤収を待つ巨大な舞台装置のようだ。

いよいよ明日から解体工事が始まる初夏の昼下がり。

家具や絨毯が取り払われてがらんとした貴賓室の床の上。

揚幕が外されて花道から丸見えになった鳥屋。

もう誰も通ることのない花道下の通り抜け通路。

世に言う『仮名手本殺人事件』悲劇の三人それぞれが命を落とした場所に、白い百合の花束がぽつんと一束ずつ置かれている。

　花束を置いて回ったスーツ姿の三人は二階客席、あの日弦二郎が座っていた東五番桟敷背後の通路に立ち、がらんとした客席、何もない舞台の上の空間を永遠の記憶に留めるように眺めている。

「日本一の歌舞伎の殿堂……ここが色んな人の色んな想いが沁み込んだ古い劇場やったからこそ、あの事件は起こってしもたのかもしれへんなぁ」

　弦二郎はしみじみと言葉を続けた。

「そもそもの発端は元禄の刃傷事件――その『忠臣蔵』の悲劇が、片や現実世界の諏訪の一家に、片や『仮名手本』の歌舞伎の中に、長い長い歴史を刻んで、それが『師直の姿見』の中に運命的に交差した……。それはまるで、この劇場自体が最後にお膳立てした大芝居みたいなものやったんやないかと、今になって僕は思てる。菊乃さんがああして自分で幕を閉じたのも、それはきっと、避け難い運命やったんやないやろか。せやから惣右介君、君がそんなに責任を感じる必要は、僕はないと思うんやけどな……」

「……」

　惣右介は黙って花道を見下ろし続ける。しばらくして、その言葉を受け入れるように小さく頷き、惣右介は淋しげな微笑みを弦二郎に向けた。

「ありがとうございます。たしかに、今回の件は僕ら人間の力の及ばぬ運命の悲劇だった――そう受け留めるべきものかもしれません。……けど、あの場に立ち会ってくれた土御門さんに迷惑をかけてしまったことには、僕は今でも重い責任を感じています」

「あの人に、何か文句でも言われたんかいな？」

「いいえ、全然」

「そしたら、また何かの事件であの人が困らはった時、解決に協力して借りを返してあげたらええんとちゃうかな？　……なぁ、天之助君」

「はい、それに違いはありませんね――」穏やかに微笑み、天之助は惣右介に体を向ける。

「でも借りを返すというのなら、私こそ、どうやって惣右介さんにご恩を返せばいいのか……」

天之助は惣右介の目をじっと見つめた。

「事件の解決ももちろんです。けど、舞台の上やカメラの前でばかり人生を過ごしてきた私にとって、あなたと一緒に廻った都内や諏訪の旅は、今までの日常とは全く違う特別なひと時でした。その思い出のおかげで、辛い事件の真相に挫《くじ》けずに、私はこれからも歌舞伎役者として芝居を続けていける……そんな気がしています。これほどにも大きなご恩を、私はどうやってあなたに返せばいいんでしょう……」

惣右介は天之助に体を向けた。

「日常とは違う特別なひと時で心を励ます――それはそっくりそのまま、あなたが僕たち観客にいつもしてくれていることじゃないですか。これからも生涯芸を磨き続け、舞台の上のあなたの姿を一生僕に見せ続けて下さい。恩返しと言って下さるなら、それが僕には何よりも嬉しいことです。……あなたの存在に支えられている人間は、きっと、あなたが思っている以上に多いはずですよ」

客席の空間の方へと姿勢を戻し、惣右介は大千穐楽の劇場をしみじみと眺めた。

「これを限りにこの劇場の幕が下りてしまっても、この世界を愛するあなたと僕、あなたたちと僕たちがいる限り、次の劇場で、これからも歴史の続きは作られてゆく。……きっと、そうに違いありません」

再び天之助に顔を向け、惣右介は芝居の終わりのお定まりの口上を真似て微笑んだ。

「新しい芝居の舞台で後日の再会。まずそれまでは、今日《こんにち》はこれぎり――」


二階客席をあとにして、三人は一階の大間へと進んだ。

筋書売り場のカウンターも壁の額も取り払われたがらんとした吹き抜けの下、惣右介たちは円陣を組むように向き合った。

それぞれ友の顔を見渡し、三人は順番に宣言した。

「彩羽さん……いや、妹のことも、諏訪の母のことも、僕はこれから出来る限り精一杯支えていきたいと思っています。もちろん、芳岡の家族のことも……」

「鴈堂さんの推薦で、啓一さんも晴れて歌舞伎の世界に入門しはった。玲子さんも無事に赤ちゃんを産まはった。益々発展の歌舞伎の未来に負けへんように、文楽も精一杯頑張らんとな」

「皆さんの芸の一生をこの目でしかと見届ける生き証人として、僕はこれからも生涯劇場に通わせてもらいますよ」

惣右介は順番に友の目を見つめた。

「……弦二郎さん、和也さん、さぁ、そろそろ行きましょうか」

劇場の扉はすでに施錠されている。外に出るには一旦舞台に上がり、そこから楽屋口へと抜けねばならない。

一階客席のドアを開け、三人は堂々と花道を去っていった。

自分たちそれぞれ、次なる未来の舞台に向かって。

《出典》

『仮名手本忠臣蔵』　竹田出雲・三好松洛・並木千柳
『本朝廿四孝』　近松半二　ほか
『京鹿子娘道成寺』　藤本斗文

「歌舞伎座座席表」　松竹株式会社
「松本かるた」　社団法人松本青年会議所

【著者】稲羽白菟（いなば・はくと）
1975年大阪市生まれ。早稲田大学第一文学部フランス文学専修卒業。2015年に『きつねのよめいり』で第13回北区内田康夫ミステリー文学賞特別賞。2018年、第9回島田荘司選ばらのまち福山ミステリー文学新人賞準優秀作『合邦の密室』でデビュー。ほかに「五段目の猪」（『三毛猫ホームズと七匹の仲間たち』所収）がある。
稲羽白菟ノサイト　www.inabahakuto.jp

ミステリー・リーグ

仮名手本殺人事件《かなでほんさつじんじけん》

●

2020年2月28日　第1刷

著者…………稲羽白菟《いなばはくと》

装幀…………坂野公一（welle design）
（カバー写真　Shutterstock.com／Adobestock）

発行者…………成瀬雅人
発行所…………株式会社原書房

〒160-0022 東京都新宿区新宿 1-25-13
電話・代表 03（3354）0685
http://www.harashobo.co.jp
振替・00150-6-151594

印刷…………新灯印刷株式会社
製本…………東京美術紙工協業組合

ISBN978-4-562-05736-8, Printed in Japan